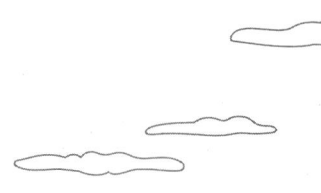

清单人生

〔瑞典〕弗雷德里克·巴克曼 著　孙璐 译

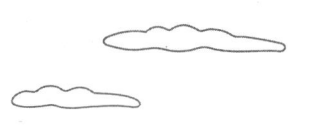

果麦文化 出品

To my mother, who always made sure there was food in my stomach and books on my shelf.

Borg is an imaginary place, and any apparent resemblance to real places is coincidental.

1

叉子、刀子、勺子。

就得按照这个顺序来。

布里特-玛丽当然不是那种喜欢说三道四的人,而且她的性格跟"说三道四"差得很远。

可是,无论哪个有教养的文明人,恐怕都不会打乱正确的顺序,随心所欲地排列餐具抽屉里的刀叉吧?

我们毕竟不是动物,对不对?

那是一月份的某个周一,她坐在劳动就业办公室的桌子前,这儿当然看不到什么餐具,可是她脑子里还在想着那些刀子叉子,因为刀叉代表了最近的乱象:它们的排列原本应该遵循既定的规则,正如日子需要一成不变地照旧过下去那样,只有正常的生活才是体面像样的生活。在正常的生活里,你得收拾厨房,打扫阳台,照顾孩子,辛苦得很——超出任何人的想象。在正常的生活里,你当然不会跑到劳动就业办公室里坐着。

在这儿工作的那个女孩,头发短得吓人,布里特-玛丽觉得那简直是男人的发型。当然,女人剪个男人头也没什么问题,这是时髦,肯定的。女孩指着一张纸,朝布里特-玛丽微微一笑,显然不打算和她浪费时间。

"只要把您的姓名、社会保险号码和住址填在这里就可以了。"

布里特-玛丽必须登记,像个罪犯那样,她似乎不是来找工作,而是偷工作的。

"加奶加糖?"女孩往一只塑料杯里倒了些咖啡。

布里特-玛丽从来不评判任何人,她的性格和"说三道四"根本不沾边,可这是怎么回事?一只塑料杯!难道我们国家在打仗吗?她很想把这些话告诉女孩,但肯特总是嘱咐布里特-玛丽"要随和",她只好装模作样地挤出一点笑意,等待女孩为她把杯垫拿过来。

肯特是布里特-玛丽的丈夫,一位企业家。极其难得的是,他还是位极其成功的企业家,和德国人做生意,性格极其随和。

女孩给她两小盒牛奶,一次性纸盒包装的,不需要冷藏,又递过来一只塑料杯,里面有几只塑料茶匙探出杯沿。见到这一幕,就算突然看到女孩捧出一只被汽车撞死的小动物,布里特-玛丽也不会比现在更吃惊。

她摇摇头,手开始在桌子上抹来抹去,仿佛上面有许多看不见的碎屑。桌上到处都是文件,乱七八糟的,布里特-玛丽意识到女孩显然没有时间整理桌面——大概是她工作太忙的缘故。

"好啦,"女孩和气地说,回头指指表格,"在这儿写一下您的住址就可以了。"

布里特-玛丽凝视着自己的膝盖,怀念起在家整理餐具抽屉的日子，她也想念肯特，因为所有的表格都应该由肯特来填。

女孩似乎又想说些什么，布里特-玛丽打断了她。

"您忘记给我杯垫啦，"她告诉女孩，面带微笑，尽可能显得随和，"我不想弄脏桌子，能不能麻烦您拿点什么东西给我，我好把我的……咖啡杯放上去？"

她故意用了特别的语气，每当情势要求她调动起内心的全部良善时，布里特-玛丽都会用这种语气说话，比如这一次，出于善意，她不得不把塑料杯称为"咖啡杯"。

"噢，不用担心，请随意。"

说得好像生活只有那么简单似的，好像用不用杯垫、是否按照正确的顺序排列餐具都根本不重要一样。就凭这女孩的发型，她显然不会明白杯垫、合适的杯子以及镜子有着怎样的价值。女孩提起笔来，指点着表格上"住址"那一栏。

"可是，肯定不能直接把杯子放在桌上吧？会在桌面留下印子，您不会不理解吧？"

女孩瞥了一眼桌面，那里的状况嘛，就仿佛有小孩刚刚在上面吃过土豆，而且还是黑灯瞎火时用干草叉铲着吃的。

"真的没关系，这张桌子很旧，也已经有许多划痕了！"女孩笑着说。

布里特-玛丽在心里暗暗尖叫。

"难道这不正是您不用杯垫的结果吗！"她喃喃自语，不过半点都没有"消极挑衅"的意思。肯特的孩子们觉得她没在听他们说话时，曾经用这个词形容她的态度。其实，布里特-玛丽不是消极挑衅,而是慎重体贴。听到肯特的孩子们说她"消极挑衅"之后,她更是格外慎重体贴了好几个星期。

劳动就业办公室的女孩神情变得有些不自然。"好了……您叫什么名字来着?布里特,对吗?"

"布里特-玛丽,我姐姐才叫我布里特。"

"好吧,布里特-玛丽,您能填一下表格吗?劳驾!"

布里特-玛丽盯着那张纸,上面要她保证如实填写住址和身份信息。这年头,假如不填写一大堆多到荒唐的文书,似乎连人也不配做,而且还有一大堆多到荒唐的社会管理部门监视着你,要求你填写。最后,她不情愿地写上了自己的姓名、社会保险号和手机号码,但住址栏没填。

"您是什么学历,布里特-玛丽?"

布里特-玛丽攥紧她的手提包。

"我只想说,我受过非常好的教育。"

"但没受过正规教育?"

"告诉您吧,我完成过许多填字游戏,如果没受过教育是不可能做到这一点的。"

她抿了一小口咖啡,很小的一口,发现味道根本比不上肯特煮的。肯特很会煮咖啡,大家都这么说。在他们家,布里特-玛丽负责准备杯垫,肯特负责煮咖啡。

"好吧……您之前有什么工作经验?"

"我上一次受雇的工作是服务生,雇主对我的评价很高。"

女孩面露期待:"什么时候的事?"

"1978年。"

"啊……然后您就没再工作？"

"然后我每天都在工作，我一直帮我丈夫打理他的公司。"

女孩再次面露期待："您在公司担任什么职务？"

"我照顾孩子，把我们家收拾得体面像样。"

女孩只得用微笑掩饰她的失望，当人们没有能力看出"住处"和"家"的区别时，就会如此反应，而且只有周到体贴的人，才能表现出两者的不同。正因为布里特-玛丽周到体贴，才会每天早晨摆好杯垫和真正意义上的咖啡杯，把床铺整理得井井有条。在她的维护下，床罩始终整齐方正，没有一丝褶皱，简直比地板还要平坦光滑，以至于肯特跟熟人开玩笑说，在他们家，如果你走进卧室时被门槛绊倒，"和摔在地板上比，更有可能在床罩上摔断腿"，布里特-玛丽讨厌他这样说话，有教养的文明人经过卧室门槛的时候，恐怕都会记得抬起脚来的吧？

和肯特每次出门度假之前，布里特-玛丽总要先在床垫上撒一层小苏打，等上足足二十分钟，然后收拾床铺，小苏打既可以清除污渍又能吸收潮气，让床垫显得更干净。在布里特-玛丽的经验里，小苏打是万能的。肯特却总是嫌她磨蹭，耽误时间，听到他这样说，布里特-玛丽会两手交叉，扣在肚子上，说："出门之前不收拾床怎么行呢，肯特？要是我们死在外面怎么办？"

其实，正是因为怕死，布里特-玛丽才讨厌旅行。在死亡面前，连小苏打都无能为力。肯特说她是杞人忧天，可每年度假期间突然死掉的人不知有多少。要是她和肯特死在外面，房东把门撞开，结果发现床上又脏又乱，那可怎么行？房东当然会凭这幅景象推断肯特和布里特-玛丽每天是在灰堆上过活的。

劳动就业办公室的女孩低头看了看表。

"好吧。"她说。

听女孩的语气，布里特-玛丽觉得她可能对自己的回答不满意。

"我家孩子是双胞胎，而且家里还有阳台，您知道吗，收拾阳台可麻烦了。"

女孩勉为其难地微微点头。

"您的孩子们多大了？"

"是肯特的孩子们，三十了。"

"这么说，他们已经离开家了？"

"那当然。"

"您今年六十三岁？"

"是的。"布里特-玛丽不屑地答道，仿佛这个问题跟找工作一点关系都没有。

女孩郑重地清清嗓子，仿佛这个问题跟找工作关系重大。

"好了，布里特-玛丽，坦白说，因为现在正是经济危机，嗯，我的意思是，适合您这种……情况的人的职位非常少。"

女孩听起来似乎有点儿不愿意用"情况"这个词。布里特-玛丽耐心地微笑着。

"肯特说，经济危机已经结束了。他是个企业家，您明白吧，所以这些事他非常懂，而您在这方面恐怕就没有那么专业了。"

女孩难以置信地眨了好一会儿眼睛，不自在地看看手表，这让布里特-玛丽有些伤脑筋。为了表示善意,她决定恭维一下女孩,于是环顾四周,想找点夸赞对方的由头,终于,她尽可能地露出一个大方的微笑,说:

"您的发型很时髦。"

"什么?噢,谢谢。"女孩说,手指下意识地想去搔头皮。

"您的额头非常宽,剪这么短的发型需要很大的勇气。"

为什么女孩的表情像是受到了冒犯?布里特-玛丽暗忖。现在的年轻人,你无论说点什么都有可能得罪他们。女孩从椅子上站起来。

"感谢您的到来,布里特-玛丽,您已经在我们的数据库里登记了,我们会联系您的!"

女孩挥挥手表示道别。布里特-玛丽站起来,拿起装着咖啡的塑料杯。

"什么时候?"

"哦,这很难说。"

"看来我只能坐在家里等消息喽,"布里特-玛丽皮笑肉不笑地反驳道,"除此之外什么都干不了?"

女孩吞了吞口水。

"好吧,我的同事会通知您参加求职培训的,而且——"

"我不需要培训,我需要工作。"

"当然,可很难说什么时候会出现合适的职位……"

布里特-玛丽从衣袋里掏出一个笔记本。

"明天怎么样?"

"什么?"

"明天会不会有消息？"

女孩清清嗓子。

"哦，有可能，不过我建议……"

布里特-玛丽从包里拿出一支铅笔，皱着眉头盯着铅笔研究了一会儿，然后看着女孩。

"您有卷笔刀吗？"

"卷笔刀？"女孩问，好像布里特-玛丽在跟她借一件几千年前的古董。

"我得把咱们今天会面的要点记下来，列个清单。"

有的人就是不明白清单的用处，布里特-玛丽可不属于这样的人。她有很多清单，还有一张记录所有清单的总清单，只是为了以防万一，比如她可能突然死掉，或者忘记买小苏打什么的。

女孩给她一支钢笔，并且含蓄地告诉她"我明天没时间"。当然，原话没这么直白，但本质上就是这个意思。可布里特-玛丽只顾研究手中的钢笔，根本没在意女孩说了什么。

"清单能用钢笔写吗？您确定？"

"我只有钢笔。"女孩说，语气中有几分不容置辩，"您今天还有别的事需要我帮忙吗，布里特-玛丽？"

"哈。"布里特-玛丽过了一会儿才出声回应。

这是布里特-玛丽的口头禅——"哈"。既不是"哈哈"也不是"啊哈"的意思，讲出来的时候要带着失望的尾音，很像是你发现本应挂在浴室墙上的湿毛巾掉到了地上时不由自主地发出的感叹。

"哈。"说完这个"哈"字之后，布里特-玛丽通常会马上紧紧地闭上嘴巴,这是为了强调,关于刚才的话题,她再也不想多谈,尽管之后不太可能真的不谈。

女孩犹豫着该说什么,而布里特-玛丽牢牢抓住钢笔不放,仿佛笔杆上有胶。她将笔记本翻到标有"星期二"的那一页,在纸的顶端,也就是"打扫卫生"和"购物"几个字的上方,写道:"劳动就业办公室联系我。"

她把笔还给女孩。

"很高兴见到您,"女孩机械地说,"我们会联系您的!"

"哈。"布里特-玛丽说,点了一下头。

她离开了劳动就业办公室。女孩显然以为布里特-玛丽再也不会来了,因为她不知道布里特-玛丽总是严格地按照清单办事,更没有见过布里特-玛丽家的阳台。

那是个极其体面,体面得让人惊掉下巴的阳台。

现在是一月,户外的空气透出彻骨的寒意,然而冷得不够明显——气温已经降到零下,地上却没有雪。无论如何,眼下正是最不适合阳台植物存活的时节。

走出劳动就业办公室的大门,布里特-玛丽去了超市,但不是她平时去的超市。在平时的超市里,她会照着清单,依次买下上面列出来的所有东西,但她不喜欢一个人购物,因为她不愿意推购物车。推购物车的总是肯特,布里特-玛丽会走在他旁边,扶住购物车的一角,并非为了掰着车子指引方向,而是因为喜欢抓着肯特也正抓着的东西。正因如此,无论去哪里,他们基本都会在一起。

傍晚六点,布里特-玛丽准时吃了晚餐,食物是凉的。过去她总会整晚坐着等肯特,所以也会把肯特的那份饭菜放进冰箱,盼着他回来吃,可这儿的冰箱里全都是装着烈酒的小瓶子。她在一张不属于自己的床上躺下来,揉搓着左手无名指,这是她紧张时养成的习惯。

几天前,她曾经坐在自己的床上,捏着手上的结婚戒指转来转去。当然,在此之前,她往床垫上撒了很多小苏打,额外仔细地清理了一番。而现在她只能抚弄左手无名指上的白色印子。

旅馆当然有地址,但这儿不适合久住,也不是家。地板上的两个长方形塑料盒子,是给阳台植物准备的,可旅馆房间没有阳台,也没有人需要布里特-玛丽坐着等上一整夜。

不过,她还是坐了起来。

2

劳动就业办公室九点上班。布里特-玛丽等到九点零二分才进去,因为她不想显得太心急。

"您今天应该联系我。"看到女孩敲开办公室的门,布里特-玛丽开门见山地宣布,非常从容,一点都不焦躁。

"什么?"女孩叫道,瞬间变成了苦瓜脸。此时的办公室里只有和她衣着相似的人,手里都捧着塑料杯子,无一例外。"呃,您瞧,我们正要开会……"

"哦,真的呀,是很重要的会议吗?"布里特-玛丽把笔记本送到女孩鼻子底下,不客气地指了指,"您没有答应过我的事,我是不会记在清单里的,这您一定明白吧?况且这件事是您让我用钢笔记下来的!"

女孩深吸一口气:"如果出现了什么让您误会的地方,我非常抱歉,但我必须开会了。"

"如果不用开那么多的会,也许你们就有更多的时间为大家找工作了。"女孩关门的时候,布里特-玛丽评价道。

布里特-玛丽被独自晾在了走廊里,她注意到女孩的办公室门上有两张贴纸,就在门把手下面,位置很低,好像是小孩贴上去的。两张贴纸上都有足球的图案,这让她想起肯特。肯特热爱足球,也喜欢在买下某件昂贵的东西之后告诉每个人它值多少钱,但对后者的热衷程度不如足球。

大型足球锦标赛举办期间,报纸上的填字游戏栏目会暂时消失,被赛事特别报道取代,从开赛起,就别想从肯特嘴里听到一句合乎理智的话,比如布里特-玛丽问他晚饭想吃什么,他会嘟囔着表示晚饭并不重要,眼珠子始终盯在报纸上。

所以,布里特-玛丽和足球有不共戴天之仇,这项运动把肯特从她身边抢走,还剥夺了她玩填字游戏的权利。

她揉了揉左手无名指上的白印子,想起上一次晨报的填字游戏专栏被足球比赛报道取代的时候,她把报纸从头至尾来回翻了四遍,都没找到哪怕一小条隐藏在夹缝中的填字游戏。不过,她倒是发现了一篇新闻,报道了某个与她同岁的女人的死讯。布里特-玛丽根本没法把自己看到的文字赶出脑海,文章详细描述了该女士在死去几周之后才被人发现的经过,要不是邻居闻到她公寓里飘出的尸臭,恐怕她现在还会在那里躺着。布里特-玛丽屡屡不由自主地回忆起那篇报道,一想起那女人的邻居抱怨隔壁屋里有臭味的情景,她就心烦。文章说,这位女士是"自然死亡"。一个邻居说,"房东进屋去看的时候,那个女人的晚饭还摆在桌子上呢。"

布里特-玛丽让肯特猜那个女人晚饭吃了什么,她觉得晚饭吃到一半死掉是一件相当可怕的事，连带食物的质量都令人起疑。肯特嘟囔着说，他认为吃什么都一样，反正总归是要死的，然后便调高了电视的音量。

布里特-玛丽从卧室地板上捡起他的衬衣，像往常一样塞进洗衣机，洗衣机转动起来时，她顺便把肯特胡乱丢在浴室里的剃须刀收好，肯特老说布里特-玛丽把他的剃须刀"藏起来了"，等到早晨找不到的时候，他会在浴室里拖着长音吆喝"布里里特-玛丽丽丽"。可她根本没藏，只是把它收好而已，这是有区别的。有些时候，她重新收好某些东西是因为有这个必要，而另外的时候，她这么做是因为喜欢听肯特早晨叫她的名字。

过了半小时，女孩的办公室门开了，里面的人陆续走出来。女孩和他们道别，热情地笑着，直到她看见了布里特-玛丽。

"噢，您还在这里呢。我告诉过您了，很抱歉，我没有时间……"

布里特-玛丽站起来，掸了掸裙子上看不见的碎屑。

"您喜欢足球，我发现，"布里特-玛丽朝门上的贴纸点点头，"对您来说，那一定是非常不错的运动。"

女孩面露喜色："是的，您也喜欢？"

"当然不。"

"好吧……"女孩瞥了一眼手表，又看看墙上的钟，看样子是下定决心要把布里特-玛丽请走。而对方正耐心地保持着微笑，努力想说点讨人喜欢的话。

"您的发型今天不一样了。"

013

"什么？"

"和昨天不一样。是现代风格，我猜。"

"什么？您说发型？"

"是的，很简单，永远不用费心打理。"她又立即补充道，"当然，这样并没有什么不好，非常实用。"

其实，女孩的头发短极了，一撮撮向上竖起，好像吸饱了黏糊糊果汁的长绒地毯上的绒毛。看球赛的时候，肯特老是把他喝的伏特加或者果汁洒到地毯上，终于有一天，布里特-玛丽受够了，把地毯挪到了客房里。虽说这是十三年前的事儿了，但她仍旧常常想起。就这个意义而言，布里特-玛丽的地毯和布里特-玛丽的记忆有极大的共通之处：都极其难以清洗干净。

女孩清清嗓子："听着，我很愿意和您多聊聊，可我告诉过您，我现在暂时没空。"

"您什么时候有空？"布里特-玛丽又掏出笔记本，一板一眼地列起了清单，"三点钟可以吗？"

"我今天的日程排满——"

"我可以等到四点甚至五点的。"布里特-玛丽提议，又像是在说服自己。

"我们五点下班。"女孩说。

"那就五点吧。"

"什么？不，我们五点下——"

"可是，如果约到五点以后，您不觉得太晚了吗？"布里特-玛丽抗议道。

"什么?"女孩说。

布里特-玛丽非常、非常有耐心地微笑着。

"我不想在这儿大吵大闹,根本没这个打算。可是,亲爱的姑娘,有教养的人六点钟都该吃晚饭,所以五点以后就太晚了,您不觉得吗?还是说,您希望我们边吃边谈?"

"不是……我的意思是……什么?"

"哈。好了,如果您是这个意思的话,那就不要迟到,否则饭菜会凉掉哟。"

接着,她在清单上写:6:00,晚餐。

女孩在布里特-玛丽身后喊了几句什么,可布里特-玛丽已经走远,因为她实在没有时间一整天都耗在这里讨论这件事。

3

下午四点五十五分,布里特-玛丽独自站在劳动就业办公室外面的街上等着,因为太早赴约显得没礼貌。温柔的风吹乱了她的头发,令她怀念起自己的阳台,光是想到就觉得难受,不得不紧闭上眼睛,连太阳穴都疼了起来。等待肯特回家时,她经常在阳台上一忙就是一整晚。他总说不用等他,她总是不听。在阳台上,她能看到他的车,等他走进门,晚餐已经摆到桌上了。肯特倒在床上睡着时,她就捡起他扔在地板上的衬衣,塞进洗衣机。如果衬衣的领口脏了,就先在领口的污渍上涂好醋和小苏打搓洗干净,再放进洗衣机。她每天很早起床,梳头、清扫厨房、往阳台的花盆里撒小苏打,用菲克新把所有窗户擦拭一遍。

"菲克新"是布里特-玛丽惯用的窗户清洁剂品牌,甚至比小苏打还万能。如果家里没有常备一瓶菲克新,她会觉得自己的人生不完整。菲克新用光的话,什么情况都有可能发生。因此,今天下午,她郑重地在购物清单上记了一笔:"买菲克新"(为了强调这件事的严肃性,她本打算在后头加个感叹号,不过最后还是忍住了)。接着她走进那家平时不去的超市,问了一个年轻的员工有没有菲克新,他竟然连菲克新是什么都不知道。布里特-玛丽解释说,那是她常用的窗户清洁剂牌子,他不以为意地耸耸肩,推荐了另外一个牌子。然而布里特-玛丽此时已经愤怒到了极点,忍无可忍之下,她翻出笔记本,在"买菲克新"四个字后面加上了感叹号。

购物车的轮子不太灵活,几乎是拽着车子在走。她闭上眼睛,吸着腮帮,想念着肯特。她买了特价三文鱼、土豆和蔬菜,从标有"文具"的小架子上挑了一支铅笔和两只卷笔刀,放进购物车。

"您是会员吗?"收银台的小伙子问她。

"什么会员?"布里特-玛丽诧异道。

"只有会员才能享受三文鱼的优惠价。"

布里特-玛丽耐心地微笑着。

"您瞧,我不常来这家超市,我丈夫有我常去的那家超市的会员卡。"

小伙子拿出一本小册子。

"您可以在这儿申请,只需要几分钟,填上您的姓名、住址还有——"

"不必了。"布里特-玛丽立刻说。还有完没完?去个超市都得登记?像恐怖组织嫌疑犯那样留下名字和住址,就因为想买点三文鱼?

"好吧,那您必须按照三文鱼的原价付款。"

"哈。"

小伙子迟疑着。

"那个,要是您带的钱不够,我可以——"

布里特-玛丽瞪了他一眼，很想提高嗓门说话，可她的声带不配合。

"亲爱的小伙子，我带了很多钱，绝对够用。"她试图气势汹汹地喊出这句话，然后狠狠把钱包拍在收银台前的传送带上，怎奈实际效果却是一声耳语加上一个把钱轻轻推过去的动作。

小伙子耸耸肩，接过她的钱。布里特-玛丽很想告诉他，她丈夫其实是位企业家，所以她能轻松地按照原价买下三文鱼，可那个年轻人已经开始收下一位顾客的钱，仿佛她并没有那么与众不同。

五点整，布里特-玛丽敲响女孩办公室的门。门打开，女孩已经穿好了大衣。

"您要去哪里？"布里特-玛丽问。女孩似乎从她的语气里听出几分威胁的味道。

"我……啊，我们下班了……我告诉过您的，我得——"

"您还会回来的吧？我们几点钟见面呢？"

"什么？"

"我总得知道什么时候准备晚饭啊。"

女孩屈起指关节，揉揉眼皮。

"是的，是的，好吧。对不起，布里特-玛丽。可我已经告诉您啦，我没有时——"

"这是给您的。"布里特-玛丽把刚买的铅笔塞给女孩，对方茫然地接过去。布里特-玛丽手里还握着那对卷笔刀，其中一只是蓝色的，另一只粉红色，她朝卷笔刀努努嘴，又对着女孩的假小子发型点点头。

"您知道吧,这年头,像您这样的人喜欢什么,实在让人搞不懂,所以我两种颜色都买了。"

女孩不确定布里特-玛丽嘴里的"您这样的人"指的是哪种人。

"谢……谢,了。"

"好了,麻烦您告诉我厨房在哪儿,如果您不介意的话,我现在必须处理土豆啦,否则就来不及了。"

女孩似乎很想大声反问布里特-玛丽:"什么厨房?"可最后她忍住了,就像被大人拎进浴缸洗澡的小孩,深知越是反抗,受折磨的时间就越长,还不如乖乖配合,所以她放弃抵抗,指指员工使用的厨房,接过布里特-玛丽手中的食品袋,领着她穿过走廊,向厨房走去。为了答谢女孩的礼貌,布里特-玛丽决定真心实意地夸奖她一番。

"您的大衣很不错。"想了好一会儿,她开口道。

女孩惊喜地摸了摸大衣的料子。

"谢谢!"她真诚地笑着说,打开了厨房的门。

"大冬天的,穿红色需要很大的勇气。做饭的家什在哪儿?"

女孩觉得自己好不容易积攒起来的耐心又开始流失,略烦躁地拉开一只抽屉,里面有一半是各色锅铲饭勺,另一半空间放着一只塑料餐具收纳盒。

可是这个餐具盒里面没有分格。

叉子、刀子、勺子。

全部混在一起。

女孩的不耐烦很快转为发自内心的担忧。

"您……您……您还好吧?"她问布里特-玛丽。

布里特-玛丽走到一把椅子旁,一屁股坐下,似乎快要晕倒了。

"野蛮人。"她嗫嚅道,吸着腮帮子。

女孩一屁股坐在对面的椅子上,不知所措,眼睛盯着布里特-玛丽的左手。布里特-玛丽的指尖不自在地揉搓着无名指上的白印子,意识到女孩的目光后,她索性把整只左手藏到手提包下面,仿佛洗澡时被人偷窥一样。

女孩的眉毛动了动。

"我能问问吗……请原谅,但我……我是说,您来这里到底为了什么,布里特-玛丽?"

"我想要一份工作。"布里特-玛丽在包里翻找手帕,准备擦桌子。

女孩扭动了一下身子,让自己坐得舒服点。

"恕我直言,布里特-玛丽,您都四十年没工作过了,为什么现在又急着找工作呢?"

"可这四十年我有工作啊,照顾家就是我的工作。所以现在我很着急。"布里特-玛丽擦了擦桌面上她想象出来的碎屑。

见女孩没有马上回应,她又补充道:

"我在报纸上读到过,有个女人死在自己的公寓里,隔了几周才被人发现。您知道吗?他们说,死因是'自然死亡',她的晚饭还摆在桌子上呢,这根本不自然。要不是邻居闻到了怪味,不会有人知道她死了。"

女孩下意识地挠了挠头。

"所以……您……想要一份工作,是因为……"她结结巴巴地问。

布里特-玛丽极为耐心地深吸一口气。

"她没有孩子,没有丈夫,也没有工作,没人知道她在哪里。如果她有工作的话,同事会注意到她没去上班的。"

这个被迫加班的女孩坐在那里,久久凝视着对面这个害她加班的罪魁祸首。布里特-玛丽腰杆挺得笔直,和她曾经坐在阳台上等待肯特的姿势一样。只要肯特不回家,她是不会上床的,因为不想在别人不知道她在哪里的情况下独自睡去。

布里特-玛丽吸着腮帮子,揉了揉手指上的白印子。

"哈。您当然觉得这种想法很荒唐,我也不是能说会道的人,我丈夫说我缺乏社交能力。"

说出最后几个词的时候,她的语调格外沉着。女孩吞吞口水,朝布里特-玛丽手上的戒指印点点头。

"您丈夫怎么了?"

"他犯了心脏病。"

"抱歉,我不知道他去世了。"

"他没去世。"布里特-玛丽小声说。

"噢,我还以——"

布里特-玛丽猛地站起来,打断了女孩的话,开始给餐具盒里的刀叉分类,仿佛目睹它们混在一起是天大的罪过。

"我不喜欢往衣服上喷香水,所以我让他回家后直接把衬衣放进洗衣机。他从来不听,还朝我大喊大叫,因为洗衣机到了晚上太吵了。"

她突然住了嘴，严肃地走到炉灶旁，把面板上几个歪七扭八的旋钮拧正。在她责备的审视下，旋钮们似乎羞愧得无地自容。布里特-玛丽满意地点点头，接着说道：

"他犯了心脏病之后，那个女人给我打来电话。"

女孩想站起来帮忙，但看到布里特-玛丽从抽屉里拿出切片刀，又警惕地坐下了。

"肯特的孩子们还小的时候，每隔一个星期就来跟我们住，我经常给他们读故事。我最喜欢的故事是《高明的裁缝》，您知道吧，那是个童话。孩子们希望我自己编故事，可我不明白，既然已经有那么多专业人士写的好故事可以读，为什么还要现编。肯特说这是因为我没有想象力，但我其实很有想象力。"

女孩没说话。布里特-玛丽设好烤箱温度，把三文鱼摆进烤盘，然后定定地站在原地没动。

"年复一年假装什么都不懂，难道这不需要很了不得的想象力吗？更何况他的衣服都是我洗的，而且我不偷懒，连香水都不用。"她小声说。

女孩又站起来，笨拙地把手搁在布里特-玛丽的肩膀上。

"我……对不起，我……"她开口道。

尽管这次并没有布里特-玛丽来打断，女孩最后还是闭上了嘴。布里特-玛丽两手交叉，扣在肚子上，凝视着烤箱内膛。

"我想找份工作，是因为我觉得假如我死在家里，又没人发现，传出的怪味打扰到邻居的话，那可一点都不好。我希望有人知道我在这里。"

女孩更加不知道该说什么了。

三文鱼烤好后,她们坐在桌旁吃起来,谁也没看谁。

"她长得很漂亮。年轻。我不怪他,真的没有。"过了很长时间,布里特-玛丽说。

"她就是个破鞋。"女孩评论道。

"那是什么意思?"布里特-玛丽不自在地问。

"就是……我的意思是……反正她不是什么好人。"

布里特-玛丽再次低头看着盘子。

"哈。谢谢您的好意。"

她觉得自己也应该对女孩说点什么以示友好,于是搜肠刮肚想了好一会儿,终于开口:"您……嗯……您今天的发型很漂亮。"

女孩微笑起来。

"谢谢!"

布里特-玛丽点点头。

"今天您的额头不明显,露出来的不多,跟昨天不一样。"

女孩搔搔刘海下的前额。布里特-玛丽继续低头看盘子,强自忍耐给肯特也留出一盘的冲动。女孩说了句什么,布里特-玛丽抬起头,咕哝着问:"您说什么?"

"很不错,这顿饭。"女孩说。

布里特-玛丽还没来得及问她这顿饭怎么样,她就先回答了。

4

邀请劳动就业办公室的女孩吃过三文鱼的两天后,布里特-玛丽就找到了一份工作,地点在博格,她立刻开车赶往那里。在她到达之前,先容我介绍一下博格这地方。

博格是个小社区,建在一条公路边上。抱歉,关于博格,好话我只能说这么多,再说下去就只剩难听的了。那里当然称不上什么万里挑一的好地方,至多算一万个普通地方中的一个。博格有座已经废弃的足球场、一所关掉的学校、一家停业的药房、一家歇业的卖酒商店、一处关闭的医疗中心、一家倒闭的超市、一家关门的购物中心,还有一条朝两个方向无限延伸的漫漫长路。

当然,这儿的娱乐中心尚未正式歇业,只是因为关闭整个社区需要一定的时间,还没来得及轮到这里。除了半死不活的娱乐中心之外,博格仅剩的值得关注的两样东西就是足球和披萨店了,只有它们还能多少吸引点儿人气。

一月的那天,在博格的披萨店和娱乐中心之间的某个位置,布里特-玛丽停下她的白色汽车,这是她第一次看到这两个地方。至于她第一次接触到博格的足球,则是被一只迎面飞来的球狠狠砸中脑袋的那一刻。

而被球砸中之前,她的车刚刚爆炸。

所以,博格和布里特-玛丽给彼此留下的第一印象都不怎么好。

确切地说,布里特-玛丽的车爆炸时,她刚打算拐进停车场。爆炸的位置是副驾驶座,就在她眼皮底下,至于爆炸的声音,据本人说是"咔嘣"一声。可以理解,她吓得慌了神,没踩住刹车和离合器踏板,汽车发出一阵"噼里啪啦"的凄惨声响,在一个结了冰的大水坑上失心疯般地滑行了一大段,最后猛然停在某座建筑门口一块破旧的餐馆招牌下面,点缀着霓虹灯的招牌上写着"披萨"这个词。预感到汽车随时都会着火(根据当时的情况,她的感觉很有道理),吓疯了的布里特-玛丽跳出车外,幸好汽车坚持住了,但布里特-玛丽只能一个人站在停车场,周身环绕的是博格这种偏远小社区唯一不缺的东西——寂静。

不过是段不愉快的小插曲罢了,布里特-玛丽安慰自己,整了整裙子,紧紧抓住手提包。

这时,一只足球贴着碎石地面慢条斯理地滚过来,经过布里特-玛丽的汽车,向娱乐中心的方向滚去,片刻之后,远处传来一阵令人不安的撞击声。下定决心专注正事、少管闲事的布里特-玛丽从包里掏出一张列着待办事项的清单,第一条是"开车到博格",她在后面打了个钩。第二条是"去邮局拿钥匙"。

她拿出肯特五年前就给了她、最近才开始用的手机,第一次用它拨出号码。"喂?"劳动就业办公室的女孩接了电话。

"现在的人都这么接电话吗?"布里特-玛丽说,只是纯粹的

025

询问，没有责备的意思。

"什么？"女孩一时没反应过来对方是谁，仍然天真地以为，布里特-玛丽走出劳动就业办公室，就等于走出了她的生活。

"我到了。博格。不过出了点儿小事故，我的车爆炸了。邮局还有多远？"

"布里特-玛丽，是您吗？"

"您说什么？我听不清楚！"

"您刚才说'爆炸'是吗？您还好吗？"

"我当然很好！可我的车怎么办？"

"我也不会修车呀。"女孩小心翼翼地试探道。

布里特-玛丽非常耐心地呼出一口长气。

"您说过，如果我遇到什么问题，就给您打电话。"她提醒女孩，难道她自己就该懂得修车吗？和肯特结婚以来，她只开过几次车，而且肯特都在车上，此外都是肯特开车，他是个非常出色的司机。

"我指的是您在工作上遇到的问题。"

"哈。看来只有工作最重要，就算我被炸死了也不要紧，"布里特-玛丽说，"也许我死了倒好，您就可以把我的工作机会留给别人了。"

"拜托，布里特-玛——"

"我听不清您说话！！"布里特-玛丽吼叫着挂掉了电话，当然，她只是客观地陈述"听不清"这个事实。然后她便继续站在原地，一个人，吸着腮帮子。

娱乐中心那边仍旧不时传来沉闷的撞击声,这座娱乐中心之所以还没关门,只是因为去年十二月镇议员们开会时,还有许多事情亟待处理,暂时顾不到这儿,而且,如果在那次会议上就把关闭娱乐中心的计划提上日程,也许本年度的圣诞大餐就得延期,鉴于圣诞大餐的重要性,娱乐中心的关门事宜推到了来年的一月底,那时议员们的假期刚好结束,然而负责传达消息的联络人员度假去了,忘记把这件事通知人事部门,直到一月初的时候,人事部门才后知后觉地发现要关不关的娱乐中心无人看管,便通知了劳动就业办公室,请他们招募一名管理员。布里特-玛丽的工作机会就是这么来的。

这份工作不仅薪酬微薄,还是临时的,三周后的议员会议一旦召开,娱乐中心随时都有可能关闭,加上工作地点在博格(这是最吓人的),申请者更是少得可怜。

事有凑巧,接到娱乐中心招募管理员的通知时,劳动就业办公室的女孩刚刚在两天前不情不愿地和布里特-玛丽吃了一顿三文鱼,还保证一定帮她找到工作。次日上午九点零二分,布里特-玛丽又敲开了女孩办公室的门,询问找工作的进展,女孩在电脑上敲敲打打了好一阵,终于说:"现在倒是有一份工作,不过工作地点在很偏远的地方,待遇也低,还不如您领的失业金多呢。"

"我可没领什么失业金。"布里特-玛丽说,好像失业金是什么传染病似的。

女孩叹了口气,想劝布里特-玛丽参加她可能有资格报名的"再就业培训"和"职业能力评估",但布里特-玛丽明确表示,她根本不喜欢这些走过场的东西。

"拜托您想想清楚，布里特-玛丽，这份工作只能做三个星期，也不适合您这样……年龄的人……何况您还要大老远地搬过去住……"

无论如何，布里特-玛丽现在已经到了博格，而且她的车爆炸了，就算后悔也开不回去了。就职的第一天实在称不上愉快，想到这里，她又拨通了女孩的电话。

"我该去哪儿找清洁工具？"布里特-玛丽问。

"什么？"女孩问。

"您说过，如果我遇到工作上的问题，应该给您打电话。"

女孩含糊不清地嘟囔了几句，声音仿佛是从一只铁罐里传出来的。

"现在您必须听我说，亲爱的。您告诉我先去邮局拿娱乐中心的钥匙，我现在正在找邮局，不过，您要是不告诉我清洁工具在哪里，我是不会走进那个娱乐中——"这时，她又听到了足球的声音，它正从停车场的另一头向这边滚过来。布里特-玛丽不喜欢这样，也不是单单讨厌这只足球，所有的足球她都讨厌，完全没有偏见。

两个小孩正跟在球后面追，身上脏兮兮的，当然球也很脏。

他们穿着破到大腿的牛仔裤，跑着追上了球，朝相反的方向一踢，又跟着球往娱乐中心后面跑去，其中一个小孩跑的时候没控制好平衡，差点歪倒，顺手在娱乐中心的窗玻璃上一按，留下一个黑乎乎的手印。

"怎么啦?"女孩问。

"那些孩子难道不用上学吗?"布里特-玛丽感叹道,决定在"买菲克新!"的备忘条目后面再加一个感叹号——如果这个鸟不拉屎的地方有超市的话。

"什么?"女孩问。

"这儿有几个小孩!"

"好吧。不过,拜托,布里特-玛丽!我根本不了解博格!去都没去过!而且我听不清您说话——我猜您……您是不是把手机拿倒了?"

布里特-玛丽仔细看了看手机,把它调了个个儿。

"哈。"她对着话筒说,似乎拿倒了手机这件事应该埋怨电话那头的人。

"好啦,终于听得清了。"女孩鼓励道。

"这是我第一次用这部手机拨电话,世界上还是有不爱煲电话粥的正派人的,您知道吧。"

"噢,别担心,和您一样,新手机刚买来的时候我也不太会用。"

"我当然没在担心!而且这也不是什么新手机,已经买了五年了。"布里特-玛丽纠正道,"以前我可不需要什么手机,别的事就够我忙的了,您知道吧。我只给肯特打电话,而且是用家里的座机,像文明人那样。"

"可是,如果您出门在外呢?"女孩问。她根本想象不出手机发明之前人类是怎么活下来的,如果不能随时随地找到别人,日子还有法过吗?

"亲爱的姑娘,"布里特-玛丽耐心地解释道,"我都是和肯特一起出门的呀。"

布里特-玛丽很想再说些什么,可就在这时,她看见一只老鼠,跟普通花盆差不多大,正在停车场的冰面上狂奔。如果放在以前,布里特-玛丽早就妥妥地尖叫起来。遗憾的是,这一次她还没来得及尖叫,就觉得眼前一黑,接着便躺倒在地,失去了意识。

布里特-玛丽第一次接触博格的足球,就是被这只半空飞来的足球狠狠砸中了脑袋。

5

布里特-玛丽在一间屋子里醒过来,发现自己正躺在地板上,有人低头对她说了些什么,可此时她最担心的是地板脏不脏,还有别人会不会以为她死了。不是经常有人突然倒在地上死掉吗?真是太可怕了,布里特-玛丽想。死在肮脏的地板上更可怕,别人看见了还不知道会说些什么难听的呢。

"嘿,你——该怎么说来着,你是去世了吗?"有人问,但布里特-玛丽还在专心想着地板的事。

"嘿,女士?你,那个什么,你死了没有?"对方又问了一遍,似乎还吹了声口哨。

布里特-玛丽讨厌口哨声,而且她的头还疼着呢。

地板上有股披萨味。闻着披萨味,头疼着死掉,这样的下场实在悲惨。

她一点都不喜欢披萨,因为肯特每次从德国开会回来时浑身都是披萨味,布里特-玛丽记得与他有关的每种味道,印象最深的是医院的病房味,虽然病人收到的鲜花的香味占了很大比例(不知怎么,人们总喜欢给犯过心脏病的人送花),但布里特-玛丽仍然记得肯特丢在床边的衬衣上飘出来的香水和披萨味。

那时他正在睡觉,微微打着呼噜。她没有叫醒他,最后一次握了握他的手,叠起那件衬衣,放进自己的手提包。回到家,她用小苏打和醋搓干净衬衣领口,又把整件衣服洗了两遍,这才挂起来晾干。然后她用菲克新擦了窗户,清理了床垫,把阳台上的花盆收进来,打包了行李,平生第一次打开手机,她以为孩子们会打电话来询问肯特的情况,可他们没有,只是发了一条短信。

孩子们刚成年的时候,曾经保证每年圣诞期间来看望肯特和布里特-玛丽,后来便假装有事,找理由不来,最后连理由都懒得找,索性直接不来。人生都是这样。

布里特-玛丽一向喜欢看戏,演员虚情假意的一通表演,竟然能在谢幕时赢得观众的掌声,这令她着迷。然而肯特的心脏病发作,还有那个年轻貌美的女人的声音迫使她再也无法假装下去,既然在电话里听到了那个人的声音,你就不能假装她不存在。既然演不下去,布里特-玛丽就失去了获得掌声的资格,所以她离开了那间病房,带着一件有香水味的衬衫和一颗破碎的心。

还是别指望什么掌声和鲜花了。

"我操!你……你不会是挂了吧?"有人焦急地问。

布里特-玛丽发现,打断别人的死亡过程是非常失礼的行为,让濒死者听到粗俗可怕的语言更是不敬,况且,除了"我操"这样的字眼儿,还有许多更得体的词语足以表达说话者当下的感受。她抬眼望着站在自己旁边的那个人,对方也在低头看她。

"请问这是哪里?"她疑惑地问。

"嘿！你醒啦？这里是医疗中心。"对方高兴地说。

"怎么有股披萨味？"布里特-玛丽问得有气无力。

"是啊，医疗中心也是披萨店。"对方点头道。

"那怎么能保证卫生呢？"布里特-玛丽虚弱地嘟囔道。

对方耸耸肩："这里本来就是披萨店，他们把医疗中心给关啦，都怪经济危机，那可真是一泡屎，所以你瞧，现在我们只能凑合着过日子。不过没什么好担心的，你想感受一下医疗急救吗？"

布里特-玛丽觉得对方好像是个女的，只见这个女人快活地指了指一个打开的塑料箱子，箱盖上有个红十字标记，写着"急救"字样，她又举起一只臭烘烘的瓶子晃了晃。

"其实根本不是急救，顶多算'慢救'！你不试试吗？"

"您说什么？"布里特-玛丽捂着被撞的额头，痛苦地叫道。

她起先以为女人是站着的，仔细一看才发现原来她坐在那里。女人递给布里特-玛丽一杯不明液体。

"他们把卖酒的商店也关了，所以我们只能另想办法。拿好！听说这是爱沙尼亚的伏特加，可上面的字母有点怪，八成不是伏特加，不过至少也是和伏特加差不多的狗屎玩意儿，喝着辣舌头，但你会适应的，这玩意儿治发烧时烧出来的水疱特别管用，那东西叫什么来着？流感水疱？"

布里特-玛丽痛苦地摇摇头，突然一眼瞥见自己的外套上有些红色的污渍。

"我流血了吗？"她震惊地喊道，吓得一下子坐了起来。

要是血流到这个女人的地板上，那就太丢人了，无论后来擦没擦干净，都极其不妥。

"不！不！那他妈根本不是血！虽然你的脑袋确实挨了一下，不过这只是些番茄酱，你瞧！"女人嚷道，急忙抄起一张纸巾，要把布里特-玛丽衣服上的污渍擦掉。

布里特-玛丽这才注意到（其实很难注意不到），女人坐在一辆轮椅上，似乎还喝醉了——这是布里特-玛丽不带任何偏见、冷静观察得出的结论：首先，她身上有伏特加味；其次，她拿着纸巾抹了半天，愣是没擦对地方。

"我刚才一直守着，让你看上去不那么像死人。后来我饿了，就吃了点午饭。"说到这里，女人指着凳子上半块吃剩下的披萨，嘿嘿傻笑起来。

"午饭？现在这个时候吃午饭？"布里特-玛丽喃喃自语，还不到十一点呢。

"你饿了吗？来块披萨吧！"女人说。

布里特-玛丽突然想起对方刚才说过的一句话。

"您刚才说的话是什么意思，脑袋挨了一下？打中了没有？"她惊叫道，摸着头皮寻找脑袋上的弹孔。

"对对对，你的脑袋被足球砸了。"女人点点头，往披萨上浇了点伏特加。

见到这一幕，布里特-玛丽露出宁愿吃枪子儿也不愿吃披萨的表情，在她的想象中，枪子儿至少没那么脏。

坐轮椅的女人四十来岁的样子，她身边不知什么时候又冒出来个十岁出头的小女孩，两人合力把布里特-玛丽扶起来。女人的发型……布里特-玛丽从没见过这么丑的发型,大概是受了惊的猫帮她抓出来的。女孩的头发稍微像样些,可牛仔裤却碎成一条一条的,露着大腿上的肉。很可能是为了赶时髦。

女人又自顾自地傻笑起来,根本不在乎周围的人怎么想。

"天杀的小杂种,天杀的足球!不过你别生气,他们不是故意的!"布里特-玛丽碰了碰额头上的包。

"我的脸脏不脏?"她问,语气里充满了谴责和焦虑。

女人摇摇头,摇着轮椅去拿她的披萨。

布里特-玛丽的目光自动落在墙角的一张桌子上,那儿坐着两个留连鬓胡子、戴帽子的男人,桌上摆着咖啡和晨报,想到自己刚才无知无觉地躺在准备喝咖啡的顾客面前,她羞愧得无地自容,可那两个人看也没看她。

"你不过是昏睡了一小会儿。"女人把整块披萨塞进嘴里,轻描淡写地说。

布里特-玛丽从包里掏出一面小镜子,开始揉额头。虽然她觉得晕倒在地很丢人,但醒过来之后还顶着一张脏脸更丢人。

"您怎么知道他们不是故意的?"她问,这次只带着一丝谴责的语气。

"因为球砸中你了啊!"女人笑道,胳膊比划着,"要是他们故意瞄准你的脑袋踢球,肯定踢不中!这帮小杂种根本不会踢球。"

"哈。"布里特-玛丽说。

"我们其实没那么差劲儿……"一直站在她俩身旁的那个小女孩说,看上去受到了冒犯。

布里特-玛丽发现她手里捧着个足球，从捧球的姿势看，似乎随时都想把球抛起来，开个大脚。

女人朝小女孩做了个鼓励的手势。

"我叫薇卡，我在这里工作！"小女孩说。

"你不应该去上学吗？"布里特-玛丽问，眼睛始终盯着那个球。

"您不应该去上班吗？"薇卡反问，像抱着自己喜欢的人那样抱着足球。

布里特-玛丽紧抓着提包的手又紧了紧。

"告诉你吧，我正要去上班，谁知被球砸了。我是娱乐中心的管理员，这是我第一天上班。"

薇卡惊奇地张开嘴巴，仿佛布里特-玛丽的话拥有改变一切的魔力，但她没出声。

"管理员？"女人问，"你为什么不早说？女士！我这儿有给你的那个，叫什么来着？挂号信！里面装着钥匙！"

"人家让我去邮局拿钥匙。"

"这儿就是邮局！他们把以前的邮局关了，你明白吗！"女人摇着轮椅钻到柜台后面，手里一直拎着伏特加瓶子。

大家一时间都没说话。过了一会儿，门口传来叮叮当当的声音，一个穿着脏靴子的人踩着没擦过的地板走进来。女人叫道：

"嘿，卡尔！这儿有你的一个包裹，等着！"

布里特-玛丽转过身，差点被新来的人撞倒在地。她抬头向上打量，只看到一蓬浓密的胡须，胡须上方是一顶脏得出奇的帽子。胡须和帽子同时朝她这边转过来，似乎在打量她。

帽子和胡子中间的某个地方传来一声咆哮："看路！"

布里特-玛丽不为所动，深感不解。她使出更大的力气攥紧手提包，然后开口道：

"哈。"

"是你撞了她！"站在她身后的薇卡气愤地说。

布里特-玛丽不喜欢这样。每当有人替她辩解（这种情况并不常见），她都不明白人家为什么要替她辩解。

女人拿着卡尔的"包裹"出现了，卡尔愤怒地瞪了薇卡一眼，又带着敌意扫了扫布里特-玛丽，然后气呼呼地朝坐在角落里的两个男人点点头，对方似乎更加生气地点头回应。卡尔迈着大步，慢慢地踱出去，店门在他身后欢快地叮当作响。

女人安抚般拍了拍布里特-玛丽的肩膀。

"卡尔就是个王八蛋。他有点儿……嗯……你们都怎么说的来着？刺儿头！你明白我的意思吧？人生啦、宇宙啦什么的，他全都讨厌。这里的人不喜欢城里来的人。"她告诉布里特-玛丽，说到"这里的人"时，还刻意朝角落那两个男人抬了抬下巴。那两个人一直低头看报纸，喝咖啡，仿佛眼前的两个女人并不存在。

"他怎么知道我是城里来的？"

女人翻了个白眼儿。"来吧！我带你看看娱乐中心，怎么样？"她叫道，说着便摇起轮椅，向门口滑去。

布里特-玛丽打量着这个既是披萨店，又是医疗中心和邮局的地方，这里甚至还有卖食品和杂货的架子，看来还兼小超市。

"请问，这里还卖杂货吗？"

"他们把超市关了,你知道吧,我们只好另想办法啰!"

布里特-玛丽想起娱乐中心的脏窗户。

"您不介意的话,我想问问这里卖不卖菲克新?"

布里特-玛丽没用过菲克新以外的清洁剂,她小时候在父亲读的晨报上看过菲克新的广告,对它一见钟情。那则广告是这样的:一个女人站在干净的窗口向外张望,下面写着"菲克新带您看世界"。布里特-玛丽喜欢那张图,等她长到拥有自己的窗户的年龄,她就开始用菲克新擦窗,每天都擦,坚持了一辈子,因此从没遇到过看世界方面的问题。

只是这个世界没有看到她。

"我知道这个牌子,可是,现在没有菲克新了……你明白吗?"女人说。

"那是什么意思?"布里特-玛丽问,当然,她的语气里只有一丝谴责的意味。

"菲克新不再属于生产商的——怎么说来着——产品范围了!因为不赚钱,你理解吧。"

布里特-玛丽双目圆睁,微微喘息。

"可是……不过……这样合法吗?"

"不赚钱。"女人耸耸肩。

这也能叫回答?

"现在的人都可以这么干了?"布里特-玛丽忍无可忍地诘问道。

女人又耸耸肩。"别管它了,好吗?我还有别的牌子!你要不要俄国货?绝对的好东西,就在那——"她一边说着,一边示意薇卡跑过去拿。

"当然不要!"布里特-玛丽打断她,气冲冲地朝门口走去,"我用小苏打!"

你没法改变布里特-玛丽看世界的方式,一旦布里特-玛丽对世界形成了固定的看法,谁都别想改变她。

6

布里特-玛丽被门槛绊了一下。除了博格的人,连博格的建筑都想把她撵走。她站在披萨店门口的轮椅坡道上,缓缓蜷起脚趾,在鞋子里面紧成一团,缓解脚上的疼痛。一辆拖拉机从路上开过,迎面又开来一辆卡车,然后整条路重归寂静荒凉。布里特-玛丽从没来过这样的社区。有时肯特会开车带她经过这样的地方,免不了要对此嘲讽一通。

布里特-玛丽恢复了沉着冷静,更加坚定地攥紧手提包,大步走下轮椅坡道,穿过停车场的碎石地面。她走得很快,仿佛被人追赶,可是身后只有一个摇着轮椅的女人。薇卡抱着足球奔向一群孩子,他们齐刷刷穿着破到大腿的牛仔裤。她没跑几步就停了下来,瞅着布里特-玛丽,含糊地嘟囔道:

"我们踢球砸到您的头了,对不起,我们不是故意的。"

接着她又挑衅地对坐轮椅的女人说:

"如果我们瞄准的话,也一样能踢中!"

她转过身去就是一脚,球从男孩们旁边飞过去,砸向娱乐中心和披萨店中间的木篱笆,一个男孩截住被篱笆弹回来的球,对准篱笆补了一脚。布里特-玛丽方才明白在停车场听到的沉闷的撞击声是怎么来的。刚才她挨的那一下，恐怕是有个孩子对着篱笆踢球，结果球弹回来，恰好砸中布里特-玛丽的脑袋，角度之刁钻简直匪夷所思。在不良少年的种种烂泥糊不上墙的行为里，这次命中堪称令人印象深刻的壮举。

球慢慢滚到布里特-玛丽脚旁，孩子们似乎在等她把球踢回去，不料布里特-玛丽赶紧退开，仿佛那只足球准备朝她吐痰。球继续向前滚，薇卡跑了过来。

"您为什么不踢呢？"她迷惑不解地问。

"我为什么要踢？"

两人怒目相视，彼此都认定对方精神不正常。薇卡把球踢回男孩们那边，跑走了。布里特-玛丽拍拍裙子上的灰尘。坐轮椅的女人灌下一大口伏特加。

"你瞧瞧，天杀的小杂种，球踢得像屎一样。就算站在船上，他们也没本事把球踢进水里！可他们没有地方玩儿，对吧？议会把球场关了，地皮也卖了，打算在那儿建公寓楼。然后经济危机来了，一切都变成了狗屎。他们说，不会有公寓楼，也不会有球场了。"

"肯特说的是，经济危机已经结束了。"布里特-玛丽友好地为她扫盲。

女人冷冷地"哼"了一声。

"也许这个叫肯特的家伙……嗯，怎么说来着？脑袋夹在了屁股里——啥都看不见！"

布里特-玛丽不知道哪一点让她更生气：是她不明白这句话的

意思,还是她隐隐约约猜出了这话的意思。

"在这方面,肯特很可能懂得比您多,他是个企业家,您必须理解。他非常成功,和德国人做生意。"她谨慎地纠正道。

女人不为所动,举起伏特加酒瓶指点着孩子们,说:

"他们关了球场,解散了球队,好球员只能加入镇上的屎球队。"

她朝公路的一头扬扬下巴——布里特-玛丽猜想,那儿就是"镇上"——又朝孩子们努努嘴。

"镇上,离这儿十二英里远。你知道吧,这些孩子都是球队刷下来的,就像你说的那个什么来着?菲克新!让人排挤出生产线了,因为不赚钱。必须得赚钱。所以这个什么肯特,嗯,他的眼睛一定被屁股完全挡住了,对不对?也许经济危机已经从城里搬出来了,可它喜欢博格,眼下正住在这里呢,真是个杂种啊!"

布里特-玛丽注意到,女人说起十二英里外的"镇上"和她的大本营"城里"时,语气截然不同:尽管两个她都鄙视,但是鄙视的层次不一样。女人灌了史无前例的一大口伏特加,眼泪都辣出来了,继续说:

"以前,博格人人都有卡车,你知道吧,这儿有个什么……什么卡车公司!然后经济危机那个杂种来了,现在这儿的人比卡车多,卡车比工作多。"

布里特-玛丽一直牢牢抓着手提包,不知怎么,她很想为自己辩护,证明这一切不是她的错。

"这儿有老鼠。"她嫌恶地说。

"老鼠也得有地方住,不是吗?"

"老鼠很脏，它们住在自己制造的垃圾堆里。"

女人掏了几下耳朵后，入迷地注视着从耳朵里拔出的那根手指，然后喝了几口伏特加。布里特-玛丽点点头，尽量用关怀体贴的语气补充道：

"如果把博格打扫得干净一点儿，也许经济危机就没那么愿意住在这里了呢。"

女人好像没有仔细听她说话。

"那是胡说八道。老鼠也分家老鼠和野耗子，家老鼠每天像猫一样把自己舔得干干净净，野耗子就很脏，到处拉屎。家老鼠有自己的茅房，总在一个地方拉屎。嗯。"她突然用酒瓶指了指布里特-玛丽的车。

"你应该把车挪走，他们会瞄准它踢球的。嗯。"

布里特-玛丽耐心地摇摇头。

"挪不了，我停车的时候，车爆炸了。"

女人笑起来，摇起轮椅围着汽车转了一圈，盯着副驾驶门上的那个足球形状的凹痕看了一会儿。

"啊，飞来石。"她轻声笑道。

"什么？"布里特-玛丽问，她不情愿地凑过去，凝视着足球形状的坑。

"飞来石。修车店给保险公司打电话的时候都这么说。"女人又轻声笑了笑。

布里特-玛丽从包里摸出笔记本。

"哈。我能问问哪里有修车工吗？"

"你眼前就有一个。"女人说。

布里特-玛丽怀疑地盯着她看——当然是盯着她本人,不是她的轮椅,布里特-玛丽从来不以貌取人。

"您会修车?"

女人耸耸肩。

"他们关了修车店,我们只好另想办法。不过还是别废话了!我带你到娱乐中心去吧?"

她拿出装着钥匙的信封,布里特-玛丽接过来,看看女人手中的酒瓶,继续紧紧抓住自己的包。

然后她摇了摇头。

"这太好了,谢谢您,但我不希望麻烦您。"

"不麻烦。"女人满不在乎地摇着轮椅,灵活地前后移动。

布里特-玛丽灿烂地一笑。

"我从没觉得这对您来说是个麻烦。"

她轻快地转过身,迅速穿过砾石庭院,免得女人又在她身后跟着。她从车里拿出行李箱和花盆,拖到娱乐中心,打开门锁走进去,又从里面锁上门。之所以这么做,不是因为她不喜欢坐轮椅的女人,跟喜欢不喜欢没有半点关系。

只是因为女人身上的伏特加味道让她想起肯特。

她环顾四周,娱乐中心的外墙传来"砰砰"的声音,地板的灰堆上有老鼠的脚印,所以,布里特-玛丽做了她遇到紧急情况时一贯会做的事:打扫卫生。她拿一块破布蘸着小苏打水擦了窗户,用醋打湿报纸,把窗户上的小苏打水抹干。虽然小苏打几乎和菲克新一样好用，可好像总差了那么一点儿。她用小苏打和水刷了厨房的水槽，拖了地，用小苏打和柠檬汁的混合液擦了厕所的瓷砖和水龙头，又混合着小苏打和牙膏清理了水池，最后往她带来的花盆里撒了小苏打——不然里面会生蜗牛的。

那些花盆里面看着似乎只有土，可土层深处埋藏着静候春天等待发芽的花种，严酷的寒冬要求养花人从信念中汲取力量，不被表象迷惑，坚持不懈地给花种浇水，相信光秃秃的花盆中迟早会钻出希望的嫩芽。布里特-玛丽不再清楚地知道自己是否怀有信念或是希望，也许两者她都没有。

娱乐中心的墙纸冷漠地看着她，墙纸上贴满了人和足球的照片。

到处都是足球。每当足球的图案跳进布里特-玛丽的眼角，她都会更加奋力地挥舞手中的海绵，直到足球撞墙的声音消失，孩子们抱着球回家去了，她才结束清扫。太阳落山之后，布里特-玛丽才意识到室内只有厨房的灯能亮，她只好待在厨房，困在那座被人造光源照亮的小岛上，守着一家即将关门的娱乐中心。

厨房被堆积如山的盘子、一台冰箱和两张木凳占领。布里特-玛丽敞开冰箱，发现里面几乎是空的，仅剩一包咖啡。她暗骂自己怎么不带点香草精过来，香草精和小苏打混合，可以让冰箱气味清新。

她迟疑地站在滴漏式咖啡壶前面，它看起来很有现代感。她已经很多年没煮过咖啡了，因为肯特很会煮咖啡，布里特-玛丽早就得出结论，咖啡还是等他来煮最好。这只咖啡壶上有个带灯泡的亮闪闪的按钮，这是她许多年来见过的最奇妙的东西之一，所以尝试着打开应该是咖啡粉投放口的盖子，然而盖子卡住了，按钮愤怒地闪烁起来。

布里特-玛丽深感羞愧，沮丧地用力掀扯壶盖，按钮更加疯狂地频频闪动，在闪光的刺激下，她手上不由自主地加了把劲儿，结果一下子弄翻了整个咖啡壶，盖子"啪"的一声弹开了，里面的咖啡粉和水全部洒在布里特-玛丽的外套上。

他们说，人出门在外的时候会变得和平时不一样，因此布里特-玛丽讨厌旅行。她不希望改变。

所以，今天遇到的这些乱七八糟的事都是旅行的错，她觉得自己并没有失去往常的自制。当然，刚结婚的时候，肯特穿着高尔夫球鞋在镶木地板上走来走去的那一次不算。

她抄起拖把，使出浑身的力气，用拖把的手柄猛砸咖啡壶。壶身上的按钮眨了几下眼睛，壶肚里传出碎裂的声音，按钮终于不再闪烁了。布里特-玛丽片刻不停地敲打着，直到她的手臂颤抖，眼睛模糊得再也看不清碗碟架的轮廓。最后，她气喘吁吁地从包里拽出一条毛巾，关掉厨房的顶灯，在黑暗中坐到一张木凳上，拿毛巾捂住脸，抽泣起来。

她可不想让眼泪滴到地板上，会留下印子的。

7

布里特-玛丽一夜没睡,她已经习惯了,为别人而活的人迟早都会习惯。

她始终坐在黑暗之中,如果大半夜开着灯,路过的人难保不会怀疑娱乐中心里发生了罪案。

布里特-玛丽之所以没睡,是因为她想起打扫卫生之前,娱乐中心的地板上积了一层厚厚的灰尘。如果她在睡梦中死掉,尸体不仅会散发臭味,还会逐渐被灰尘盖住,她不敢冒这个险,而且娱乐中心的沙发也不是什么睡觉的好地方。沙发已经脏透了,往上面撒小苏打的时候,布里特-玛丽不得不戴上双层乳胶手套。也许她可以睡在车里?也许吧,如果她是一只动物的话。

劳动就业办公室的女孩坚持让布里特-玛丽住到十二英里开外的镇上的旅馆里,但仅仅是想到自己要睡在别人铺的床上,布里特-玛丽就觉得不自在。她知道有些人整天无所事事,一心只想着到别处去,体验不一样的生活,可布里特-玛丽的理想是待在家里,过一成不变的日子,自己给自己铺床。

每当和肯特外出住旅馆时,她总会先在门外挂上"请勿打扰"

的牌子,然后亲自铺床、整理房间,并非她看不上别人的服务,或是忍不住说三道四,而是因为她知道清洁工可能正是热衷说三道四的人,她可不想让清洁工们晚上凑在一起点评423号房间住客的生活习惯。

有一次在外地,肯特记错了返程的登机时间,(他还振振有词地声辩:"是那些王八蛋把王八蛋机票上的时间打错了。")等两人发现他们必须半夜赶到机场时,已经来不及在旅馆里冲个澡再走了。于是,在匆忙离开旅馆的前一刻,急中生智的布里特-玛丽跑进浴室,拧开花洒,让水往地上流了几秒钟,这样清洁工进房打扫时会发现浴室地面有水,等到他们开讨论会时,就不会得出"423号房间的客人没洗澡就跑了"之类的结论了。

肯特对她的做法嗤之以鼻,说她总是太在意别人对她的看法。在赶往机场的路上,布里特-玛丽的内心一直在尖叫:其实她最在意的是别人对肯特的看法。

她不知道肯特什么时候开始不再关心别人对她的看法。

她记得很久以前,他曾经在乎过,那时候从他看她的眼神可以看出,他知道她就在那里。我们没办法预测爱情什么时候开花,直到突然有一天,你醒来时发现它已经开花了,爱情的花朵枯萎起来也是这德性——突然有一天,你发现为时已晚。在这方面,爱情和阳台植物具有相似的习性,只是有时候连小苏打都救不了它。

布里特-玛丽不知道他们的婚姻是什么时候溜出她手心的,无论多少只杯垫都阻止不了婚姻的磨损。他也曾握着她的手入睡,她则做着和他相同的美梦。布里特-玛丽不是没有自己的梦想,而是因为他的梦想更大,在这个世界上,梦想越大的人越会是赢家,这是她学到的道理。所以她甘愿待在家里照顾他的孩子,甚至都没打算生自己的孩子。孩子们长大后的几年里,她继续留在家里,把房子维护得体面像样,支持肯特的事业,不曾想过开创自己的事业。发现邻居叫她"烦人精"时,她担心的却是丈夫的德国朋友来做客时可能会看到门厅的垃圾,或者闻到楼梯间有披萨味。她自己没有朋友,只有脾气古怪的熟人,通常是肯特的商业伙伴的妻子。

有次晚餐聚会结束后,其中一位熟人自告奋勇帮助布里特-玛丽清洗餐具,接着又开始整理布里特-玛丽的餐具抽屉——先把餐刀放到最左边,再依次摆放勺子和叉子。布里特-玛丽惊恐地质问她怎么可以这样做,熟人笑着说:"这有什么要紧?"简直不把排列餐具的正确顺序放在眼里——自此她们的熟人关系宣告结束。肯特说布里特-玛丽不够随和,所以她又在家里待了几年,让肯特代表他们两个人社交,充分表现他的随和。后来,"几年"变成了"更多年","更多年"变成了"一辈子",事情往往就是这样。并非布里特-玛丽选择不去期待什么,只是某天早晨醒来,她突然意识到所有的期待都过了保质期。

她觉得肯特的孩子喜欢她,可孩子们会长大,长成大人的孩子会叫她这样的女人"烦人精"。她居住的街区也有别的孩子,他们独自待在家里时,布里特-玛丽偶尔会给他们做饭。可这些小孩家的大人们总会回家,等他们长大后,布里特-玛丽就成了他们眼中的"烦人精"。肯特老说她缺乏社交能力,她觉得他说得肯定对。最终,她的全部梦想化作一个阳台和一个不会穿着高尔夫球鞋在镶木地板上走来走去的丈夫,他偶尔会自觉把衬衫丢进洗衣篮,无需她提醒,有时候不用她问就主动表达一下自己对饭菜的喜欢。她想要一个家,希望孩子们(虽然不是她生的)无论如何都能回家过圣诞节,即便不来,也至少找个说得过去的理由。她想要井井有条的餐具抽屉,时常去剧院看场戏,想要能看到外面世界的干净窗户,希望某个人会注意到她精心打理的发型,或者至少假装注意到了,或者至少,允许布里特-玛丽去假装。

她希望这个人每天回家之后,走在拖干净的地板上,享用热腾腾的晚餐时,偶尔能发觉她的努力。肯特病房里那件混合着披萨和香水味的衬衫只是压垮她的最后一根稻草,是将布里特-玛丽的那颗心击得脆弱不堪的元凶,是简单的心愿得不到满足而引起的绝望。

第二天早晨六点,布里特-玛丽准时打开厨房的灯。她其实并不需要照明,只是因为可能有人注意到了昨晚的灯光,知道她在娱乐中心过夜,如果这时不开灯,别人会觉得她太懒,这么晚了还不起床。

沙发那儿有台旧电视,也许打开电视就不会感到孤单了。可她不敢开,因为害怕屏幕上出现足球。足球是现今的热门话题,与看球相比,布里特-玛丽宁愿选择孤独。娱乐中心的寂静仿佛是她的保镖,为她带来安全感。滴漏式咖啡壶依旧倒在台面上,不再对她眨眼睛。她坐在咖啡壶前的木凳上,想起肯特的孩子们形容她"消极挑衅",肯特听后乐不可支,就像他在看球赛时喝饱了伏特加和果汁之后那样哈哈大笑起来:肚皮上下起伏,几乎喘不动气,笑声中偶尔夹杂着猪哼一样的鼻音。笑了好一会儿之后,他评论道:"她才不是什么狗屁的'消极挑衅'呢,是为了消极而挑衅!"接着他又笑起来,直到把果汁洒在长绒地毯上才作罢。

布里特-玛丽觉得受够了,默不作声地把那块地毯移到了客房,显然不是为了消极挑衅,而是因为人的忍耐是有限度的。

肯特的话并不让她难过,因为他很可能不知道自己在说什么。她觉得受到了冒犯,只是因为肯特发表评论之前没有先看看她站得是否足够近,能不能听清他说的话。

她凝视着咖啡壶,突发奇想:要不要试着修好它?然而这个想法稍纵即逝,她很快便恢复了理智,把它赶出自己的脑海。自从结婚以来,她没修理过任何东西,每次都觉得,最明智的做法就是等肯特回来修。每当电视上播出的搭建或装修类节目中出现女人时,肯特总说:"女人连宜家的家具都组装不了。"他觉得这是"先天决定的"。布里特-玛丽喜欢和他一起坐在沙发上,肯特看电视,她就默默地玩填字游戏,遥控器放在腿边,等待肯特摸索遥控器,准备换台看球赛时,指尖经常碰到她的膝盖。

她搬出更多的小苏打,又清扫了一遍娱乐中心。往沙发上撒第二袋小苏打时,传来了敲门声。布里特-玛丽过了很久才去开门,因为她先跑进洗手间,对着镜子做了个发型。不会亮的电灯令整个过程变得更加复杂。

只见披萨店的女人坐在门外,双手捧着一个盒子。

"哈。"布里特-玛丽对着盒子说。

"高级红酒,你瞧瞧。便宜。卡车后厢里掉出来的,哈哈哈!"女人沾沾自喜道。

布里特-玛丽没太听懂她是什么意思。

"可是,你知道吧,我只能把酒倒进有标签的瓶子里卖。税务局会查的。"女人说,"我们店里叫它'招牌红酒',要是税务局的问起来,你就这么说,好吗?"女人半塞半扔地把红酒盒子交给布里特-玛丽,接着强行钻进娱乐中心,轮椅撞得门槛咔咔作响,她摇着把手在室内四处乱转。

布里特-玛丽惊恐万分,像看一泡屎一样盯着轮椅在地板上留下的雪水和泥沙。

"请问,我的车修得怎么样了?"她问。

女人洋洋得意地点点头。

"很好!好得不能再好了!嘿,我想问你一件事,布里特-玛丽:你在乎颜色吗?"

"您说什么?"

"你瞧,我弄来的车门,嗯,非常可爱的一扇车门,哈,不过可能跟你的车颜色不一样。也许……更偏黄一点。"

"我的车门怎么啦?"布里特-玛丽一脸惊愕。

"没事儿!没事儿!我就是问问!你觉得黄的车门不好吗?你的旧车门——那个词怎么说来着?被氧化了!其实我弄来的那扇门也不算是黄色的,几乎是白的呢。"

"反正我肯定不会在我的小白车上安一扇黄色的门。"

女人舞动两只手掌,在半空中画起了圆圈。

"好的,好的,好的,你冷静,冷静,冷静。修好白色的门,没问题。不过,白色的门,需要一点那什么……交货时间!"

她心不在焉地朝红酒盒子点点头。

"你喜欢红酒吗,布里特?"

"不。"布里特-玛丽说。其实她不讨厌红酒,可如果回答喜欢,别人可能以为她是酒鬼。

"人人都喜欢红酒,布里特!"

"我的名字是布里特-玛丽。我姐姐才叫我布里特。"

"姐姐,嗯?世界上竟然还有那个什么……另外一个你?真是太妙了!"

女人咧着嘴巴笑起来,仿佛听到一个笑话,可布里特-玛丽只觉得她是在取笑自己。

"在我们小时候,我的姐姐就死了。"她告诉女人,目光没有离开红酒盒子。

"啊……真他奶奶的……你……那个词怎么说来着?节哀。"女人黯然道。

布里特-玛丽在鞋子里紧紧蜷起脚趾。

"哈,您真贴心。"她平静地说。

"这种酒好是好,就是有很多……叫什么来着?杂质!得用咖啡滤纸过滤几次,嗯,然后就能喝了!"她熟门熟路地解释道,接着便瞥见布里特-玛丽的行李箱和地板上的花盆,于是笑得更灿烂了。

"我本想把这瓶酒送给你,祝贺你得到新工作来着,现在看来,它更像是给你的……叫什么来着——乔迁礼物!"

受到冒犯的布里特-玛丽不情愿地捧着红酒盒子,仿佛那是颗定时炸弹。

"我得跟您说明一下,我不住这里。"

"那昨天晚上你在哪儿睡的?"

"我没睡觉。"布里特-玛丽说,心里很想把酒盒子扔到门外去,然后捂住耳朵。

"你可以住旅馆。"女人说。

"哈,我猜您还是开旅馆的吧?既然披萨店、修车行、邮局、杂货店都是您开的,也不差旅馆了,一条龙服务,还真是省心啊。"

女人的笑容消失了,明显吃了一惊。

"旅馆?我为什么要开旅馆?不不不,布里特-玛丽,我还是坚持……叫什么来着——坚持主业!"

布里特-玛丽把重心从左脚移到右脚,最后终于踱到冰箱前,把红酒盒子放了进去。

"我不喜欢旅馆。"她宣布,然后重重地关上了冰箱门。

"不!该死!别把酒放冰箱里,酒里会结块的!"女人叫道。

布里特-玛丽瞪着她。

"真的有必要一直说脏话吗?难道我们是部落里的野蛮人?"

女人摇着轮椅向前几步,依次拉开厨房的抽屉,翻出一包咖啡滤纸。

"屁!布里特-玛丽,你瞧,必须得过滤,没关系的,也可以和芬达掺着喝,你想要的话,我有便宜货,中国的!"

她突然停下轮椅,盯着那个滴漏式咖啡壶——或者说是咖啡壶的残骸。布里特-玛丽浑身不自在,两手交叉,紧紧地扣在肚子上,像是想找个地洞,把洞边上那些看不见的灰尘拂掉,再跳进去躲起来。

"这是……怎么回事?"女人问。她先看看拖把,又把目光转向咖啡壶上那些和拖把柄端完美吻合的凹坑。布里特-玛丽沉默地站着,脸像被火烧过。她很可能在想肯特。终于,她清清嗓子,挺直腰杆,盯着女人的眼睛回答:

"飞来石砸的。"

女人看看她,又看看咖啡壶,再看看拖把。

接着她便笑了起来,笑得很大声,然后开始咳嗽,咳嗽完之后又笑,声音比先前更大了。布里特-玛丽深受冒犯:这根本没什么好笑的,至少她这么想。她记得自己已经有许多年没说过惹人发笑的话了,笑声很容易让她受到冒犯,因为她觉得对方是在取笑自己。如果你有一个随时都想表现幽默感,却不允许妻子比自己诙谐的丈夫,就更容易产生这样的倾向。在他们家,肯特负责搞笑,布里特-玛丽负责做饭和打扫。这就是他们的分工。

坐轮椅的女人已经快要把轮椅笑翻了,这让布里特-玛丽极为不安。每当没有安全感时,她本能的反应是愤怒。她带着明显的怒气向吸尘器走去——还得清掉沙发套上面的小苏打呢,毕竟撒了厚厚一层。

女人的狂笑逐渐转为执着的傻笑,继而又开始乐颠颠地反复

055

嘟囔"飞来石"之类的字眼儿。"真是太他妈好笑了,你知道吧。嘿,你知道你车里有个大得要死的包裹吗,嗯?"

说得好像布里特-玛丽应该为此惊讶似的,从女人的语气里仍然听得出她在窃笑。

"我当然知道。"布里特-玛丽冷冷地说。

女人摇着轮椅朝店门走去。

"你,那个什么,要我帮忙把它搬进来吗?"

布里特-玛丽用打开吸尘器的动作回答了女人的问题。在吸尘器的巨大噪音中,女人扯着嗓子喊道:

"不麻烦的,布里特-玛丽!"

布里特-玛丽捏紧吸尘刷,狠狠按在沙发垫上,死命地搓来碾去。

女人等了半天,始终没见布里特-玛丽回应,只得无奈地喊道:"那好吧,要是想喝红酒,别忘了像我说的那样掺上芬达!还有,它和披萨很配!"听到关门的声音后,布里特-玛丽关掉吸尘器。她不想表现得不友好,可又真的不希望让别人帮忙处理那个包裹,这是目前她最不愿意干的事情。

因为包裹里是一件还没组装的宜家家具。

布里特-玛丽打算自己组装它。

8

博格旁边的公路上不时有卡车经过，每次娱乐中心都会被震得抖上几抖——布里特-玛丽推测，娱乐中心很可能建在两块大陆架之间的断层线上，因为"大陆架"这个词经常出现在填字游戏里，所以她知道那是什么东西，也知道博格是她母亲所谓的"穷乡僻壤"，在她母亲眼中，只要不是城市的地方全都是穷乡僻壤。

又一辆卡车轰隆隆地开过去，车身是绿色的，墙壁跟着抖动起来。

博格曾经是卡车送货的目的地，现在来这儿的卡车却只是纯路过。绿皮卡车让布里特-玛丽想起了英格丽德：当年布里特-玛丽透过车后窗看到的也是一辆绿皮卡车，那时她还是个孩子。那一天过去之后，她觉得自己不再是孩子了。

这么多年以来，有个问题布里特-玛丽思考过无数次：当时她到底有没有时间尖叫。如果尖叫了，结果会不会不一样。她们的母亲叮嘱过英格丽德系好安全带，而英格丽德从来不系，把母亲的话当作耳旁风，母女俩为此吵了起来，所以她们没看到绿皮卡车。但布里特-玛丽看到了，因为她总是系着安全带，因为她想让母亲注意到自己。母亲显然从来没有注意过她，因为布里特-玛丽从来不需要被人注意，她总是不用别人提醒就能做到每一件事。

绿皮卡车是从右边开来的，布里特-玛丽只记得这一点。它在右边出现之后，父母的车后座就全是碎玻璃和血。失去知觉之前，布里特-玛丽最想做的事情，是把车后座清理干净，让它体面像样。在医院里醒来后，这是她做的第一件事。清理，让一切体面像样。姐姐下葬后，几个穿黑衣服的陌生人来父母的房子里喝咖啡，布里特-玛丽在每只杯子底下垫上杯垫，洗干净所有盘子，擦亮每一块窗玻璃。父亲回家越来越晚，母亲变得沉默寡言，布里特-玛丽不停地洗啊，刷啊，洗啊，刷啊。

她始终期待着，有一天母亲起床后会说："你把家里打扫得真干净啊。"可这件事始终没发生过。他们从不谈论那次事故，正因为不谈，别的话题也谈不下去。有人把布里特-玛丽从车里拽出来，她不知道是谁，但知道她母亲一直在暗自生气，因为他们救错了人，不是这个女儿。也许连布里特-玛丽本人也无法原谅他们，因为他们救出的这个孩子一辈子都在害怕突然死掉，害怕自己躺在屋里默默发臭，无人问津。有天早晨，她读了父亲的晨报，看到一则窗户清洁剂的广告，于是按照广告上推荐的生活方式过了一辈子。

现在她已经六十三岁，站在一处穷乡僻壤，透过娱乐中心的厨房窗户凝视博格，怀念着菲克新，怀念着广告教给她的世界观。

她站的位置很巧妙，与窗户拉开一定距离，能看到外面，外面的人却看不到她。可这样做实在让她惭愧，仿佛自己是个偷窥犯。

她的车还在院子里，跳车的时候她忘了拔钥匙。宜家家具的箱子就在车后座上，非常沉，她不知道如何把它弄进娱乐中心，也不知道箱子怎么就这么沉，因为不清楚里面到底是什么家具。她原本想买个凳子，跟娱乐中心厨房里的凳子差不多的那种，可去宜家的仓库提货时，好不容易找到正确的货架，却发现所有的凳子都卖完了。

布里特-玛丽筹划了一上午的"买凳子回去自己组装"的宏伟计划破灭，在货架前呆立了很久，久到她都开始担心仓库里的其他人会好奇地对她指指点点。他们会说什么呢？很有可能怀疑她是小偷。布里特-玛丽越想越恐慌，在恐惧的刺激下，她体内的超能力突然觉醒，从旁边的货架上胡乱拖下一只沉重的箱子，扔进购物车，又慌忙调动全身上下的表演细胞，假装这只箱子里面装的正是她梦寐以求的家具。她几乎不记得自己是如何把箱子弄进车里的，大概像电视上经常演的那样，母亲在危急之中迸发出奇迹般的力量挪动巨石，救出困在下面的孩子。而为了打消别人的怀疑、维护自己的清白时，布里特-玛丽也能迸发出这样的神力。

安全起见，她站得离窗口更远了一点。十二点整，她把午餐端到沙发旁的桌子上，所谓的午餐不过是一罐花生和一杯水，可"文明人都在十二点吃午餐"这句话是不会错的，而布里特-玛丽是不折不扣的文明人。她往沙发上铺上一条毛巾，坐在上面，把罐头里的花生倒进一只盘子，强迫自己在没有刀叉的情况下吃掉它们。用餐完毕，她收拾了碗碟和桌子，又格外仔细地打扫了整个娱乐中心，差点用光所有的小苏打。

在娱乐中心的小洗衣间里，有一台洗衣机和一台滚筒式甩干机，布里特-玛丽用仅剩的一点小苏打清洗了两台机器，如同一个饥饿的人把最后一点干粮穿在了鱼钩上。

她这么做不是因为想洗衣服，而是不愿意让机器们脏着。她在甩干机后面的墙角里发现了一大袋印着号码的白T恤，知道这是球衣。整个娱乐中心里挂着许多穿这种T恤的人的照片，照相时，他们的衣服上很可能还粘着草叶和泥土，布里特-玛丽一辈子都想不明白，为什么有人会穿着白色的球衣从事户外运动，实在太野蛮了。对了，不知道那个小超市兼披萨店兼修车行兼邮局卖不卖小苏打。

她取下自己的外套，前门那里贴着不少擅长踢足球的人与足球的照片，旁边挂着一件黄色的10号球衣，数字"10"的上方印着"银行"两个字。球衣正下方有张照片，上面的老头手里擎着一件一模一样的球衣，露出得意的笑容。

布里特-玛丽穿好大衣，打开门，猛然发现外面站着个人，对方似乎正准备敲门，他的脸上到处沾着鼻烟渣子。对于这么一张脸，布里特-玛丽压根儿不想多看，因为她痛恨鼻烟。不到二十秒钟，她就把对方轰走了，离开时，"鼻烟脸"还嘟囔了几句什么，听着很像"烦人精"之类。

布里特-玛丽拿出手机，给她用这部手机拨过的唯一一个号码打了电话，劳动就业办公室的女孩没接听，布里特-玛丽又打了一遍，因为她觉得电话不是你不想接就可以不接的。

"什么事？"铃声响了好多遍，电话才接通，女孩嘴里显然正嚼着东西，"抱歉，我在吃午饭。"

"现在?"布里特-玛丽惊奇道,仿佛女孩在开玩笑,"亲爱的姑娘,我们又没在打仗,用不着一点半才吃饭吧?"

女孩用力嚼着饭,勇敢地尝试转移话题:

"杀虫员去了吗?我花了好几个小时打电话,最后才找到一个不用预约、能立刻上门的,而且——"

"来了个女杀虫员,还吸鼻烟。"布里特-玛丽说,似乎这两个特点可以指向一个明显的结论。

"没错。"女孩说,"她处理老鼠没有?"

"没有,当然没有。"布里特-玛丽肯定地说,"她的鞋太脏了,而且我刚拖过地。她还吸鼻烟,说要撒老鼠药,这是她的原话,您真的觉得她可以这么做吗?想在哪里撒药就在哪里撒药?"

"不可……以?"女孩猜测着问。

"当然不可以,会出人命的!我也这么告诉她了,然后她就站在那里翻白眼儿,脚上趿着脏鞋,脸上沾着鼻烟,说要不然她先布个老鼠夹子试试,用士力架当诱饵!巧克力!放在我刚拖干净的地板上!"布里特-玛丽用变了调的声音说,内心是满满的咆哮。

"好吧。"女孩说,刚说完就后悔了,因为她蓦然惊觉布里特-玛丽的语气可是一点都不好。

"所以我说,还是撒药吧,然后您知道她告诉我什么吗?您可得听好了!她说,即便老鼠吞了药,也没法确定它能不能死。也许会死在墙上的老鼠洞里,躺在那儿发臭!您听过这种话吗?您把这个吸鼻烟的女的请了来,她竟然和我说,她觉得让老鼠死在墙洞里、把整个地方熏得臭烘烘是正常的!"

061

"我只是想帮您的忙而已。"女孩说。

"哈。您可帮了我的大忙。您知道吗，我们中的有些人其实还有别的事情要忙，没时间整天都和什么女杀虫员打交道。"布里特-玛丽意味深长地说。

"您说得实在太对了。"女孩说。

下午三四点钟的时候，街角的小超市——也可以说披萨店兼邮局兼修车行，你觉得是什么都行——排起了长队，仿佛这地方的人在这个时间没有其他事情可做了。

布里特-玛丽先前见过的那两个戴帽子的络腮胡占了一张桌子，正在喝咖啡、读报纸。卡尔排在队伍最前面，准备取包裹。他还真是走运，布里特-玛丽想，整天这么闲。在她前面站着个体型像方块的女人，三十来岁，戴着墨镜。在屋里戴墨镜，真时髦，布里特-玛丽暗忖。

女人还牵着条白狗，这可不太卫生。她买了一包黄油、六听啤酒，啤酒罐上印着外国字，是坐轮椅的女人从柜台后面的什么地方搬出来的。女人还买了四包培根和许多巧克力曲奇，布里特-玛丽相信文明人绝对不需要这么多的巧克力曲奇。坐轮椅的女人问牵白狗的女人要不要赊账，牵白狗的女人拉着长脸点点头，把东西一股脑划拉进袋子里。布里特-玛丽当然不会形容这个女人"胖"，因为她绝不是那种喜欢贴标签的人，可对方在高胆固醇水平下安稳存活的能力实在令她惊叹。

"你是瞎了还是怎么的？"女人转过身，冲布里特-玛丽咆哮道。

布里特-玛丽惊讶地瞪大眼睛,连忙整了整头发。

"肯定没有,我的视力很好。验光师告诉我的。他说:'您的视力很好!'"

"既然没瞎,能不能别挡路?"女人咕哝道,举起一根棍子,朝布里特-玛丽晃晃。

布里特-玛丽盯着棍子,又看看女人的狗和墨镜。

她嘀咕道:"哈……哈……哈……"抱歉地点点头,点完头才意识到这个动作没啥用。盲女和狗从她身边挤过去,不过更像是从她身上碾过去的。大门在一人一狗身后欢快地叮当作响,除了叮当响它好像也不会干别的。

坐轮椅的女人摇着轮椅经过布里特-玛丽身边,安抚般地摆摆手。

"别理她,她和卡尔一样。刺儿头,你明白吧。"

女人伸出胳膊,比划了个手势,布里特-玛丽猜想她是在说明盲女和卡尔有多差劲儿,接着便看见她搬起一摞空披萨盒子搁到柜台上。

布里特-玛丽整整头发和裙子,本能地摆正最顶上那只有点儿歪的披萨盒,酝酿了一下情绪,尽量摆出优雅的姿态,用绝对体贴的语气说:

"我想知道,我的车修得怎么样了。"

女人挠挠头发。

"当然,当然,当然,那辆车,嗯。你知道吗,我得问问你,布里特-玛丽:你觉得门重不重要?"

"门？为什么……您到底什么意思？"

"你瞧，我只是问问。颜色对你很重要，我明白。黄色的门：不行。所以我问你，布里特-玛丽：你觉得门重不重要？如果不重要，那么布里特-玛丽的车……怎么说来着？修理完成了！如果门重要……你瞧，也许就该那什么……延长交货时间！"

她看起来很高兴，布里特-玛丽却并不高兴。

"看在上帝的份儿上，我的车必须有门！"她怒道。

女人连忙挥舞手掌自卫。

"没错，没错，没错，别生气。就是问问。门：时间得长一点！"她伸出拇指和食指，比划了一下"长一点"有多长。

布里特-玛丽意识到，在这场谈判中，女人占了上风。

肯特真应该过来，他热爱谈判。他总是说，要赞美和你谈判的人。所以，布里特-玛丽定了定神，说：

"博格的人似乎就愿意下午买东西，对您来说生意一定很轻松，很悠闲。"

女人的眉毛抬了抬。

"你呢？忙吗？"

布里特-玛丽很有耐心地把一只手放进另一只手里。

"我非常忙，真的，非常非常忙。可我现在必须出来买小苏打，您的……店里……有小苏打吗？"

她慷慨大度地选择了"店"这个字眼儿。

"薇卡！"女人立刻吼道，布里特-玛丽吓得向上一跳，差点撞倒那摞披萨盒。

昨天那个小女孩出现在柜台后面,仍旧抱着足球,旁边站着个小男孩,年纪和她差不多,头发比她长。

"给女士拿小苏打!"坐轮椅的女人像演话剧那样夸张地朝布里特-玛丽鞠了一躬,但布里特-玛丽根本不领她的情。

"是她。"薇卡对小男孩说。

小男孩立刻看过来,仿佛布里特-玛丽是他失而复得的钥匙。他跑进库房,两只胳膊各抱着一只大瓶子,摇摇晃晃地走出来。菲克新。布里特-玛丽觉得肺里的空气全没了。

她觉得自己此刻的感受可以用填字游戏里见到的"灵魂出窍"来形容,有那么一瞬间,她忘记了自己站在一个杂货铺兼披萨店里,忘记了络腮胡子男人、咖啡和报纸。她的心脏在欢呼雀跃,仿佛它刚被人从监狱里放出来。

小男孩把瓶子搁到柜台上,好像一只抓到松鼠后来找人类邀功的猫。布里特-玛丽伸出手指,摩挲瓶身,直到尊严命令她缩回去才勉强收手,久久回味着那简直像回家一样的美妙感觉。

"我……我还以为它停产了。" 她轻声说。

小男孩急切地指着自己:"别担心! 没有奥马尔解决不了的事!"

他又更加急切地指着两瓶菲克新。

"所有外国卡车都会在镇上的加油站加油! 我知道它们都在那儿!您的事都可以交给我解决!"

坐轮椅的女人睿智地点点头。

"他们把博格的加油站关了。你知道吧,不、赚、钱。"

"但是我能弄到罐装汽油,您需要的话,免费送货! 如果您需要,我还能弄到更多菲克新!"男孩大声嚷嚷。

薇卡翻了个白眼儿。

"是我告诉你她需要菲克新的。"她没好气地对男孩说,把盛着小苏打的罐子放到柜台上。

"东西是我弄到的!"男孩没有示弱,眼睛一直盯着布里特-玛丽。

"这是我弟弟,奥马尔。"薇卡叹了口气,对布里特-玛丽说。

"我们是同一年出生的!"奥马尔抗议。

"一月份和十二月份,没错。"薇卡哼了一声。布里特-玛丽倒觉得弟弟看上去比姐姐大一点儿,他们虽然还是孩子,说话却很在理。

"我是博格最好的代办中介,城堡里的国王,您明白吗?不管您需要什么,都可以找我!"奥马尔对布里特-玛丽说,还自信地朝她挤挤眼,他姐姐照着他的小腿踹了一脚,他理都没理。

"夺货。"薇卡叹息道。

"母牛!"奥马尔回击。

布里特-玛丽明白姐弟俩说的词是什么意思,她不知道是否应该表现出来或者为此觉得自豪,但还没来得及多想,就看到奥马尔捂着嘴巴躺到了地板上。薇卡一手拿着足球,另一手仍旧握着拳头,跑到门外去了。

女人低声嘲笑奥马尔。

"你真是……怎么说来着?一脑子棉花糖!老是不长记性,对不对?"

奥马尔擦擦嘴唇,一副满不在乎的样子,好比一个小孩把冰淇淋掉到了地上,刚准备哭,突然看到一只闪闪发光的溜溜球,立刻破涕为笑。

"如果您需要新的车轮罩,交给我搞定。别的东西也没问题,比如洗发水、手提包什么的,我全都能弄来!"

"还是先弄点创可贴吧。"坐轮椅的女人指着他的嘴唇揶揄道。

布里特-玛丽把手提包抓得更紧了,还不停地整理发型,仿佛男孩是在讽刺她的手提包和头发。

"我当然不需要什么洗发水和手提包。"

奥马尔指着菲克新。

"每瓶三十克朗,不过您可以先赊账。"

"赊账?"

"博格的人买东西都赊账。"

"我买东西当然不会赊账!你们这儿的人可能不明白,但有些人是从不赊账的,他们能买得起!"布里特-玛丽怒道。

最后半句她想也没想就脱口而出,并不是故意要这么说的。

坐轮椅的女人不再笑嘻嘻的了。小男孩和布里特-玛丽顶着两张大红脸,但羞愧的原因不一样。布里特-玛丽迅速把钱放在柜台上,男孩拿起来,跑出门去。不久,"砰砰"的踢球声再度响起。布里特-玛丽站在原地,不敢与坐轮椅的女人对视。

"我还没拿到收据呢。"布里特-玛丽小声说,当然,她觉得自己的语气一点儿都听不出心虚。

女人摇摇头,抿了一下嘴唇。

"你觉得他是宜家的老板吗?他可没开什么公司,你瞧,他就是个小孩,只有一辆自行车,能给你开收据?"

"哈。"布里特-玛丽说。

"你还想要点什么吗?"女人把小苏打和菲克新放进一只购物袋,态度明显缓和了许多。

布里特-玛丽尽量客气地赔着笑。

"您明白吧,买东西必须开收据,否则没法证明东西的来路。"她解释道。

女人翻了个白眼儿,布里特-玛丽不清楚她为什么要翻白眼儿。

女人在收银机上按了几个键,钱箱开了,里面没有多少钱,然后收银机吐出一张浅黄色的收据。

"六百七十三克朗五十欧尔。"女人说。

布里特-玛丽瞪大眼睛,似乎被什么东西卡住了喉咙。

"就买个小苏打?"

女人指指门外。

"还包括修你车上的坑。我给它做了个那什么……车体检查!我不想……怎么说来着?侮辱你,布里特-玛丽!所以你不能赊账。六百七十三克朗五十欧尔。"

布里特-玛丽差点把手提包掉到地上——情况就是如此糟糕。

"我……您……看在上帝的份儿上,哪个文明人平时都不会带着这么多现金出门的吧。"

她故意提高了声音,让店里的人都听见,以防被贼惦记上。不过,眼下店里只有那两个喝咖啡的络腮胡,他们根本连头也没抬。

当然，有些不怀好意的人也留着络腮胡，但布里特-玛丽绝对不会以貌取人。

"可以刷卡吗？"她问，感觉一股明显的热流从颧骨升到脑门。

女人用力摇摇头。

"打扑克的人才喜欢花花绿绿的小卡片，布里特-玛丽，我们这儿只认现钞。"

"哈。那么我得问问最近的提款机在哪儿。"布里特-玛丽说。

"镇上。"女人冷酷地说，两臂交叉抱在胸前。

"哈。"布里特-玛丽说。

"他们把博格的提款机关了。不赚钱。"女人挑着眉毛说，朝开好的收据努努嘴。

为了不让别人注意到自己涨得血红的脸颊，布里特-玛丽拼命对着墙壁眨眼，墙上挂着件黄色的球衣，和娱乐中心里面那件一模一样，号码"10"的上方印着"银行"两个字。

发现她在看球衣，女人关了收银机钱箱，把柜台上盛着小苏打和菲克新的袋子推到布里特-玛丽这边。

"你瞧，赊账没什么丢人的，布里特-玛丽。也许你那里的人觉得丢人，但博格的人不会这么想。"

布里特-玛丽拎起袋子，眼睛不知道该往哪儿看。

女人喝了一大口伏特加，朝墙上的球衣点点头。

"那是博格最好的球员，外号叫'银行'，你知道吗，因为银行代表博格踢球的时候，那句话怎么说来着……就像把钱放在银行里一样！非常保险！当然那是很久以前，经济危机没来的时候。后来，你知道吗，银行生病了，嗯，跟遇到经济危机差不多，然后银行就搬走了。"

她冲门外点点头。又一声足球撞击篱笆的闷响传来。

"银行的爹训练所有的小杂种踢球，嗯，不许他们偷懒，也不让全博格的人偷懒，你明白吗？大家都喜欢他！可是上帝，你知道吧，上帝那个糊涂老头也不管谁赚钱、谁不赚钱，一律让他们犯心脏病。一个月前，银行的爹死了。"

木头墙板发出"吱吱呀呀"的呻吟，像老房子和老年人一样。读报纸、喝咖啡的络腮胡男人之一来柜台边拿走更多咖啡，布里特-玛丽发现这儿居然还能免费续杯。

"他们在那个什么地方找到了他……厨房的地板上！"

"您说什么？"

女人指指黄色球衣，耸耸肩。

"银行的爹，在厨房地板上，有天早上，死了。"

女人说着打了个响指。布里特-玛丽惊得一跳，想起肯特也犯过心脏病，他就是属于那种一直非常赚钱的人。她更加使劲儿地攥住装着菲克新和小苏打的袋子，静静地站了很久，最后连坐轮椅的女人都露出关心的表情。

"嘿，你还需要别的吗？我有那个什么……百利甜酒！巧克力味！你瞧，虽然是山寨的，但可以再掺点欧宝可可粉和伏特加，然后就能喝了，等你喝下去，你知道吗……很快！"

布里特-玛丽赶紧摇摇头，朝门口走去，但厨房地板的故事似乎拖慢了她的脚步。她小心翼翼地转过身，接着又改变主意，慢慢转了回去。

你必须明白，布里特-玛丽不是个非常"遵从本能"的人，"遵从本能"是"不理性"的代名词，她对此深信不疑，而且她的性格和"不理性"八竿子打不着。换句话说，让她遵从本能可不那么容易。她虽然转了一个身，但马上改了主意，又转了回去，所以她的脸最后还是冲着门的。她压低声音，调动起自己驾驭得了的全部本能，问道：

"您这儿有士力架吗？"

一月份的博格，天黑得很早。布里特-玛丽回到娱乐中心，坐在厨房里的木凳上，开着前门。她不怕冷，也不怕等，她已经习惯了，确实能习惯。她有很多时间考虑自己现在是不是正在经历一场人生危机。她读过关于人生危机的描述，人随时随地都可能遇上人生危机。

晚上八点零六分，一只大老鼠从敞开的前门门缝里溜进来，趴在门槛上，十分警惕地盯着士力架。士力架放在一只盘子里，盘子底下铺着毛巾，布里特-玛丽严厉地瞪着老鼠，一只手牢牢地握住另一只。

"从现在开始，我们六点吃晚饭，像文明人那样。"

过了一会儿，她又补充了半句：

"文明的老鼠也得六点吃晚饭。"

老鼠看着士力架，布里特-玛丽已经剥掉包装，把赤裸裸的巧克力条直接摆在盘子中央，旁边还备了一条折叠整齐的餐巾。她瞅着老鼠，清清嗓子。

"哈。我不是特别擅长这种对话，我缺乏社交能力，我丈夫就是这么说的。他很有社交能力，大家也都这么说。他是个企业家，您明白吧。"

老鼠没吱声，她又补充道：

"他非常成功，非常、非常成功。"

她想给老鼠讲讲自己的人生危机，想和它讨论人在孤独的时候为什么难以认清自我，尤其在你总是为别人而活的情况下。不过她决定还是不麻烦老鼠了。她抹平裙子上的折痕，非常正式地说：

"我打算邀请您做一份工作：每天晚上六点钟来这里吃饭。"

她指了指士力架。

"要是我们双方都觉得这样的安排有好处，那么假如您死了，我不会让您躺在墙洞里面发臭，您也要为我这么做，如果人们不知道我们在这儿的话。"

老鼠朝士力架迈出试探性的一步，伸长脖子嗅了嗅它的味道。布里特-玛丽拍拍膝盖上看不见的碎屑。

"活着的东西死了以后，身上的碳酸氢钠[1]会消失，您必须理解，所以人死了会发臭。这是英格丽德去世后，我在书上读到的。"

老鼠怀疑地抖抖胡须，布里特-玛丽歉意地清清嗓子。

"英格丽德是我姐姐，您知道吗，她死的时候，我担心她会发臭。为了中和胃里的酸性物质，人体会产生碳酸氢钠，可死人

---

1. 译注：碳酸氢钠，俗称小苏打。

的尸体不会再产生碳酸氢钠,所以酸性物质会吃掉皮肤,最后流到地板上,臭味就是这么来的,您必须明白。"

她还想补充说,她一直认为(她这个想法是有理有据的),人的灵魂就住在碳酸氢钠里面,碳酸氢钠带着灵魂离开身体之后,就什么也不剩了,只剩下抱怨尸臭的邻居。但她并没有说出来,因为不希望引起麻烦。

老鼠吃掉了布里特-玛丽为它准备的晚餐,可并没说喜不喜欢这顿饭。

布里特-玛丽也没问它。

9

从这个晚上开始，一切都变得真诚温和。天气不那么冷了，雪在从天而降的过程中变成了雨。孩子们摸黑踢着足球，根本不把黑暗和雨当回事。停车场里只有星星点点的亮光，来自披萨店的霓虹灯招牌和娱乐中心的厨房窗户，布里特-玛丽就站在窗口，躲在窗帘后，远远望着他们。坦白说，大多数孩子的球技都很糟糕，就算有更多盏灯照明，也只能让他们的弱点表现得更清楚。

老鼠已经回家了。布里特-玛丽锁上门，又洗刷了一遍整个娱乐中心。她回到窗口，望着外面的世界，足球时不时地跃过地上的几个水坑，砸到路面上，然后孩子们就用猜拳决定谁去捡球。

大卫和佩妮拉小的时候，肯特曾经告诉他们，布里特-玛丽不能和他们玩，因为她"不知道"怎么和他们玩。但这不是真的，布里特-玛丽非常明白怎么玩猜拳，她只是觉得把石头放进布袋子里有点儿脏而已。至于剪刀，根本连想都不用想，谁知道来历不明的剪刀曾经剪过什么东西。

当然，肯特总说布里特-玛丽"消极得要死"，这是她缺乏社交能力的旁证。"该死！你为什么就是不能开心点儿？"肯特拿出雪茄分给客人，布里特-玛丽打扫卫生、收拾家务，日子就是这么过的，肯特还算有点儿快活劲儿，布里特-玛丽总是臭着一张脸。也许生活就是这样，要是你每次都负责打扫别人留下的狼藉，恐怕很难高兴起来。

薇卡和奥马尔姐弟俩踢球时，薇卡比较冷静，精于算计，用脚的内侧轻轻拨球，就像你熟睡时无意识地在你家另一口子身上蹭脚指头那样。她弟弟却爱耍脾气，患得患失，紧追着球不放，好像足球欠了他一屁股债。连布里特-玛丽这种对足球一窍不通的人都看得出来，薇卡是停车场上最棒的球员，至少不会是最挫的那个。

奥马尔的风头总被他姐姐压着，和场上其他小孩一样，她让布里特-玛丽想起英格丽德。

英格丽德就从不消极。这种人有个特点，你很难知道是不是每个人都喜欢她，因为她太积极，但也许积极的原因恰恰是每个人都喜欢她。英格丽德比布里特-玛丽大一岁，身高也比她多出五英寸——当然，要想压过妹妹的风头，不用高出这么多就能做到。布里特-玛丽已经习惯了给姐姐当背景，从来没有过非分之想。

有时候，布里特-玛丽也会真的渴望得到一些东西，渴望到几乎忍不住，这感觉简直要人命，不过它不会赖着不走，忍忍总能过去。

英格丽德当然总是渴望得到各种大大小小的东西——比方说她想当歌手，认为自己命中注定会出名，所以邻居家的男孩太普通，配不上她。布里特-玛丽却觉得，邻居家的那些男孩太不普通，以至于看都不看她一眼，而对姐姐来说，他们又太普通，哪方面都配不上她。

与她们住同一层楼的邻居家男孩是兄弟俩，阿尔夫和肯特。布里特-玛丽不明白的是，他们不管为了什么事都要吵架，而她却是姐姐的跟屁虫。然而这个问题从未困扰过英格丽德。"就咱们俩，布里特。"她常常在晚上这样低声告诉布里特-玛丽，说她们将来会去巴黎生活，住进一座满是仆人的宫殿里，这也是她叫妹妹"布里特"的原因——"布里特"听上去像美国名字。

诚然，巴黎居民有个美国名字似乎也挺奇怪，但布里特-玛丽从不会提出不必要的反对意见。

薇卡性格严肃，可当她的球队冒着雨，在黑暗的院子里把球踢进两只饮料瓶组成的球门里时，她的笑声听上去竟很像英格丽德。英格丽德也喜欢玩。和所有爱玩的人一样，很难弄清她究竟因为爱游戏才擅长游戏，还是因为擅长游戏才爱游戏。

一个红头发小男孩的脸上被球狠狠地砸了一下，倒栽在泥坑里。布里特-玛丽不禁打了个寒战。砸中小男孩脸的那只球正是砸过她脑袋的同一只，看到那些泥巴，她很想给自己打一针破伤风，然而又很难不看孩子们踢球，因为英格丽德也会喜欢看的。

当然，如果肯特在这里，他会说这些小孩踢起球来太娘们儿了。肯特就是有这个本事，能用"太娘们儿了"五个字来形容所有的糟糕事。布里特-玛丽其实不是特别喜欢反讽，但她敏锐地注意到，眼前的比赛中，踢得最不娘们儿的那个恰恰是个小女孩儿。

布里特-玛丽终于恢复了理智，不再犯傻似的盯着外面，在别人发现她之前离开了窗口。已经晚上八点多了，娱乐中心沉浸在黑暗中，布里特-玛丽摸黑给她的花盆浇了水，往土里撒了小苏打，越发思念起她的阳台来。即便一个人站在阳台上，也不算彻底的孤单，街上那么多汽车、房子和人都陪着你，你既属于他们，又不属于他们，这就是阳台最大的妙处。第二个妙处在于，她可以一大早（肯特起床以前）就站在阳台上，闭上眼睛，感受风从发间穿过。布里特-玛丽经常这样做，感觉就像在巴黎。当然她从没去过巴黎，因为肯特不和那边做生意，但她解决过许多关于巴黎的填字游戏，它是世界上跟填字游戏最有缘分的城市，住着各种有钱的名人，他们都有自己的清洁工。英格丽德喜欢喋喋不休地谈论她们到了巴黎会有多少仆人，只有这点布里特-玛丽不太同意——她不想让人觉得自己的姐姐不擅长打扫，以至于到了请别人帮忙打扫的程度。布里特-玛丽的母亲就曾经用蔑视的口气谈论这样的女人，所以她不希望别人也这样谈论英格丽德。

既然英格丽德将来注定要精通外面的世界，布里特-玛丽就想象自己擅长家里的各种事，比如打扫卫生、收拾屋子。她姐姐注意到了这一点，也注意到了她。布里特-玛丽每天早晨都帮她绑头发，英格丽德跟着她黑胶唱片里的旋律摇头晃脑的时候，从来不忘评论一句："谢谢你，你绑得很好，布里特！"布里特-玛丽就从来不想要什么唱片，假如你有一个能真正看到你的姐姐，还需要什么别的东西呢？

门上传来一声巨响，似乎有人拿斧头劈了门板，布里特-玛丽惊得跳了起来。薇卡站在门口，虽然没拿斧子，但也和拿了斧子差不多糟糕：她身上的泥巴混合着雨水，滴滴答答淌了一地板，布里特-玛丽的内心在咆哮。

"您为什么不开灯呢?"薇卡眯缝起眼睛,盯着黑魆魆的屋内说。

"灯坏了,亲爱的。"

"您没试着换个灯泡?"薇卡皱着眉头问,语气似乎原本想在这句话的末尾加上个"亲爱的",后来硬生生地憋住了。

奥马尔从她身后跳出来,他连鼻孔里都沾着泥巴。请注意,的确是鼻孔里面。布里特-玛丽根本想不出他是怎么做到的,地球上难道没有重力这种东西吗?

"您需要买几个灯泡?我有最好的节能灯泡!特价!"他热情地介绍着,不知从哪里拖出个背包。

薇卡踹了他的小腿一脚,脸上带着青少年特有的想装老成却放不开的紧张神情。

"我们能在这儿看比赛吗?"她问。

"什……什么比赛?"布里特-玛丽反问。

"那个比赛!"薇卡回答,跟人家问你"什么教皇",你回答"那位教皇"时的语气差不离。

布里特-玛丽交叉着扣在肚子上的两只手无意识地拧了一下。

"比赛什么?"

"比赛足球!"薇卡和奥马尔吼道。

"哈。"布里特-玛丽嘀咕道,反感地打量着他们泥水斑斑的衣服。当然,她只对脏衣服有意见,可不是针对孩子们。她一点都不讨厌小孩。

"他总是让我们在这儿看球。"薇卡指着门里墙上挂着的照片说。照片上是那个举着黄色球衣的老头。

旁边另一张照片上,这个老头站在一辆卡车前,穿一件白球衣,衣服前胸有两只口袋,一只上面印着"博格足球",另一只印着"教练"。这衣服该洗洗了,布里特-玛丽想。

"我怎么没听说?真是这样的话,你们得找他去。"她说。

两个小东西都没说话,沉默得仿佛要把屋子里的氧气吸光。

"他死了。"过了很长时间,薇卡盯着自己的鞋尖说。

布里特-玛丽看着照片里的老头,又看看自己的手。

"那真是……哈,真是太遗憾了。可这也不是我的错呀。"她说。

薇卡恨恨地瞥了她一眼,接着拿胳膊肘捅了捅奥马尔,有些愤怒地说:

"走吧,奥马尔,我们去别的地方。别他妈的指望她了。"

薇卡转身要走的时候,布里特-玛丽发现几英尺开外的地方还有三个小孩在等着,全都只有十来岁的样子。一个红头发,一个黑头发,一个从体态看胆固醇明显偏高。三个人同时用控诉的眼神瞅着她。

"我能问问你们吗?为什么不在披萨店或者修车铺或者……管它是什么……看球赛呢?如果这个比赛那么重要的话?"布里特-玛丽礼貌地问,一点儿都不咄咄逼人。

奥马尔一个大脚把球开到停车场对面,平静地说:

"他们在那儿喝酒。要是输了的话。"

"哈。要是赢了呢?"

"赢了喝得更多。所以他一直让我们在这儿看球。"

"你们不会回自己家看吗?家里没有电视吗?"

"我们全队都要在一起看，谁家的地方都不够大，装不下这么多人。"薇卡突然斩钉截铁地插话道。

布里特-玛丽掸了掸裙子上的灰。

"你们的球队不是没了吗？"

"我们有球队！"薇卡咆哮道，跺着脚大步朝布里特-玛丽走来。

"我们在这儿，不是吗？我们还在这儿！我们还是一个队！就算他们关了王八蛋球场、王八蛋俱乐部，我们的王八蛋教练犯了王八蛋心脏病上了西天，我们还是一个球队！"

孩子眼里的怒火竟然让布里特-玛丽抖了起来，这种表达方式显然不适合正常的人类。薇卡的脸颊上出现两行泪水，布里特-玛丽拿不准这孩子是打算扑过来拥抱她还是和她拼命。

她觉得这两样自己都有点儿受不了。

"你们先等一下。"她惊慌地说，关上了门。

嗯，一切就是这样开始变得真诚温和起来的。

布里特-玛丽站在门里，呼吸着湿漉漉的花土和小苏打的气味，想起肯特看球赛时总是酒气熏天、吵吵嚷嚷，但他从来不到阳台上去，所以阳台只属于布里特-玛丽，对她来说是个非常独特的处所。至于她的那些花，她都谎称是自己买的，因为她知道，如果照实告诉肯特它们是从垃圾房或者街上捡来的（邻居搬家时丢掉不要了），他一定会说些非常难听的话。花花草草让她想起英格丽德，英格丽德喜欢有生命的东西，就因为这个，布里特-玛丽日复一日地拯救无家可归的植物，以此纪念她没有能力拯救的姐姐。只有这样做，她才能鼓起勇气想起英格丽德。你是没法和肯特解释这样的事的。

肯特不相信死亡，他相信进化。"那是进化。"有次电视上播出一档自然节目，看到一头狮子咬死了一匹受伤的斑马时，他点头赞许道，"就该这么对待弱者，不是吗？只有这样，物种才能延续下去，如果你不是最好的，就得接受自然规律，给强者让地方，对不对？"

和这样的人没法讨论阳台植物的事。

也没法讨论想念别人的感觉。

布里特-玛丽拿起手机，指尖微微颤抖。

拨了三次号，劳动就业办公室的女孩才接起电话。

"喂？"女孩气喘吁吁地说。

"您都是这么接电话的吗？喘得上气不接下气？"

"布里特-玛丽？我在健身房！"

"您可真棒。"

"有什么事吗？"

"来了几个孩子，他们说想在这儿看什么球赛。"

"噢，是的，那场比赛！我也准备看呢！"

"我怎么不知道我的职责还包括看孩子……"

女孩在电话那头呻吟了一声，好像撞到了什么地方。老实说，这一声听起来很矫情，似乎故意想让布里特-玛丽听见。

"布里特-玛丽，抱歉，我其实不应该在健身时接电话的。"

然后她叹了口气，不假思索地脱口而出：

"不过……您想想……这也是件好事，要是孩子们在您那里看足球的时候，您突然去世了，就不愁没人知道了！"

布里特-玛丽干巴巴地笑了几声,接着再也没说话。

女孩无奈地深吸一口气,然后传来跑步机关闭的声音。

"好了,对不起,布里特-玛丽,我只想开个玩笑。我不该那样说,我不是故意的……喂?"

布里特-玛丽已经挂了电话。半分钟后,她打开门,胳膊底下夹着一叠刚刚洗净折好的球衣。

"你们可不能穿着带泥巴的衣服进来,我刚拖了地!"说到这里,她突然闭了嘴。

在孩子们中间站了个警察,矮墩墩胖嘟嘟的,发型像一天前刚举办过自助烧烤聚会的草坪。

"你们这回又打算干什么?"布里特-玛丽咬牙切齿,低声质问薇卡。

警察看起来进退两难,眼前的这个女人和孩子们说的不一样。没错,她确实既挑剔又霸道,可也有点儿别的什么,比方说坚决、爱干净,还有种莫名其妙的……独特。他傻呵呵地盯着布里特-玛丽研究了一会儿,想对她说点什么,但最后觉得还是采取最文明的手段比较保险。于是,警察拿出一只大玻璃罐子,递给布里特-玛丽。

"我叫斯文,欢迎您到博格来。这是果酱。"

布里特-玛丽看着果酱罐子,薇卡看着斯文,不知所措的斯文茫然地拉扯着警服。

"蓝莓酱,我自己做的。上课学的,在镇上报的班。"

布里特-玛丽从头到脚扫了他一眼,又从脚到头扫了第二眼,每次扫到警服衬衫的时候,她的目光都会停一停。衬衫紧紧地绷在斯文的肚子上。

"我可没有适合您穿的球衣。"她告诉斯文。

斯文脸红了。

"不不不,不用,我不是那个意思。我只想……欢迎您到博格来,只为了这个。没别的事。"

他把果酱罐子塞给薇卡,跟跟跄跄地跨出门槛,穿过停车场,向披萨店走去。薇卡瞅着果酱罐子,奥马尔瞅着布里特-玛丽没有戒指的左手无名指,咧了咧嘴。

"您结婚了吗?"他问。

布里特-玛丽被自己脱口而出的速度吓了一跳。

"我离婚了。"

这是她第一次大声说出这个事实。奥马尔的笑容更明显了,他朝斯文的背影点点头。

"斯文现在单身,告诉您一声。"

布里特-玛丽听见别的孩子嘀嘀咕咕起来,她把球衣往奥马尔怀里一塞,从薇卡手中夺过果酱罐子,消失在黑漆漆的娱乐中心里。六七个小孩愣愣地杵在娱乐中心门口,翻着白眼儿。

一切就是这么开始的。

10

　　足球是一种奇怪的运动，它不会死乞白赖地求着你爱它，只会颐指气使地命令你爱它。

　　布里特-玛丽像个坟墓被人改造成迪斯科舞厅的怨灵那样，在娱乐中心里没着没落地乱飘。

　　孩子们坐在沙发上，身穿清一色的白球衣，喝着软饮料。当然，在布里特-玛丽的督促下，他们的屁股和沙发之间统统隔着一条毛巾，因为她可没那么多小苏打把每个孩子从头到脚刷一遍。当然，每个孩子的饮料罐下面都压着个杯垫，虽然不是什么正经杯垫——每一片都是布里特-玛丽用两截厕纸叠的。事急从权，可是"权"她老人家自己也想不明白为啥不能直接把易拉罐搁到桌子上。

　　布里特-玛丽还在每个孩子眼前放了一只玻璃杯。其中一个孩子——布里特-玛丽肯定不会说他"超重"，但他显然喝了很多别人的饮料——快活地告诉她，他"宁愿直接对着易拉罐喝"。

　　"绝对不行，在这儿都得用杯子喝。"没等他说完，布里特-玛丽就斩钉截铁地打断道。

　　"为什么？"

"因为我们不是动物。"

小男孩看看他的柠檬汽水罐,琢磨了一下布里特-玛丽的话,又问:

"除了人类,还有什么动物会用易拉罐喝饮料?"

布里特-玛丽没回答,默默捡起地板上的遥控器,放在桌子上,还没直起腰来,就听到刚才一直没敢弄出什么大动静的孩子们齐声咆哮道:"不——"仿佛她刚把遥控器丢到了他们脸上,布里特-玛丽吓得倒退了好几步。

"不能把遥控器放在桌子上!"喝柠檬汽水的小男孩惊恐地叫道。

"这样最有可能带来霉运!我们会输的!"奥马尔嚷道,跑过来把遥控器扔回了地板上。

"你说'我们会输',什么意思?"布里特-玛丽像看疯子一样看着他问。

奥马尔指指电视上那帮成年球员,他们显然根本不可能认识他。

"我们会的!"他深信不疑地重复道,好像这样一说她就能明白似的。

布里特-玛丽发现,他的球衣穿反了,前后对调。

"我不喜欢有人在屋里吃喝,也不喜欢像小流氓那样把衣服倒穿的人。"她说,拾起地上的遥控器。

"要是不这么穿,我们会输的!"

布里特-玛丽压根儿不知道怎么应付这样的胡搅蛮缠,只好把遥控器和孩子们的脏衣服拿进洗衣间。她打开洗衣机,转身发现那个红头发的小男孩跟了过来，他看上去怪不好意思的。布里特-玛丽一只手紧扣着另一只手，似乎没打算和他多说。

"他们太迷信了，什么东西都必须和我们上次赢的时候一样。"男孩戒备地解释道，像是突然有些紧张。

"我就是昨天把球踢到您头上的那个人。我不是故意的，没打算瞄准您。但愿没弄坏您的头发。"他说，"您的头发很……很好。"他微笑着补充道，然后就跑回沙发那边了。

布里特-玛丽注视着他，大体来说不算完全讨厌这孩子。他坐在远处，紧贴着墙，前面是黑头发男孩和最能喝饮料的那个小孩，被这两个一挡，几乎看不见他。

"我们叫他'海盗'。"薇卡说。

她突然从布里特-玛丽身旁冒出来，很符合她一贯的特点：总是冷不丁地冒出来。她的球衣有点儿大，或者说身板有点儿小。

"海盗。"布里特-玛丽重复道，努力想从这个名词里咂摸出善意来，免得她不得不去想，正常人不可能叫什么"海盗"，除非那人真是个海盗。

薇卡指着沙发上的另外两个孩子。

"那是蛤蟆，那是恐龙。"

布里特-玛丽对"善意"的体会能力已经达到了极限。

"看在上帝的份儿上，这都算什么名字！"

薇卡似乎不明白她的意思。

"因为他是索马里来的。"她指着其中一个孩子说，仿佛这样解释很清楚。

布里特-玛丽却并不清楚。薇卡叹了口气,用一种非常无聊的方式再次解释道:

"恐龙搬到博格的时候,奥马尔听说他是索马里人,又觉得'索马里'听着像'索默莱[1]'。您知道吧,就是电视里面喝红酒的那些人,所以我们叫他'酒虫',听着有点儿像'恐龙',最后我们就干脆叫他'恐龙'了。"

布里特-玛丽瞪着薇卡,仿佛薇卡刚刚醉倒在布里特-玛丽的床上。

"这么说,我猜你们的真名都不怎么样,对不对?"

薇卡似乎还是不懂她的意思。

"他不能和我们起一样的名字,不是吗?要不然我们就不知道把球踢给谁了。"

布里特-玛丽打鼻孔深处使劲儿哼了一声,这是她脑袋放气的声音,里面的火气太多,得放一放。

"这孩子怎么就不能有个正常的名字?"她气愤地说。

薇卡耸耸肩。

"刚搬来的时候,他不爱说话,所以我们不知道他叫什么,但叫他'恐龙'时,他会笑,我们愿意看他笑,就叫他恐龙了。"

"我们叫蛤蟆'蛤蟆'是因为他打嗝的声音很响,听着特别恶心。为什么叫海盗'海盗'……我好像也不知道,就那么叫了呗。"

薇卡朝红发男孩坐的位置点点头——他仍旧被前面的两个人

---

[1] 译注:sommelier,侍酒师。

挡着。布里特-玛丽露出和蔼的笑容，说：

"我猜，这里没有适合你加入的女子足球队，是不是呀？"

薇卡摇摇头。

"别的女孩都去镇上的球队踢球了。"

布里特-玛丽非常体贴地点点头。

"我猜，那个球队对你来说还不够好，对不对？"

薇卡看起来很恼火。

"我的球队在这儿！"

电视上的一个球员躺在场地上打起了滚儿，利用比赛暂停的空当，奥马尔爬上厨房的木凳，开始换灯泡（说好了先赊账），布里特-玛丽紧张地围着他转来转去。

薇卡东张西望，好像在找什么人。

"球呢？"她朝厨房里喊道。

"该死！在外面！"奥马尔望着窗外的雨帘叫道。

"你们别想把球拿进来！"布里特-玛丽惊惧地喘着粗气说。

"难道让它在外面淋雨吗？"薇卡反问，惊惧程度丝毫不输布里特-玛丽，仿佛谈论的是一条人命。

布里特-玛丽还没来得及想明白发生了什么，孩子群里就爆发了"石头剪刀布"混战，红发小男孩一输到底，乖乖地跳下沙发，朝门口跑去。

"圣母玛利亚！不能穿着刚洗的球衣出去！回来！"她急忙揪住小男孩的领子，但他已经穿上了鞋，脚也跨出了门槛。布里特-玛丽头脑一热，套上鞋跟着他跑了出去。

小男孩站在六英尺远的地方，抱着那只糊满泥巴的足球。

"对不起。"他嘟囔道，盯着手里的球。

布里特-玛丽不知道他是在和她道歉还是跟球道歉。她双手捂着头顶，以免被雨水破坏了发型，小男孩偷偷瞟了她一眼，露出真诚的微笑，然后又不好意思地低头看着地面。

"我能麻烦您一下吗？"他说。

"什么？"布里特-玛丽问，雨水顺着她的脸淌下来。

"您能帮我理个发吗？"他小声说，不敢直视她的眼睛。

"不好意思，你再说一遍？"布里特-玛丽说，眼睛一直盯着足球在小男孩刚洗的球衣上留下的泥巴印子。

"我明天有个约会，我得去……我打算……我想问问您，能不能帮我理个发。"他试探着说。

布里特-玛丽心领神会地点点头。

"博格的理发师也跑光了，对不对？我猜，现在理发也成了我的职责，你是这个意思吗？"

小男孩冲着足球摇摇脑袋。

"您的发型很好看，我觉得您一定很会理发，因为您的发型好看。博格没有理发师，理发店关门了。"

雨好像变小了。布里特-玛丽依旧擎着手掌，像斜坡屋顶那样遮着脑袋，雨水流进她的袖管里。

"你们现在都这么说了？'约会'？"她若有所思地问。

"你们以前怎么说？"小男孩抬起头问。

"我们那时候都说'见面'。"她毫不犹豫地答道。

可能她不是这方面的专家，这她愿意承认。她只和两个男孩见过面，最后和其中一个结婚了。这时候雨完全停了，她和抱着糊满泥巴的足球的红头发男孩一直站在那里。

"我们说'约会'，反正我是这么说的。"小男孩嘟囔道。

布里特-玛丽深吸一口气，眼神躲躲闪闪的。

"你一定得明白，我暂时没法答应你，因为我得按照清单办事，我手提包里有张清单呢。"她低声说。

小男孩立刻鸡啄米般地点头，表示完全可以理解。

"没关系！明天什么时候都行！"

"哈。我猜博格的人不怎么喜欢上学。"

"圣诞假期还没结束呢。"

两人尴尬地面面相觑。过了一会儿，沉默突然被孩子们兴奋的嚎叫打破，布里特-玛丽吓得浑身哆嗦，顺手揪住了小男孩的球衣，小男孩反过来被她吓了一跳，下意识地把球丢进布里特-玛丽怀里，蹭了她一外套的泥巴。过了半秒钟，披萨店里涌出一大群人，发出驴叫般的声音，他们头顶的霓虹灯招牌仿佛受到惊吓一样滋啦啦地响了起来。

"怎么回事？"布里特-玛丽惊恐地问，赶紧把球甩到地上。

"我们进球了！"外号"海盗"的小男孩欣喜若狂。

"什么'我们'？"布里特-玛丽问。

"我们队！"

"你们不是没有球队了吗？"

"我是说'我们支持的球队'！电视上的那个！"小男孩解释道。

"可是，既然你们不在里面踢球，怎么能叫你们队？"

男孩想了想，抓紧了手中的足球。

"我们支持这支球队的时间比队里大多数球员踢球的时间都长，所以这支球队更像是我们的。"

"荒唐。"布里特-玛丽哼道。

她话音刚落，就听见一声巨响，娱乐中心的前门重重地关上，发出的回声在一月份的凄风苦雨中久久不散。布里特-玛丽猛地转身，气急败坏地跑向门口，男孩们在后面跟着。门从内侧锁上了。

"他们是不是故意把我们锁在外面了？因为刚才进球的时候我们就是在外面的！"海盗连呼哧带喘地说，脸上还挂着傻笑。

"你在胡说八道些什么呀？"布里特-玛丽叫道，猛拽门把手。

"我是说，正因为刚才我们在外面，所以才进的球！我们站在外面可以带来好运！"海盗一本正经地分析道。布里特-玛丽像看脑瘫儿一样瞪着他。不过最后，他们还是留在了停车场上，雨又下了起来，布里特-玛丽却什么都没说。

因为这是头一次有人告诉她："请待在那儿，因为你很重要。"

足球就是这么一种奇怪的运动，它不会死乞白赖地求着你爱它。

11

中场休息的时候，孩子们敲开门，让布里特-玛丽和海盗进去。布里特-玛丽在洗手间的镜子前熬过了下半场，这是因为：首先，她不打算出现在外面，这样会有和那些小孩搭上话的危险；其次，她待在洗手间的时候，他们的队又进球了，所以他们禁止她在比赛结束前出来。就这样，布里特-玛丽在洗手间擦着头发、给球队招着运气、应付着她自己的人生危机，三件事一起做，特别节约时间。镜子里那张饱经寒冬侵袭的脸仿佛属于另一个人，对阳台植物和布里特-玛丽而言，冬天总是最难熬的。她的头号敌人是寂静，因为你无法在寂静之中判断别人是否知道你的存在，而冬天恰恰是个安静的季节，冷得人不想说话，全世界都在装聋作哑。

英格丽德死后的那种寂静，险些让布里特-玛丽彻底崩溃。

她父亲回家越来越晚，布里特-玛丽睡觉前根本见不着他。有天早晨她都起床了，父亲才走进家门。后来她早晨起床时，父亲基本上还在外面。对于这件事，她母亲开始还数落两句，后来就不作声了，因为自己起床的时间也越来越晚。布里特-玛丽只好在房子里瞎逛，像那些生活在无声世界里的孩子们一样。有一次，她不小心撞倒一只花瓶，以为卧室里的母亲会朝她大喊大叫，可她根本没有。布里特-玛丽默默清理了碎片，再也没撞倒任何花瓶。第二天，她母亲一直待在卧室，直到布里特-玛丽做好晚饭才出来。第三天，她出来的时间更晚，最后干脆一天都不下床。她母亲的几个女性朋友也带着鲜花来看过她，但她们毕竟还要忙活人的事，没工夫经常过来陪她怀念一个死人。布里特-玛丽在花茎上刻了一些小凹槽，放进刷干净的花瓶里，然后清扫公寓，擦洗所有的窗户，直到有一天出门扔垃圾的时候，她在楼梯上遇到了肯特。两人大眼瞪小眼，像一对乳臭未干的半大孩子。那时肯特刚刚离婚，有两个孩子，回家探望他母亲。见到布里特-玛丽时，他微微笑了笑，因为那些日子里，他时常看到她。

布里特-玛丽对着镜子揉揉无名指上的戒指印，文身一样的白色痕迹仿佛在嘲笑她。有人敲了敲洗手间的门。

海盗站在外面。

"哈……你们赢了吗？"

"二比零！"海盗兴高采烈地猛点头。

"那是因为我一直待在这儿，是你们让我待在这儿的，我可没有肠胃问题。"布里特-玛丽非常严肃地说。

海盗又点点头，略带困惑地嘟囔道："好吧。"然后指指门口，前门是开着的。

"斯文又来了。"

警察站在门槛上，笨拙地朝她招招手。布里特-玛丽退进洗手间，关上门，只觉得受到了深深的冒犯，却不清楚为什么。整好发型之后,她做了个深呼吸,重新出现在大家面前。

"什么事?"她对警察说。

警察笑了笑,举起一张纸,打算递给布里特-玛丽,可纸掉到了地上。

"哎呀!哎呀!抱歉,抱歉,我想把这个给您。嗯,我想,或者说我们想……"

他朝披萨店比了个手势。布里特-玛丽觉得他指的是他和坐轮椅的女人。警察又笑了笑,先是两手交叉扣在肚子上,接着又改成两臂交叉扣在胸前。

"我们觉得您需要住的地方,当然,当然,我明白,您不愿意住镇上的旅馆……您愿意住哪里尽可以去住!这是自然!但我们认为这个地方可能比较适合您,您觉得呢?"

布里特-玛丽看着那张纸,像是一则手写的广告,有许多拼写错误,大意是有一处房间对外招租,底下有张照片:一个小个子男人戴着帽子,似乎在跳舞。至于这则广告和这个跳舞的人之间的关系,是一个未解之谜。

"我为她设计了这条广告。"警察热情地说,"我在镇上报班学的,她是个很好的人,我是说出租房子的女士,她刚刚搬回博格来。当然,是暂时出租,她打算卖房子。不过房子就在博格,离这儿不远……走过去就行,我也可以开车送您,您不介意吧?"

布里特-玛丽紧皱着眉头。外面停着一辆警车。

"用那个送?"

"是的,我听说您的车送修了,我可以把您捎过去,一点都不麻烦!"

"这对您来说显然不是问题,可我要是坐着一辆警车在这个社区晃来晃去的,大家还以为我是罪犯呢,您就是这么打算的吗?"

警察面有愧色。

"不不不,当然不是,您肯定不希望这样。"

"我当然不希望。"布里特-玛丽说,"还有别的事吗?"

警察泄气地摇摇头,转身走了。布里特-玛丽关上门。

她把几个孩子换下来的衣服洗好,扔进甩干机里甩干,然后才放他们走。

她把那些不能甩干的衣服挂起来晾着,让他们第二天来取,所以大部分人都是穿着球衣回家的。就这样,在某种程度上,布里特-玛丽莫名其妙成了他们的教练,只不过现在还没人告诉她这一点而已。

没有一个孩子感谢她帮他们洗了衣服。他们走了之后,娱乐中心陷入一种只有孩子和足球可以填补的沉寂。布里特-玛丽收走茶几上的盘子和饮料罐,奥马尔和薇卡把他俩用过的脏盘子直接放在碗碟架上,既没有手洗,也没端进洗碗机,连用水冲一下都没有,只是把它们留在架子上。

肯特也老这么干,似乎他老人家只是屈尊把盘子放在架子上就已经值得她感恩戴德一百年了,仿佛洗盘子、晾盘子、把盘子放进碗柜就该是布里特-玛丽一个人的差事,而他已经圆满完成了自己的那部分任务。

又有人敲娱乐中心的门。现在这个时候,文明人都该睡觉了,所以布里特-玛丽怀疑可能是哪个孩子忘了东西，于是走过去开门。

"哈？"

她看到警察再次出现在门外，他尴尬地微笑着。布里特-玛丽勃然变色道：

"哈！"

嗯，虽然两次说的都是同样一个字，至少语气听起来不一样。警察咽咽口水，壮了壮胆，有点儿心急地抽出一卷竹帘子，差点戳到布里特-玛丽的脑门上。

"对不起，嗯，好吧，我只是想……这是个竹帘子！"说着他手一滑，竹帘子又险些掉进泥坑里。

"哈……"布里特-玛丽更加戒备地说。

警察热情地直点头。

"我自己做的！在镇上报班学的！'远东家居设计'。"

他又点点头，似乎觉得布里特-玛丽该说点什么。可她什么也没说。警察举起竹帘子，捧到自己脸跟前。

"您可以把它挂在窗户上，这样就不会有人看见您啦。"

他快活地指指警车，又指指竹帘。

雨又下了起来，博格的雨就是这样，反正它也没有别的事可做，闲得慌了就下一点儿。

"而且吧，我们往车里走的时候，您可以把它顶在头上当雨伞用，保护您的发型。"他又吞吞口水，指指手中的竹帘。

"当然，您不用非这样做，当然。我只是觉得，您不是还得在博格住上一阵子吗？所以我就想，嗯，那个，哈哈哈，您明白的。"

娱乐中心实在不是给女士住的地方,您说是吧。"

两个人默默地站了很久之后,布里特-玛丽从一只手底下抽出另一只手,叠在原先在上面的那只手上,带着深不可测的耐心,用力地长吸一口气,注意,只是吸气,根本没有叹气。然后她说:

"我去拿我的东西。"

警察急切地点点头。布里特-玛丽关上门,把他留在雨中。

已经开始的事情就是这么继续的。

12

　　布里特-玛丽打开门，警察给她竹帘子，她把几个花盆搬给警察。

　　"听说您的车后座有个很大的宜家箱子，我应该帮您一起捎过去吗？"警察贴心地问。

　　"当然不应该！"布里特-玛丽回答，仿佛警察的建议是把那个箱子当场烧了。

　　"当然，当然。"他歉意地说。

　　布里特-玛丽看到那两个留络腮胡、戴帽子的男人走出披萨店，他们朝警察点点头，警察朝他们招招手，但那两个家伙好像还是根本没看到她。

　　警察小跑着把花盆搬到巡逻车旁，紧接着又跑回布里特-玛丽身边。他没有直接挽着她的胳膊，但把手放在距离她的胳膊下方只有几英寸的地方，并没有碰到她，这样万一她滑倒的话，他可以扶住她。

　　布里特-玛丽把竹帘子像雨伞那样撑在头顶（因为完全可以把竹帘子当成雨伞来用），一路上都严丝合缝地用它遮住脑袋，这样警察就不会发现她的发型已经被淋坏了。

"我应该顺路找个提款机,取钱交房租。"她说,"如果您不介意的话。我可不想给您添麻烦。"她又担忧地补充道。

"根本不麻烦!"警察说,仿佛对所有的麻烦都免疫似的,但没告诉她到最近的提款机那儿去,得绕十二英里的路。

他一路上滔滔不绝,肯特以前也这样。但还是有点儿不一样:肯特总会告诉布里特-玛丽一些东西,警察却不停地问她问题。布里特-玛丽觉得很烦,当别人对你感兴趣,而你又不习惯别人对你感兴趣的时候,八成会觉得烦。

"您觉得这场比赛怎么样?"警察问。

"我当时在厕所里。"布里特-玛丽说。

听到自己说出这样的话,她更是格外心烦,因为那些习惯草率得出结论的人大概会以为她有严重的肠胃问题。看到警察没有直接回应,她更加笃定地认为,他已经草率地得出了结论,而对于这样的情况,她绝不会坐视不管,于是她突然补充道:

"我的肠胃肯定没毛病,但我必须待在厕所里,否则球赛就可能出毛病。"

警察笑起来。布里特-玛丽不知道是不是在笑她。注意到布里特-玛丽面色不善,警察连忙板起脸。

"您为什么来博格?"

"我来这里工作。"

她的脚半埋在空披萨盒和汉堡纸袋里,后座上还有一个画架、一堆乱糟糟的画笔和画布。

"您喜欢画吗?"发现她盯着这些东西,警察高兴地问。

"不。"

警察尴尬地挠挠方向盘。

"我的意思是，嗯，我指的不是我自己的画，当然。我就是业余瞎画。我在镇上学着画水彩呢。我是问您喜不喜欢一般的画，真正的画，漂亮的那种。"

布里特-玛丽内心深处有点儿想说"您的画也很漂亮"，可更务实的那个人格告诉她，得这么说才对：

"我们家不挂画，肯特不喜欢艺术。"

警察默默地点点头。巡逻车开进了镇上，这儿与其说是个镇，更像是村，和博格差不多，就是更大点。汽车放慢了速度向前开，在一个日光浴沙龙旁停下来，那儿有台提款机。布里特-玛丽认为日光浴沙龙非常不健康，因为她不知在哪儿读到过"日光浴可能致癌"，癌症难道是健康的吗？

取钱费了点工夫：由于怕别人看到密码，她输密码的时候格外紧张，遮遮掩掩的时候按错了键，而且她头上还顶着个竹帘子，这玩意儿也有点儿碍事。

不过警察并没有催她，她惊奇地发现自己喜欢这样。肯特就老催她，不管她本来的速度已经有多么快。她钻回巡逻车里，意识到自己应该有点儿友好的表示，就深吸一口气，指着地板上的外卖盒子和空纸袋说：

"看来镇上不教烹饪课。"

警察眼睛一亮。

"哎呀，其实有烹饪课的，我就在学做寿司呢，您做过寿司吗？"

"当然没有,肯特不喜欢外国饭。"

"没错,没错,好吧,其实做寿司也算不上做饭,就是个……切切切。老实跟您说,我也不经常做,别看我去听课了。给自己做饭没多大意思,您明白我的意思吧?"

他尴尬地笑着,她却一点都没笑。

"不明白。"她说。

他们开回博格。警察似乎终于鼓起足够的勇气,提出了另一个话题:

"嗯,无论如何,您能照顾那些孩子们,真是太好了。博格现在不是个适合小孩长大的地方,您知道吧,年轻人需要,嗯,需要有人看着。"

"我谁也没照顾,我没有责任照顾他们!"布里特-玛丽抗议道。

"我不是那个意思,当然。我只是说,他们喜欢您,那些年轻人。自从上一个教练去世以后,我就没见他们喜欢过谁。"

"您是什么意思?什么叫'上一个'教练?"

"我……好吧,嗯,我只想说,他们很高兴看到您搬到博格来。"警察说,他本来想说"我们",后来才改口成了"他们"。然后他问:

"来这里之前,您是做什么的?"

布里特-玛丽怒视着路旁那些房子的窗户,没有回答。几乎每栋房子门口的草坪上都杵着一块写着"出售"的牌子。她绷着脸,一本正经地评论道:

"看来,住在博格的人里面,没有多少愿意留在这儿的。"

警察的嘴角不自然地向上扯着,似乎在对抗一股向下撇的巨大力量。

"经济危机把这里搞得很惨,卡车公司把所有司机都裁了。那些竖牌子的房主是觉得房子还能卖出去的,其他人早就放弃了。年轻人逃进城里,我们这些老的只能留下,因为只有我们还有工作。"

"经济危机已经结束了。我丈夫告诉我的,他是个企业家。"布里特-玛丽告诉他,始终用竹帘子遮着她的头发和无名指上的白印子。警察尴尬地看向一边,她目光坚定地凝视着窗外,看着这个连本地人都不愿再住下去的社区。

"您也喜欢足球,我觉得。"她终于开口道。

"有人告诉我,喜欢足球是一种本能。要是街上有个球朝您滚过来,您会下意识地给它一脚,这跟您恋爱的时候是一样的,因为您不知道怎么躲开它。"警察笑着说,似乎还有点儿不好意思。

"谁告诉您的?"

"孩子们的老教练,还挺可爱的,不是吗?"

"挺能瞎说的。"布里特-玛丽驳斥道,然而她内心深处有点儿想说"挺有诗意的"。

警察更用力地握紧了方向盘。

"大概吧,大概吧,我只是想说……嗯,人人都喜欢足球,不是吗?可以这么说吗?"

布里特-玛丽一言不发。

巡逻车经过街角的商店,向前开了一段,停在一座灰色的小矮房门口。房子一共两层,对面有个花园,园子里站着两个年纪很大的老太太，年纪大到可能这个社区还没建成的时候她们就住在这里了。两个老太太把着助行器，向巡逻车投来狐疑的目光。斯文陪着布里特-玛丽走下车，朝她们招招手，她们没回应。雨已经停了，布里特-玛丽依然顶着竹帘子，斯文按动房子的门铃，布里特-玛丽在披萨店见过的那个盲女——虽然她的身材和她的房子都是标准的立方体，但布里特-玛丽绝不会说她胖——开了门。

"嗨，银行。"斯文高兴地说。

"你好，斯文。你把她带来了？"银行面无表情地说，冲着布里特-玛丽摇摇手中的棍子，"房间的租金是每星期两百克朗五十欧尔，不赊账。我要是把房子卖了，您就不能租了。"银行嘟哝着说完，跺着脚走进屋子里，也没请他们进去。

布里特-玛丽跟在她后面进去，略微踮着脚，因为地板很脏，哪怕穿着鞋，她也不想走在上面。一条白狗趴在门厅里，周身围着一圈胡乱堆放的板条箱。布里特-玛丽倾向于认为，箱子乱堆是由于主人不讲究，而不是因为主人瞎。当然，她绝对没有任何成见，只是相信盲人也有不讲究的时候而已。

房间里到处都贴着一个穿黄色球衣的女孩的照片，在其中少数几张里，女孩身边还站着个老头，正是娱乐中心照片里的那位，不过这几张照片里他显得年轻多了。布里特-玛丽意识到，死在厨房地板上被人发现的时候，他的年纪可能和她现在差不多。不知道这么想是否显得她有些老，近些年也没多少人供她和自己比较年龄。

斯文站在门边，胳膊底下夹着她的花盆和包。

他看上去和我差不多大。想到这里，布里特-玛丽蓦然觉得自己已经很老了。

"我们非常想念你爸爸,银行,全博格都想他。"斯文冲着门厅里伤感地喊道。

银行没说话。布里特-玛丽不知道该干点啥,于是抢过斯文胳膊底下的花盆。斯文摘下警帽,仍然站在门槛上。有这么一种男人,他们认为,未经女士邀请就跨进她的家门是很不得体的行为,所以只好站在门口。

布里特-玛丽也没邀请他进去,尽管看到穿警服的人堵在门口会让她很不自在。她注意到路对面那两个老太太依旧站在花园里瞪着他们。

邻居们会怎么想?

"还有别的事吗?"她说。其实她的本意是"谢谢"。

"没了,没了,没别的事……"

"谢谢您。"布里特-玛丽说,可听上去更像"再见"。

斯文尴尬地点点头,转过身,朝巡逻车走到一半时,布里特-玛丽深吸一口气,清清嗓子,稍微提高了一点声音:

"谢谢您送我过来。我应该……嗯,我是说:我应该谢谢您送我过来。"

警察转回身,整张脸都亮了起来。趁自己尚未突发奇想,布里特-玛丽赶紧关上门。

银行走上楼梯,棍子在她手里更像拐杖,而不是探路棍。布里特-玛丽搬着花盆、挎着包,摇摇晃晃跟在后面。

"厕所。水池。您得到别处吃饭,因为我不喜欢在家里闻见油烟味。白天最好别待在这儿,因为中介会带人来看房。"银行哼哼唧唧地说,掉头朝楼梯走。

布里特-玛丽跟在她身后,客套道:

"哈。我得为先前的事向您道歉,那时我不知道您是盲人。"

银行咕哝了一句什么,准备下楼,可布里特-玛丽还没说完。

"不过,我想告诉您,假如有人站在您身后,您是没法让他们马上意识到您是看不见的。"她关切地提醒对方。

"天杀的,伙计,我没瞎!"银行咆哮道。

"哈?"

"我是视力障碍,凑近了能看清。"

"多近?"

"我能看到狗那么远。狗能看到我看不到的地方。"银行指着狗说,狗在三英尺之外的楼梯上。

"好吧,那您实际上跟全瞎差不多。"

"我就是这个意思。晚安。"

"也不是我抠字眼儿,我当然不是那种人,不过,我今天在商店的确听见您说'瞎'这个字……"

银行似乎在掂量该揍墙还是揍她的脑门。

"如果我说我瞎了,别人就不好意思多问,不来烦我。如果我说我有视力障碍,他们会没完没了地讨论半瞎和全瞎的区别,烦得要死。好了,晚安!"银行总结完毕,朝楼下走去。

"我能问问吗,既然您不是全瞎,为什么还挂拐牵狗戴墨镜?"

"我的眼睛怕光,狗是帮我探路的,它就是条该死的土狗。

晚安!"

白狗露出伤心的表情。

"那棍子呢?"布里特-玛丽不依不饶。

"不是盲棍,就是根手杖,我这条腿的膝盖不好。另外,前面的人不肯让路的时候,拿棍子扒拉很方便。"

"哈。"布里特-玛丽说。银行用手杖把挡路的狗扒拉到一边。

"先付钱,不赊账。还有,我白天不想在这儿看到您。晚安!"

"请问您什么时候卖房子?"

"等我先找到脾气好到能在博格住得下的人。"

布里特-玛丽站在楼梯顶端。银行和狗离开之后,整段楼梯显得格外荒凉陡峭,片刻过后,前门砰然关闭,整栋房子淹没在随之而来的寂静中。

布里特-玛丽环顾四周。又下雨了,巡逻车已经开走。一辆卡车孤独地驶过窗外。更多的寂静。布里特-玛丽觉得从里到外都冷飕飕的。

她掀起被单,往床垫上撒了一层小苏打。

她从包里拿出清单,上面什么都没记,也没有需要打钩的。黑暗卷进窗户,裹住布里特-玛丽,她也不开灯,而是从包里翻出一条毛巾,用它捂住脸,站着哭了一会儿。她不想坐在还没清理干净的床垫上。

下半夜的时候,布里特-玛丽才注意到那扇门,就在窗户旁边。门板的另一边应该不是什么房间,似乎只有空气。布里特-玛丽起初并不相信自己的眼睛,她不得不拿出一瓶菲克新,把门上的玻璃擦拭干净,然后才去碰门把手。门把手卡住了,她使出全力连拉带拽,甚至顶着门框,利用体重(其实她也没多少体重)尝试转动它。某个电光石火的瞬间,她透过门上的玻璃瞥见了外面的世界,想起了肯特和他说过的她这也不能做、那也不能做的话。那一刻,有种东西逼着她聚集全身的力量,带着近乎狂暴的蔑视和反抗,最终征服了可恶的门把手。豁然洞开的刹那,她向后倒去,雨水紧跟着钻进来,淋到了地板上。

布里特-玛丽靠坐在床边,呼吸沉重,凝视着门外。

那是一个阳台。

13

阳台可以改变一切。

大清早六点钟,布里特-玛丽热情洋溢。这对她来讲,是一种全新的体验。这个时候,坐轮椅的女人却还没醒酒,而且有点儿上火,因为布里特-玛丽六点就敲响披萨店的门,把她吓醒,吵吵着要借什么电钻。

坐轮椅的女人不情愿地给她开门,告诉布里特-玛丽,披萨店以及别的什么店这个点儿不营业。布里特-玛丽就质问她,既然没营业为什么还在店里,披萨店住人怎么保证卫生。坐轮椅的女人——半闭着眼睛,毛衣上粘着很多粒永远到不了她嘴里的饭渣子(有些是进了她的嘴又掉出来的)——连忙敬业地解释说,昨晚看完球赛,她"喝得太多了",回不了家,只好在店里过夜。布里特-玛丽对此表示赞赏,说这是个明智的决定,因为酒驾可耻。说这番话的时候,她似乎根本没看到女人的轮椅。

坐轮椅的女人咕哝着想关门,但是,正如我们之前说过的,布里特-玛丽热情洋溢,勇不可当,而且她现在找到了安置阳台植物的地方。

当你有地方放你的阳台植物时，一切都会变得不一样。布里特-玛丽觉得她简直能容忍全世界，至少容忍博格是不在话下的。

尽管对这种早晨六点就发作的狂躁症嗤之以鼻，听说布里特-玛丽要借电钻，坐轮椅的女人还是把她的电钻拿了来，布里特-玛丽双手接过，却不小心按下开关，差点钻坏女人的手。女人夺回电钻，命令她老实交代，究竟想用电钻干什么，布里特-玛丽说她要挂画。

于是，坐轮椅的女人——没醒酒，还有点儿上火——拎着电钻去了娱乐中心，布里特-玛丽站在房间中央，热情洋溢地盯着那幅画。这是她今天早晨在娱乐中心的储藏室里找到的，因为银行让她最好不要白天出现在家里，加上布里特-玛丽平时就容易失眠，昨晚发现了阳台后，更是激动得睡不着觉，一大早就来了娱乐中心。发现这幅画的时候，它正斜靠在一面墙上，墙前有一大堆不堪入目的垃圾，表面积了层灰，厚度堪比火山灰。布里特-玛丽把画搬进娱乐中心，用湿抹布和小苏打擦干净。它看起来非常时尚。

"我从来没挂过画，您要知道。"看到女人露出不耐烦的样子，布里特-玛丽连忙耐心地向她解释。

女人钻好孔，把画挂起来。其实它并不是画，而是一张年代久远的宣传海报，上面印着黑白的博格地图，最顶端写着"欢迎来博格"。作为一个讨厌旅行的人，布里特-玛丽却非常喜欢地图，因为地图靠谱。从英格丽德对她谈起巴黎的那些晚上开始，她就产生了这样的感觉：你可以看着地图，指出巴黎的位置，而能被指出来的东西就是可以理解的东西。她严肃地朝女人点点头。

"我们家从来不挂画,我和肯特。您必须理解,肯特不喜欢艺术。"

听布里特-玛丽提到"艺术"的时候,女人抬起眉毛,瞅瞅宣传海报。

"我们可以把它挂高一点吗?"

"还要高?"

"太低了。"布里特-玛丽客观地评论道,显然没有指责的意思。

女人看看布里特-玛丽,又看看自己的轮椅,布里特-玛丽也跟着看到了她的轮椅。"啊,其实这个位置也挺好的。也挺好。"

女人嘟囔了一句谁都不适合听的话,摇着轮椅挪出门,穿过停车场,回了披萨店。布里特-玛丽跟在她后面,因为她需要士力架和小苏打。

披萨店里的烟味和啤酒味能熏死人,桌上堆着脏乎乎的杯子和餐具,女人在柜台后面翻箱倒柜了一阵,嘟囔着"头疼片……薇卡把那玩意儿放哪儿了"然后消失在厨房里。

她出来的时候,布里特-玛丽正跃跃欲试地把手伸向两只脏盘子,女人仿佛意识到了什么,连忙大喊:

"别碰!"

布里特-玛丽踱进厨房,拉开餐具抽屉,准备按照正确的顺序整理里面的餐具。女人赶紧摇着轮椅上前,一把合上抽屉。布里特-玛丽耐心地深吸一口气。

"我只是想帮您把这里收拾得像模像样而已。"

"千万别给我乱动!不然我什么都找不到!"女人叫道。这时布里特-玛丽的注意力已经不由自主地转向了放酒具的橱柜,仿佛根本没有别的选择。

"您竟然还能在这种情况下找到想要的东西,实在太了不起了。"布里特-玛丽由衷地赞叹道。

"你会把我的东西弄乱的!"女人抗议道。

"哈。哈。我无论做什么都是错的,为什么总是这样?"

女人断断续续地嘟囔着什么,举着胳膊挥来挥去,仿佛一切都是天花板的错,然后就摇着轮椅出去了。布里特-玛丽在原地站了一会儿,拼命抑制想要再次拉开餐具抽屉的冲动,然而只坚持了十五秒。走出厨房时,她发现女人坐在那儿,正在啃一团拳头大小的玉米片,玉米片是从包装袋里直接掏出来的。

"您至少得拿个盘子盛着吧。"布里特-玛丽说,拿来一个盘子。

女人一脸不高兴地从盘子里抓起大把的玉米片,塞进嘴里。

"我觉得您这儿应该没有天然酸奶,对吗?"

"没错,我有那个什么……嗯,乳糖不耐症。"

"哈。"布里特-玛丽宽容地说,顺手给一个架子上的几个罐头排了排次序。

"求求你了,布里特-玛丽,别再动任何东西啦。"女人小声说,仿佛头疼得快裂了。

"难道收拾整理也是错的?您是这个意思吗?"布里特-玛丽边说边走到收银台,开始按照颜色给那儿的烟盒分类。

"住手!"女人尖叫,试图从布里特-玛丽手中抢走烟盒。

"我只是想把这里收拾得好看一点!"

"这两样别弄混了!"女人指着一种包装上印着外国字母的香

烟和另一种没印外国字母的香烟哀叫道,"税务局会查的!"她指点着烟盒上的外国字母,非常严肃地解释说,"飞来石!"

布里特-玛丽看上去有点儿崩溃,似乎需要找个人来扶着自己。

"您的意思是,它们是走私货?"

"不,你知道,布里特-玛丽,这些,嗯,它们是从卡车上掉下来的。"女人躲躲闪闪地说。

"这是违法的!"

女人摇着轮椅回了厨房,拉开餐具抽屉一看,气得大声骂了句脏话,然后发表了一通长篇演讲,布里特-玛丽只听懂了其中几句:"来这儿借电钻,挂什么狗屁画,不让我睡觉,说我是罪犯,玛丽小天使的娱乐中心要开张啦,好多狗屁玩意儿等着她去收拾呢。"

布里特-玛丽站在小超市和披萨店的分界线上,兀自整理着罐头和香烟盒子。她原本只想来买小苏打和士力架,可又觉得从一个醉鬼那儿买了小苏打就走是不负责任的做法,于是决定等女人醒了酒再说。

女人似乎打算躲进厨房里不理她,所以布里特-玛丽就做了这种情况下她一贯会做的事:打扫卫生。打扫的成果看上去很不错,可惜没有鲜花,不过收银台旁有个粘着白胶带的玻璃花瓶,坐轮椅的女人在瓶身上写着"小费"二字。花瓶是空的。布里特-玛丽把它刷干净,放回原处,然后掏出她手提包里的所有硬币扔了进去。她本来想把硬币弄得乱一点,让它们远看像花土,扔完又觉得这样放着也不赖,挺有装饰性的。

"说不定要是收拾得干净一点,就没有那么多人过敏了。"她对钻出厨房的女人说。

女人揉着太阳穴，摇着轮椅转了几圈，又钻进厨房。布里特-玛丽继续摆弄花瓶里的硬币，让它们看上去更有装饰性。

店门发出叮叮当当的声音，留络腮胡、戴帽子的两个男人进来了，看上去也没醒酒。

"我必须要求您二位出去把脚擦一擦，然后才能进。"布里特-玛丽立刻告诉他们，"你们瞧，我刚刚擦了地板。"两个人看上去很茫然，不过照办了。

"哈。你们想来点什么？"布里特-玛丽对着第二次走进来的两个男人说。

"咖啡？"他们迟疑不定地回答，眼睛东瞧西看，好像踏进了某个平行时空里的披萨店，这儿和他们常去喝咖啡的那家一样，只不过更干净。

布里特-玛丽点点头，走进厨房。坐轮椅的女人捏着一罐啤酒睡着了，脑袋搁在餐具抽屉上。布里特-玛丽找不到茶巾，就扯了两块厨房纸巾，小心地搬起女人的脑袋，把纸巾铺在抽屉上，又轻轻把女人的脑袋放在纸巾上。她用一只普通的咖啡壶（当然没被飞来石砸过）煮了咖啡，端给戴帽子的络腮胡，在他们的桌旁站了一会儿，指望他们夸一夸咖啡的味道，可两人什么都没说。

"哈。你们想做填字游戏吗？"

两人抬头看了布里特-玛丽一眼，仿佛她刚才说的是外星话，然后又低下头看报纸。布里特-玛丽和蔼地点点头。

"要是你们对填字游戏不感兴趣，能让我来吗？"

从两人的表情看，好像布里特-玛丽是在和他们商量把肾借给她用用，如果他们暂时用不着的话。

"你究竟是谁？"其中一个人问。

"我是布里特-玛丽。"

"你是从城里来的？"

"是的。"她微笑着说。

两人点点头，仿佛这个回答解释了一切。

"你他妈的就不能自己买份报纸吗？"其中一人说，另一个咕哝着表示赞同。

"哈。"布里特-玛丽决定不给他们续杯了。

坐轮椅的女人还在厨房睡觉，这很可能要怪布里特-玛丽把她的活儿全包了，让她在那儿舒舒服服地偷懒。然而布里特-玛丽认为，在薇卡过来上班之前，自己有责任继续招呼顾客，倒不是因为店里的顾客有多少，哪怕没有，她也要坚守岗位。第三个进店来的是那个叫海盗（当然，在布里特-玛丽眼里，海盗根本算不上名字）的红头发男孩，他胆怯地问布里特-玛丽有没有时间给他理发。她说她现在很忙，男孩点点头，激动地跑到角落里等着去了。

"如果你打算站在那儿的话，还不如给我帮把手。"最后，布里特-玛丽说。

海盗忙不迭地点头答应，没把舌头咬下来真是奇迹。

薇卡终于露面了，站在门口迟迟不敢进来，好像走错了地方一样。

"出了什么……事了？"她震惊地问，仿佛披萨店昨晚被一群愤青破门而入，为了以奇怪的方式表达某种奇怪的政治诉求，这帮人把店里上上下下打扫了一遍。

"你想说什么?"布里特-玛丽略微觉得受到了冒犯。

"太……太干净了!"薇卡闷头朝厨房钻去,但被布里特-玛丽及时拦住。

"她在里面睡觉。"

薇卡耸耸肩。

"她是还没醒酒。有球赛的时候她老这样。"

那个总是有包裹要收的卡尔出现了。

"您需要帮忙吗?"本着任劳任怨的服务态度,布里特-玛丽不带丝毫偏见地问。

"我来取包裹。"卡尔说,根本不把她的任劳任怨当回事。

布里特-玛丽注意到,他的大鬓角一直留到了下巴,形状有点儿像雪花莲——她最喜欢的花之一——可他这两撮雪花莲是头朝下的。

"我们今天还没收到包裹。"薇卡说。

"那我再等等。"卡尔朝戴帽子的两个男人走去。

"看来您不打算要点东西,只是过去坐坐。"布里特-玛丽非常、非常友好地评论道。

卡尔猛地刹住脚,那两个戴帽子的男人急忙对他使眼色,仿佛在说,不要和恐怖分子谈判。

"咖啡。"卡尔终于嘟囔了一声。

海盗已经端着咖啡送过去了。

接下来进店的是斯文。见到布里特-玛丽,他的小圆脸上立刻闪现出灿烂的笑容。

"您好，布里特-玛丽！"

"擦脚。"

斯文急忙点头，钻到外面，又钻进来。

"很高兴在这里见到您。"他说。

"哈。您今天工作吗？"布里特-玛丽问。

"是的，是的，当然，当然。"他点头道。

"您知道吧，我们很难判断您是不是在工作，因为您什么时候都穿着制服。"布里特-玛丽说，一点都没有责备的意思。

斯文好像没听懂她的话，他的目光显然被一条外国香烟吸引了过去，坐轮椅的女人和布里特-玛丽讨论过走私货的事儿之后，这条烟就一直留在收银台旁边。

"有意思的字母，那是……"斯文好奇地说。

布里特-玛丽和薇卡目光相遇，瞬间接收到小女孩发出的恐慌信号。

"那是我的！"布里特-玛丽叫道，一把夺过外国烟。

"噢。"斯文惊奇地说。

"抽烟又不犯法！"布里特-玛丽说，尽管她个人认为抽烟应该算犯法。

然后她就跑过去整理小超市的货架了，看上去很忙很忙。

"银行的房间怎么样？"斯文跟在她后面问，让布里特-玛丽庆幸的是，这时薇卡恰到好处地哀叫了一声，打断了斯文。

"不——他怎么来了……"

布里特-玛丽看向窗外,一辆宝马开进了停车场。她认得宝马,因为肯特就有一辆。店门发出"叮叮当当"的声音,一个年纪和坐轮椅的女人差不多的男人,还有一个年纪和薇卡差不多的小男孩走进来。也不清楚薇卡到底不想看到哪一个。

宝马男穿着一件很贵的夹克,布里特-玛丽知道它很贵,因为肯特有件一模一样的。男孩穿着破旧的运动衫,衣服上印着十二英里外的那个镇的名字,后面还跟着两个字"冰球"。他感兴趣地看着薇卡,薇卡则轻蔑地看着他。宝马男对着角落里的几个男人嘲弄地笑笑,他们也扭头看着他,仿佛打算通过眼神把宝马男点着了烧成灰。宝马男只好转过头来,嘲弄地看着薇卡。

"生意不错哈,跟平常一样?"

"问这个干吗?你是来裁人的吗?"薇卡讥讽地说,接着她又假装刚刚想起了什么,夸张地拍着脑门叫道,"噢——不!你现在不能裁人了,因为你不在这儿工作啦!你工作的那个地方已经没人可裁啦!因为你把他们都撵走啦!"

男人的眼神变黑了。男孩看起来十分不自在。

宝马男一巴掌拍在柜台上的两罐饮料上。

"二十四克朗。"薇卡无动于衷。

"我们还要买披萨。"男人想挽回面子。

"披萨店不营业。"薇卡说。

"你什么意思?"

"披萨师傅暂时没空。"

男人轻蔑地吸吸鼻子,抽出一张五百克朗的钞票拍在柜台上。

117

"披萨店没有披萨,你们做生意真牛啊。"

"卡车公司只有一个经理,没有司机,也挺牛的。"薇卡嘲讽道。

宝马男捏紧拳头,搁在柜台上,正要发作,眼角的余光瞥见卡尔已经从椅子上站了起来,另外两个男人正在尽最大努力让他坐回去。

"你少找了我六克朗。"他数了数薇卡找给他的钱,阴森地说。

"我们没有硬币了。"薇卡咬着牙说。

斯文已经站到了他们旁边,但好像有点儿拿不定主意。

"您最好还是走吧,弗雷德里克。"他说。

宝马男来回扫视着薇卡和警察,目光最终落在那个用来放小费的花瓶上。

"没问题。"他露出一个鄙夷的微笑,手伸进花瓶,掏出六克朗硬币。

他朝斯文咧咧嘴,又朝穿冰球服的男孩咧咧嘴,男孩低着头往门口走去。斯文目瞪口呆地站在原地。穿高级夹克的宝马男和布里特-玛丽对上了眼神。

"你是谁?"男人问。

"我在娱乐中心工作。"布里特-玛丽盯着她刚擦干净的花瓶上的指头印子说。

"议会不是把它关了吗?浪费纳税人的钱,还不如把钱投给少年拘留所,反正小崽子们早晚都得去那儿!"

布里特-玛丽看上去一点都不生气。

"我丈夫也有件这样的夹克。"她说。

"你丈夫品位不错。"男人笑道。

"可他那件的码数比您的合适。"布里特-玛丽说。一阵长久的静默。接着,薇卡、斯文先后爆发出开心的狂笑。布里特-玛丽不明白他们笑什么。男孩跑了出去,宝马男跟在他后面,用力甩上门,震得天花板上的日光灯管闪了几下。宝马车打着滑驶出了停车场。

布里特-玛丽不知道该往哪里看,斯文和薇卡还在哈哈大笑,这让她觉得不自在,以为他们是在取笑自己,于是她快步朝门口走去。

"我现在有时间给你理发了。"她小声告诉海盗,匆忙逃向停车场。

店门发出愉快的叮当声。

14

所有婚姻都有不好的一面,因为所有人都有弱点。如果你和另外一个人一起生活,就要学会以各种方式应付这些弱点。比如,你可以把弱点当成沉重的家具,收拾房间时虽不能把它搬到一边,却可以围着它擦擦扫扫,保持一切都在你的掌控之中的错觉。

当然,灰尘是在看不见的时候积累起来的,而你得学会抑制灰尘积累的过程,防止客人注意到,不要等着哪一天,有人未经你的许可移开某件大家具,露出下面的污垢和划痕,镶木地板上留下永久性损伤之日,就是你追悔莫及之时。

布里特-玛丽站在娱乐中心的洗手间里,对着镜子检查自己的弱点。她觉得自己最大的弱点就是胆小怕事,因为她现在最想做的事是回家,坐在自己的阳台上给肯特熨衬衣,祈祷一切都恢复正常。

"您想让我回去吗?"站在门口的海盗担心地问。

"我实在受不了你们笑话我了。"布里特-玛丽尽可能严厉地说。

"我为什么要笑话您?"海盗问。

她吸着腮帮子,没有回答。海盗迟疑地拿出一条印着外国字母的香烟。

"斯文说您忘了这个。"

布里特-玛丽沉着脸接过去。走私货。说是她偷的或是赊账买的都行，取决于你怎么看。真是伤脑筋，因为布里特-玛丽甚至不确定自己犯了什么罪，但毫无疑问她是个罪犯，尽管肯特一定会同意坐轮椅的女人的看法，认为私藏走私烟不算违法。"得了吧，亲爱的！只要不被抓，就不算犯罪！"每当她发现肯特的会计把别的单据偷偷塞进她的退税信封时，肯特总会劝她。"别担心，都是些完全合法的退税单！没关系！"他向她这样保证。肯特喜欢减税，痛恨税金账单。布里特-玛丽从来不好意思向他承认，对于这方面的是非她一窍不通。

海盗轻轻碰碰她的肩膀。

"他们不是笑您，我是说披萨店里的那些人，他们在笑弗雷德里克。卡车公司解雇司机的时候，他是公司的老板，把司机全赶走了，博格的人不喜欢他。"

布里特-玛丽点点头，尽量表现出她起初就不怎么在意的样子。海盗备受鼓舞，继续说：

"弗雷德里克训练镇上的冰球队，他们很厉害！和他一起来披萨店的那个高个子是他儿子，那小子和我一样大，可已经长出胡子来了！您明白吗？太恶心了，对不对？他踢足球也很厉害，但弗雷德里克让他打冰球，因为他觉得冰球更好！"

"他为什么这么想？"布里特-玛丽问，因为根据她对冰球的浅显了解，她觉得这项运动是全宇宙屈指可数的比足球还可笑的活动之一。

"很可能因为冰球更烧钱。弗雷德里克就喜欢买别人买不起的东西。"海盗说。

"你们为什么那么喜欢足球呢?"布里特-玛丽问。

海盗似乎觉得这个问题不可理喻。

"您的意思是?大家都喜欢足球,没有什么原因。"

真可笑,布里特-玛丽想,但没说出来。她指着男孩手里的一个包问:

"那是什么?"

"剪子、梳子还有货物什么的!"男孩露出幸福的表情。

布里特-玛丽没问他"货物"是什么,但看出那个包里有许多瓶瓶罐罐。她从厨房搬来一张凳子,在地板上铺了几条毛巾,示意男孩坐下,给他洗了头发,修剪齐整,就像曾经给英格丽德理发一样。

她突然觉得很想说话,现成的词句不自觉地涌上来,她却根本不知道自己为什么要开口。

"我经常不确定别人是不是在嘲笑我,你必须明白。我丈夫说我没有幽默感。"

她很快又恢复了沉默,因为常识告诉她:赶紧闭嘴。尴尬仿佛夹子一样钳住了她的嘴唇。

男孩吃惊地盯着镜子里的她。

"这样说别人很过分!"

布里特-玛丽没回应,但她同意男孩的观点,这样说别人的确很过分。

"您爱他吗？您的丈夫？"男孩突然问，布里特-玛丽手一滑，差点剪掉他的耳朵。

她抬起手背，蹭掉男孩肩膀上的头发茬，不自在地盯着他的头皮。

"是的。"

"那他为什么不来？"

"因为有时候光有爱是不够的。"

接下来两人都没说话，直到布里特-玛丽结束修剪。海盗邋遢的拖把头被她改造成了符合保护生态环境要求的整洁样式。趁着男孩对着镜子里的自己流口水的时候，布里特-玛丽打扫了地面。她看到停车场里有两个年轻人，靠在一辆巨大的黑色汽车上抽烟，看样子都还不到二十岁，穿着破到大腿的同款牛仔裤，就像足球队里的孩子那样。但这两个可不是什么孩子，路上遇到他们这样年纪的青年，布里特-玛丽都要格外用力地抓紧手提包。她也没有以貌取人，根本不会，但他们其中一个两只手上都有文身。

"那是萨米和疯子。"海盗在她身后说。

他听起来挺害怕。

"那怎么能叫名字？"布里特-玛丽说。

"萨米是个名字，我觉得。但疯子叫疯子是因为他就是个疯子。"海盗低声说，似乎不敢大声说出他们的名字。

"他们是不是很闲？"

海盗耸耸肩。

"这儿的人都很闲。那些很老的人才有工作。"

布里特-玛丽把一只手叠放在另一只上,然后又调换了一下两只手的位置,这是为了缓解受到冒犯的感觉。

"右边那只手上有文身。"她说。

"那是疯子。他脑子不好。萨米人还不错,但疯子……您知道吧,他很危险,您可千万别惹他。我妈说,疯子在薇卡和奥马尔家的时候,不准我过去。"

"他为什么要在薇卡和奥马尔家?"

"萨米是他俩的大哥。"

披萨店的门开了,薇卡拿出两份披萨交给萨米,他亲了亲她的脸。疯子咧着嘴,对她露出粗野的笑容。薇卡看了疯子一眼,仿佛他对着她刚买的新包呕吐过,接着便甩上披萨店的门。大黑车离开了停车场。

"斯文在那儿的时候,他们是不会进店里吃东西的。薇卡不让他们在那儿吃。"海盗解释道。

"哈。这很容易理解,因为她知道他们害怕警察。"

"不,因为她知道警察害怕他们。"

社会跟人差不多,如果你不问太多的问题,不随便搬动大件家具,很难发现隐藏其中的污点。布里特-玛丽拍拍自己的裙子,又整了整海盗的衣袖,打算换个话题。还没开口,海盗就遂了她的愿:

"薇卡问过您了吗?"

"问什么?"

"问您想不想当我们的教练？"

"绝对不想！"

深受冒犯的布里特-玛丽两手相扣，质问道：

"你们究竟什么意思？"

"我是说训练员，必须有人训练我们。镇上有个挑战赛，没有教练的队不准参加。"

"挑战赛？踢球？"

"没错。"

"这种天气？户外活动？太可笑了！"

"不，是室内比赛。在镇上的体育中心。"海盗说。布里特-玛丽刚想批评一下那些喜欢在屋里踢球的怪人，就听见了敲门声。一个和海盗差不多大的男孩站在外面，头发很长。

"哈？"布里特-玛丽说。

"本在这儿哈？"男孩问。

这个"哈"字似乎不应该出现在这样的句子结构里面，听上去就像"本差不多就在这儿对吧"。

"谁？"布里特-玛丽问。

"本？他在足球队里叫什么来着，海盗？"

"哈。哈。哈。他在这儿，可他没空。"布里特-玛丽斩钉截铁地说，准备关门。

"他忙什么呢？"男孩问。

"他要和人家见面，或者说约会。或者随你怎么说。"

"我知道。和我。"男孩沮丧地呻吟道。

125

丝毫不受偏见拖累的布里特-玛丽，把一只手搁在另一只手上，然后说：

"哈。"

男孩嚼着口香糖。她不喜欢这样。不喜欢别人嚼口香糖又有什么错？即便是没有偏见的人，也有讨厌别人嚼口香糖的权利。

"嗯，'约会'这个词早就老掉牙了。"男孩说。

"是海……本这么说的。我们那时候都说'见面'。"布里特-玛丽自我辩护道。

"也很老掉牙。"男孩哼道。

"那你怎么说？"布里特-玛丽问，语气中只是略带一丝责备，嗯。

"没什么特别的说法，就是'出去'什么的。"男孩回答。

"你先在这儿等着。"布里特-玛丽果断地关上了门。

海盗正在洗手间里调整他的发型，发现布里特-玛丽进来的时候，他刚刚得意地蹦了几下。

"他来了吗？您觉得他帅吗？"

"他非常粗鲁。"布里特-玛丽说，但海盗显然什么都听不见，因为他对着镜子跳上跳下，在空旷的洗手间里制造出很大的回音。

布里特-玛丽撕下一块厕纸，仔细地捡走海盗套头衫上的碎发，包进厕纸，丢到马桶里冲掉。

"我还以为你要和女孩约会。"

"我有时候也和女孩约会。"海盗说。

"可这个是男孩。"布里特-玛丽说。

"这个是男孩。"海盗点头确认，似乎认为她打算玩儿什么他还不知道规则的文字游戏。

"哈。"布里特-玛丽说。

"男孩还是女孩,难道只能选一种吗?"海盗问。

"我什么也不知道。我没有任何偏见。"布里特-玛丽向他保证。

海盗搔搔头发,微笑了一下,然后问:

"您觉得他会喜欢我的发型吗?"

布里特-玛丽似乎没有听到他的问题,她说:

"你在球队里的朋友应该不知道你和男孩约会吧?反正我是不会说出去的。"

海盗看起来很惊讶。

"他们为什么不知道?"

"你告诉他们了?"

"我为什么不告诉他们?"

"他们怎么说?"

"他们说'好的'。"海盗说,接着露出疑惑的表情,"他们还能怎么说?"

"哈,哈,没什么,没什么。"布里特-玛丽恳切地说,又补充了一句,"我根本没有偏见!"

"我知道。"海盗说。

然后他紧张地笑起来。

"我的头发看起来不错?"

布里特-玛丽没法出声回答,她只是点点头,捡走男孩套头衫上的最后一截碎发,不知所措地握在手中。他抱了抱她。她想象不

127

出这孩子究竟是怎么了,为什么要做这样的事。

"您不应该一个人,像您这样头发如此好看的人,不应该一个人。"他小声说。

海盗几乎走到门口的时候,仍旧握着那截头发的布里特-玛丽定了定神,清清嗓子,也小声地对男孩说:

"要是他不夸你的发型好看,就配不上你!"

海盗转回身,穿过房间朝她跑来,再次抱住了她。她把他推开,友好而坚决,因为人要知道适可而止。男孩问能不能把手机借给他用用,她犹疑地把手机给了他,警告他不要浪费电话费。他拨了自己的号码,响了一声之后就挂断了,把手机交还给她时又想拥抱她,发现她难为情,于是笑着跑出去,关上了门。

过了十五分钟,布里特-玛丽收到一条短信:他说了!:)

娱乐中心重又安静下来。她打开吸尘器,吸干净地板上的头发,仅仅为了制造一点声音。然后洗了毛巾,丢进甩干机里甩干。

她又给所有的照片掸了灰,格外仔细地擦拭了那张带地图的宣传海报,坐轮椅的女人把它挂在比其他照片低三英尺的地方。

她剥掉士力架的包装,放进一只碟子里,把碟子放在一条毛巾上,搁在门口,打开前门,坐在凳子上,享受风穿过头发的感觉。过了很久,她拿起电话。

"喂?"劳动就业办公室的女孩说。

布里特-玛丽深吸一口气。

"说您的发型像男孩,我那时很失礼。"

"布里特-玛丽?"

布里特-玛丽专注地吞吞口水。

"我不应该多管闲事的，不该干涉您留什么样的发型。还有，无论您和男孩还是女孩约会，都是您自己的事。"

"您没提过这些……事啊。"

"哈。哈。哈。可我脑子里想了啊，无论说没说出来，都是不礼貌的。"布里特-玛丽愤怒地说。

"什么……可是，我说，您是什么意思……我的发型怎么了？"

"没怎么。我就是这个意思。"布里特-玛丽说。

"我不……我是说，我是……我不喜欢……"女孩有些戒备，又有点儿专横。

"那是您的事，不关我的事。"

"我的意思是，那样不……您知道吧……那样或者不那样都没有错！"女孩说。

"我就是那个意思！"

"我也是！"女孩说。

"那么，好吧。"布里特-玛丽说。

"好吧！"女孩说。

电话那头沉默了很久，久到女孩以为布里特-玛丽已经挂断了电话。她试探道："喂？"这时，布里特-玛丽才挂了电话。

老鼠过来吃晚饭的时候，迟到了一小时零六分钟。它急匆匆地跑进来，冲向它拖得动的最大的那块士力架，停留了一秒钟，看了看布里特-玛丽，然后便拖着食物跑回黑漆漆的外面去了。布里特-玛丽用保鲜膜包好剩下的士力架碎块,放进冰箱,刷了碟子,洗好甩干垫碟子的毛巾,挂回原处。透过窗户,她看到斯文从披萨店出来,他在警车旁边停住了脚,望着娱乐中心。布里特-玛丽赶紧躲到窗帘后面。斯文钻进警车开走了。布里特-玛丽刚才还有点儿害怕他会过来敲门,现在却微微觉得有些失望。

她关掉洗手间之外所有的灯,孤零零的灯泡发出的暖光从门板底下透出来,照亮了坐轮椅的女人挂宣传海报的那面墙。海报的位置有点儿低,可又不是太低。"欢迎来博格。"布里特-玛丽读道,她坐在黑暗中的木凳上,凝视着海报上那个让她一见钟情的红点,那正是她热爱地图的原因。因为年代久远,红点已经磨掉了一半,剩下的一半也已经发白,但它还在那里,嵌在地图左下角和中心点之间,旁边写着"你在这里"。

有些时候,继续生活下去还是比较容易的,你甚至不需要知道自己是谁。只要你明白自己究竟在哪里,根本不用知道自己是谁。

15

人们有时把"黑暗"等同于"堕落",可博格不仅堕落,而且早已分崩离析。在下沉的瞬间,它吞噬了所有的街道,将它们一同卷入无边的黑暗。城市里那些不希望整夜坐在家里的人可以去只在夜间营业的娱乐场所消遣,然而在博格,生活只能被黑夜封入沉闷无聊的胶囊。

布里特-玛丽锁好娱乐中心的大门,独自站在停车场里。

她的衣袋里装了一大叠折起来的厕纸,因为连一个信封都找不到。披萨店上方的灯箱招牌已经熄了,但她仍然看得清坐轮椅的女人在店里移动的身影。布里特-玛丽有点儿想找她说说话,或者买点什么给她,但更加理性的那个人格却勒令她不要这么做:外面黑着的时候,文明人是不会到商店里乱逛的。

她站在门边,听着店里传出的广播声音,电台正在播放流行音乐。她之所以知道这是流行音乐,是因为她对这种音乐类型并不陌生——填字游戏里有很多和流行音乐有关的词汇,为了填字游戏,她愿意多了解一点相关的知识。然而她是第一次听到这首歌,一个哑嗓门的年轻人唱着什么"你要么成为谁谁谁,要么谁谁谁都不是"。

布里特-玛丽手里还拿着那条印着外国字的香烟,她不知道外国烟值多少钱,但还是从自己的手提包里拿出足够多的钱,包进厕纸里叠好——许多截厕纸组成了一只吸水功能优异的信封。她把装着钱的厕纸信封塞到披萨店的门底下。

收音机里的年轻人还在唱歌,唱得很卖力,但颠来倒去无非是那么几句。

"爱情没有怜悯。"他唱道,一遍又一遍。爱情没有怜悯。肯特仿佛从布里特-玛丽心里冒出来,堵在她胸口,让她无法呼吸。

她一个人走在朝两个方向延伸的穿过社区的唯一一条公路上,伴着黑暗的降临,朝不属于她自己的床和阳台走去。

卡车从她后方驶来,卡车从她右边驶过,那么近,那么快。

她不知不觉地走向公路的另一侧。当身体的其余部分对时间失去了感觉,人类的大脑会发挥出清晰重现记忆中的场景的可怕能力,一辆驶近的卡车可以让你的耳朵误以为它们听到了母亲的尖叫,让你的双手相信自己被玻璃割伤,让嘴唇尝到血的味道。那个瞬间,布里特-玛丽听到自己的内心深处呼喊了一千遍英格丽德的名字。

卡车紧贴着她,轰隆隆地一掠而过,深一脚浅一脚冒雨前行的布里特-玛丽甚至觉得它好像从自己心上碾了过去。她跟跟跄跄地走了几步,外套又湿又脏,耳中回响着汽车的啸叫。也许只过了一秒,也许过了一百秒。她朝某辆车的头灯茫然地眨眨眼,恍惚明白耳朵里的声音并非来自她的脑袋里面,那确实是一辆轿车的鸣笛声。她听到有人在喊。在宝马车头灯的照射下,她抬手挡住眼睛。弗雷德里克，刚才到披萨店去的那个人，站在她的面前，愤怒地高声喊叫。

"你是哑巴了还是怎么着，老太婆？！你跑到该死的路中间去干什么！我差点撞死你啊！"

说得好像她的死在他眼中不过是件讨厌的麻烦事似的。布里特-玛丽不知道该说什么好，心脏还在玩命地狂跳。弗雷德里克两手一伸。

"你能听到我在说什么吗？还是已经吓傻了？"

他朝她走近两步，她不知道他想干什么，难道是想打她？然而无论弗雷德里克接下来有什么打算，恐怕都要落空了，因为就在这个时候，他听到另外一个人的问话声，这个人的声音和布里特-玛丽的不同，十分冷酷。

"怎么回事？"

弗雷德里克首先转过身去，所以布里特-玛丽刚好有时间看到他眼睛里的凶光变成了惊惧，他甚至吞了一下口水。

"没事……她只是在——"

萨米站在几英尺外，两手插兜，看起来顶多二十岁。可他在黑暗中狰狞的侧影很容易让人明白他是个"狠角色"。布里特-玛丽觉得，萨米大概就是填字游戏中那个四字成语"好勇斗狠"的现成写照。以为自己小命不保的时候，人的想象力总是格外丰富，布里特-玛丽现在有了切身的体会。弗雷德里克结结巴巴地嘟囔了几句什么，萨米什么都没说。另外一个年轻人从他身后走过来，个子比萨米还高，难怪人家叫他"疯子"：他咧着嘴巴阴恻恻地笑着,其实也不像是在笑,更像野兽展示白森森的獠牙。

电视上不播球赛时,肯特也会看看自然历史节目,布里特-玛丽也跟着看过一点,她从节目中了解到人与动物的区别:人类是唯一通过龇牙咧嘴表示友好的动物,其他动物都以此表示威胁。因此她觉得"疯子"很像一只披着人皮的动物。

疯子的嘴咧得更宽了,萨米的手还插在兜里,声音没有提高。

"别碰她。"他盯着弗雷德里克说,脑袋朝布里特-玛丽那边歪了歪。

弗雷德里克踉跄着退向他的宝马,每靠近宝马一步,他的自信就仿佛恢复了一点,似乎宝马给了他超能力。但他一直等到自己挪到了车门口时,才恶狠狠地说:

"脑残!这个鬼地方的人全都是脑残!"

疯子抬腿向前跨了半步,宝马在泥地里打着滑逃之夭夭,布里特-玛丽看到副驾驶座上有个男孩,就是年纪和本、薇卡、奥马尔一样大的那个,但个子更高,发育得更早,身上穿着那件印着"冰球"的运动衣,看起来很害怕。

疯子龇着牙看着布里特-玛丽,布里特-玛丽尽可能镇定地转身走开,努力控制步伐,防止自己惊慌得跑起来,因为自然历史节目经常告诫观众,见到野生动物千万不要撒腿就跑。她听到萨米在身后叫她,语气既不愤怒也没有威胁,几乎称得上温柔。

"回见,教练!"

远离现场三百英尺之后,她才终于有勇气停下来喘口气。她转过身,发现那两个人和另外一群年轻人聚集在几栋公寓楼和一个树丛中间的沥青空地上,大黑车停在旁边,引擎和头灯都没关。这帮人在灯光下跑来跑去,萨米喊了声什么,向前一冲,右腿凌空一踢,接着攥起拳头在空中乱挥,旁边的人都欢呼起来。

过了整整一分钟,布里特-玛丽才反应过来他们在干什么。

他们在踢球。

原来是在玩儿。

夜间的温度降到了零下,雨变成了雪。

布里特-玛丽站在阳台上见证了降温的全过程,她出了一会儿神,发觉自己想的全是怎么做寿司的事儿。

她清理了床垫,挂好大衣。听到银行回来以及楼下房间关门的动静之后,布里特-玛丽在屋里转了三圈,用力跺着地板,只是为了表明她在那儿,就在楼上。然后她疲惫地睡着了,什么都没敢梦见,因为她连自己做的梦究竟是谁的都不知道。

布里特-玛丽醒来时,太阳已经升起。意识到这一点,她差点从床上掉下来,一月的太阳本来就出来得晚,竟然现在才起床!别人会怎么想?她迷迷糊糊地开始穿衣服,这才发现自己被唤醒的原因:有人敲门。睡到别人随时可以理直气壮地敲响你家门的时候才起,简直太可怕了。

她飞速整好发型,几乎是连滚带爬地冲到楼下,差点摔断脖子。其实每隔几分钟就会发生这样的事——经常有人从楼梯上滑下去摔死。直到摇摇晃晃地在楼梯底部站稳的时候,她才恢复理智。犹豫了好一会儿之后,她咬着牙跑进厨房,这儿的肮脏程度当然可想而知,她把所有的抽屉都翻了个遍才找到一条围裙。

布里特-玛丽戴上围裙。

"哈?"她打开门,眉毛动了动。

她调整了一下围裙,就像你在自家厨房擦擦洗洗时听到有人敲门那样自然。薇卡和奥马尔站在门外。

"您在干吗?"薇卡问。

"我忙着呢。"布里特-玛丽回答。

"您刚才在睡觉吗?"奥马尔问。

"当然没有!"布里特-玛丽抗议道,同时整了整头发和围裙。

"我们听见您下楼梯了。"薇卡说。

"下楼梯又不犯法。"

"您能冷静一下吗?我们只是问问您是不是刚起床!"

"我有可能睡过头了,但肯定不是经常这样。"

"您今天有什么特别的事要做吗?"奥马尔问。

布里特-玛丽并没有想出令人信服的答案。三个人沉默了一会儿。终于,薇卡失去了耐心,沮丧地哼哼了一声,直截了当地说:

"我们想问问您愿不愿意今晚和我们一起吃饭。"

奥马尔使劲儿点点头。

"不知道您愿不愿意当我们的新教练,训练我们的足球队!"

他突然哀叫一声:"哎哟!"薇卡骂道:"白痴!"还想再踹他的小腿一脚,但这一次他躲掉了。

"我们想邀请您吃晚饭,问问您愿不愿意给我们当教练,就像他们给正式的球队请教练那样!"薇卡说。

"我不是特别关心足球。"布里特-玛丽尽可能礼貌地说,语气听起来却很可能不是那么太礼貌。

"您什么都不用做,只需要填一个破表格,然后在我们训练的时候露个脸就行!"薇卡劝道。

"镇上办了个什么狗屁淘汰赛,议会组织的,任何球队都可以参加,但必须得有教练。"

"博格肯定还有比我更适合做教练的人。"布里特-玛丽说,开始向门厅撤退。

"别人都没时间。"薇卡说。

"我们觉得只有您没什么事可干,所以就来找您了!"

布里特-玛丽愣住了,看起来彻底受到了冒犯。

她又整了整围裙。

"你们会看到的,我有很多事要忙。"

"比如说?"

"我都写在清单上了!"

"可是,耶稣基督老天爷,当教练几乎不会占用您的时间,我们训练的时候您过去一下,让他们看到我们有教练就行!"薇卡哀求道。

"我们今晚六点在娱乐中心旁边的停车场训练。"奥马尔点头道。

"可我压根儿不懂足球!"

"奥马尔也是,可我们照样带他玩。"薇卡说。

"你说什么?!"奥马尔叫道。

薇卡显然失去了耐心,她朝布里特-玛丽摇摇头。

"算了,我们还以为您有一副热心肠。这儿可是博格,我们没那么多该死的大人可以选,只能选您。"

布里特-玛丽不知道该怎么说,薇卡边往外走边做了个恼火的手势,示意奥马尔跟上。布里特-玛丽站在门口,双手紧紧握在一起,嘴巴一张一合,过了很久才发出声音:

"我六点不行!"

薇卡转过身。布里特-玛丽盯着身上的围裙。

"文明人都在六点吃晚饭,你们也不能饭吃到一半就去踢球。"

薇卡满不在乎地耸耸肩。

"好吧,那您六点去我们家吃晚饭,然后我们再训练。"

"今晚吃墨西哥卷饼哦!"奥马尔心满意足地点头道。

"什么饼?"

孩子们盯着她。

"墨西哥卷饼。"奥马尔说,他以为布里特-玛丽没有听清,而不是不知道这是什么东西。

"我不吃外国饭。"布里特-玛丽说,她的意思其实是"肯特不吃外国饭"。

薇卡又耸耸肩。

"要是您吃不惯玉米饼,可以只吃里面的馅儿,有点儿像色拉。"

"我们家在那片高楼里,二号楼,二楼。"奥马尔指着外面的大路说。

布里特-玛丽当然不会马上答应做他们的教练,目前只是有人建议她这么做而已。

她关上门,摘掉围裙,放回抽屉,打扫了厨房,因为她不知道怎样才能不打扫。她去楼上拿手机,只响了一声,劳动就业办公室的女孩就接听了。

"您懂足球吗?"

"您是布里特-玛丽?"虽然已经听出对方是谁,女孩还是问了一句。

"我想知道怎么训练足球队。"布里特-玛丽告诉她,"做教练需要申请当局批准吗?"

"不……我是说……您是什么意思?"女孩问。

布里特-玛丽呼出一口气,但绝对不是叹气。

"亲爱的,如果您想给自己家的阳台装玻璃,需要申请批准,我觉得给足球队当教练也得申请批准。您确定那些球员到处踢来踢去的不违犯法律吗?"

"不……我……我是说,我猜他们的父母需要签署同意书,声明自己允许孩子进球队踢球。"

布里特-玛丽在小本本上做了记录,审慎地冲自己点了点头,继续问:

"哈。那么请问,练习踢球的时候首先需要做什么?"

"我觉得……可我不确定……训练的时候首先该怎么做……我想应该先点名?"

"请再说一遍!"

"您得有一本花名册,在到场参加训练的人名字后面打钩。"

"一份写着名字的清单?"

"是的吧……"

布里特-玛丽已经挂了电话。

对于足球她可能懂得不多,但大家都知道,论到使用清单,谁都比不过布里特-玛丽。

16

开门的是恐龙。看到布里特-玛丽，他喜笑颜开，可布里特-玛丽见到他，却怀疑自己按错了门铃。事实是，恐龙总是和薇卡、奥马尔一起吃晚饭，她没走错门，恐龙也不是笑她。尽管不符合她的第一印象，可博格的人确实都是这样：喜欢在别人家吃饭，然后结伙四处溜达、有说有笑，仿佛这个糟烂的世界与他们毫不相干。奥马尔跑进客厅，指着布里特-玛丽。

"您赶紧把鞋脱了，不然萨米会生气的，他刚拖了地！"

"我不生气！"有人在厨房里说，听起来相当生气。

"一到我们家的清洁日，他就像吃了枪药似的。"奥马尔对布里特-玛丽解释道。

"要是我们都能在该死的清洁日干点清洁的活儿，也许我就不会吃枪药了，可每到清洁日都只有我在干活！次次都是这样！"萨米在厨房里吼道。

奥马尔意味深长地朝布里特-玛丽点点头。

"您瞧，生气了。"

薇卡弯腰驼背地出现在门口，手中摇晃着并不存在的酒瓶子，明显是在模仿坐轮椅的女人。

"您知道吧,布里特-玛丽,萨米是那个什么……怎么说来着?刺儿屁股!"

恐龙和奥马尔笑得直抽气,布里特-玛丽礼貌地点头回应,这是她做得出的最接近于哈哈大笑的动作。她脱了鞋,走进厨房,谨慎地朝萨米点点头,他指着一把椅子说:"晚餐准备好了。"

说着便摘下围裙,对着客厅吼道:

"都滚过来吧!"

布里特-玛丽看看手表,六点整。

"不用等你们的父母吗?"她周到地问。

"他们不在这儿。"萨米开始往桌上摆杯垫。

"他们工作很忙吧?"布里特-玛丽关切地问。

"我妈是卡车司机,出国了,不经常回来。"萨米简短地回答,把玻璃杯和碗搁到杯垫上。

"你们的父亲呢?"

"他跑路了。"

"跑路?"

"没错,我小的时候跑的。那时奥马尔和薇卡刚出生。我猜他是个不负责任的反包,我们在家从不提他。妈妈照顾我们。饭好了,都滚过来,否则看我揍不死你们!"

薇卡、奥马尔和恐龙依次晃进厨房,开始狼吞虎咽,几乎连嚼都不嚼,仿佛是用吸管吸流食。

"可现在谁照顾你们呢,你们的母亲不是不在家吗?"布里特-玛丽问。

"我们自己照顾自己。"萨米露出受到冒犯的表情。

她不知道接下来该说点什么才显得正常,于是拿出那条印着外国字母的香烟。

"去别人家吃饭时,我一般会带鲜花,可博格没有花店。我发现你喜欢抽烟,我猜香烟对于喜欢它的人来说就像鲜花一样。"她解释道,似乎在自我辩护。

萨米接过烟,看上去有点儿激动。布里特-玛丽在一个空位子上坐下,清清嗓子。

"你不怕得癌症,对吧?"

"还有更值得害怕的东西。"萨米微笑着说。

"哈。"布里特-玛丽拿起自己盘子里的食物,心里猜那可能就是墨西哥卷饼。

奥马尔和薇卡也聊了起来,主要话题是足球,至少布里特-玛丽这么觉得。恐龙几乎不说话,不过一直在笑,布里特-玛丽不清楚他笑什么,反正他和奥马尔不用说话,只要互相看着对方就能哈哈大笑。现在的小孩真难懂。

萨米拿叉子指着奥马尔。

"我都告诉你多少遍了,奥马尔?别把胳膊肘放在该死的桌子上!"

奥马尔翻翻白眼儿,撤走了胳膊肘。

"我不明白为什么不能把胳膊肘放在桌子上,放不放有什么不一样吗?"

布里特-玛丽紧紧盯着他。

"当然不一样，奥马尔，因为我们不是动物。"她解释道。

萨米欣赏地看着布里特-玛丽。奥马尔迷惑地看着他们两个。

"动物没有胳膊肘。"他反驳道。

"吃你奶奶的饭吧。"萨米说。

奥马尔和恐龙吃完后就跑到另一个房间去了，两人笑起来就没停下过。薇卡把她的盘子放到碗碟架上，静静地站了一会儿，似乎在等别人给她颁发贴心小棉袄奖章。后来她也跑走了。

"就知道吃，连句谢谢都不会说！"萨米在他们身后愤怒地喊道。

"谢谢您的饭！"孩子们的吼叫从公寓的某个神秘角落模模糊糊地传来。

萨米站起身，把盘子稀里哗啦地堆进水槽里，然后看着布里特-玛丽。

"嗯。这么说，您不喜欢今晚的饭啰？"

"抱歉，你说什么？"布里特-玛丽问。

萨米摇了摇头，自言自语了几句，说了好几遍"他妈的"，接着就抓起那条烟消失在了阳台上。

布里特-玛丽独自留在厨房里，吃着她几乎可以确定就是墨西哥卷饼的东西，味道没有她想象的那么怪。她站起来，把吃剩的食物放进冰箱，刷了盘子和餐具，敞开餐具抽屉，不由得屏住了呼吸：叉子—刀子—勺子，顺序完全正确。

布里特-玛丽来到阳台的时候，萨米正站在那里抽烟。

"非常好的晚餐，萨米。谢谢你。"她说，一只手牢牢地扣住另一只手。

他点点头。

"有时候,如果别人没等你问就夸你做的饭好吃,这感觉相当不错。您明白我的意思吗?"

"是的。"她说。因为她真的明白。

然后她觉得这时候应该说点礼貌的话才合乎规矩,于是便说:

"你的餐具抽屉棒极了。"

盯着她看了很久之后,他笑了。

"您很不错,教练。"

"哈。哈。你也……很不错,萨米。"

萨米用自己那辆大黑车载着她和孩子们去训练。薇卡和他大声吵了一路——其实这一路也不算远,博格毕竟是个小地方。布里特-玛丽不明白他们在吵什么,不过听上去似乎和那个叫疯子的家伙有关,还牵扯到了钱。车停下后,布里特-玛丽感觉必须给他们换个话题,因为那个疯子让她神经紧张,好像他们谈论的是什么有毒的蜘蛛。于是她说:

"你们也有球队吗,萨米?你和那些男孩那天晚上踢球来着。"

"不,我们没有……球队。"萨米说,好像这个问题有点儿奇怪。

"那你们为什么踢球?"布里特-玛丽困惑地问。

"您为什么问'为什么'?"萨米也挺困惑。

他们两人都想不出合适的答案。

车停了。薇卡、奥马尔和恐龙跳出来。布里特-玛丽检查了自己的包,确定该带的东西都带了。

"您准备好了吗,布里特-玛丽?"薇卡问,似乎已经等不及了。

布里特-玛丽万分振作地点点头,指着她的包。

"是的,是的,当然准备好了。我写了一份清单!"

萨米没给车子熄火,用头灯照着停车场。孩子们拿出四罐汽水当球门,汽水罐实在太神奇了,往那儿一摆就把停车场变成了足球场。

布里特-玛丽拿出清单。

"薇卡?"孩子们跑来跑去踢球的时候,她大声呼唤薇卡,吐字十分清晰。

"什么?"薇卡说,她就站在布里特-玛丽的正前方。

"不应该答'到'吗?"

"您在说什么?"

布里特-玛丽极其耐心地拿钢笔敲敲手中的清单。

"亲爱的,我在点名呢。这是花名册,我点到谁的名字,谁就应该说'到',这是常识。"

"别管什么狗屁花名册了!光踢球不行吗?"薇卡踢着球说。

"薇卡?"

"到?!上帝……"

布里特-玛丽热切地点点头,在薇卡的名字后面打了个钩。每点到一个孩子的名字,她就发给人家一张手写的,但是非常正式的通知书,只有短短几行,最底下一栏是"家长签字"。布里特-玛丽很自豪,这份通知是她用墨水写的,每个认识她的人都知道,她很少用墨水写东西，而这一次她克服了原本的习惯。看来旅行真的会改变一个人。

"父母都要签字吗？"海盗问，他的头发梳得很整齐，所以下一秒他的头被球砸中的时候，布里特-玛丽心疼了一下。

"对不起！我想瞄准薇卡的！"奥马尔叫道。

薇卡和奥马尔最终打了起来，其他孩子纷纷逃离混战现场。布里特-玛丽围着姐弟俩转圈，躲着到处乱飞的拳头，试图把通知书塞给他们，最后终于放弃了，坚决地穿过停车场，把通知书给了萨米。他正坐在大黑车的车头上，喝着其中一罐当球门的汽水。

布里特-玛丽拂掉全身的尘土，足球真是一项不卫生的运动。

"需要帮忙吗？"萨米问。

"球员像野狗一样打架的时候，我不知道教练应该怎么办。"布里特-玛丽承认。

"罚他们跑步——就是那个，白痴！"萨米笑道。

"我当然不是白痴！"布里特-玛丽抗议。

"不，有一种跑步训练的名字叫'白痴'，我给您演示一下。"

他滑下车头，绕到车后，布里特-玛丽跟在后面，一只手握着另一只，略带指责地问：

"麻烦问一下，你为什么不自己训练这些孩子呢，既然你这么懂足球？"

萨米从后备箱里拿出半打软饮料，塞给布里特-玛丽一罐。

"我没时间。"他说。

"也许少买点饮料就有时间了。"布里特-玛丽敏锐地指出。

萨米又笑了。

"得了吧，教练，您知道吗？议会不会让我这种有犯罪记录的人给小孩的球队当教练的，"他说，似乎根本不把"犯罪记录"当回事儿。布里特-玛丽不禁格外攥紧了手中的包，当然不是因为她有偏见，而是因为今天晚上风特别大。没有其他原因，嗯。

"白痴往返跑"训练是这样的：把半打罐装饮料放在空地上，每罐间隔几码的距离，孩子们从娱乐中心的篱笆那儿起跑，跑到第一罐那儿往回跑，尽快抵达篱笆，然后跑向更远处的第二罐饮料，尽快跑回来，接着跑向第三罐饮料，以此类推。

"他们得跑到什么时候？"布里特-玛丽问。

"您说了算。"萨米说。

"看在上帝的份儿上，我狠不下这个心！"布里特-玛丽抗议道。

"您现在是教练，要是他们不听话，就不能参加比赛。"

听起来真讨厌，布里特-玛丽想。可萨米没时间多做解释，他的手机响了。

"这个训练叫什么来着？"布里特-玛丽问。

"白痴！"萨米告诉她，又对着手机说，"嗯。"从来没用过叹号和问号的人都喜欢这么接电话。

布里特-玛丽犹豫了半天，终于勉强开口道：

"这名字真适合这个训练和发明它的人啊。"

可这时候萨米已经走回车那边接电话去了，没听见她说的话。谁都没听见。这个事实并没有让布里特-玛丽沮丧，孩子们在饮料罐之间跑来跑去的时候，她站在一旁看着，莫名其妙地想笑，嘴里不停嘟囔:"这名字真适合这个训练和发明它的人啊。"非常、非常小声,只有她自己听得见。

她平生第一次产生了讲笑话的冲动。

17

孩子们辩解说，他们不是故意的，或者说他们根本不相信蛤蟆会踢中目标。他们从来不曾踢中自己刻意瞄准的东西，蛤蟆尤其做不到，因为他是这支已经很糟烂的球队里最小和最糟烂的球员。

事情是这样的，孩子们训练到一半的时候，银行牵着白狗路过停车场，心情似乎比平时更坏。

奥马尔看见她走进披萨店兼小超市兼修车铺兼鬼知道还有什么，过了一会儿，她拎着两只袋子走出来，一只袋子似乎装着巧克力，另一只里面大概是啤酒。奥马尔抬起胳膊肘捅了捅蛤蟆，说：

"你觉得她有没有超能力？"

蛤蟆含糊地应了一声，嘴里全都是球门柱里的饮料，所以别人听不懂他说的什么。奥马尔朝布里特-玛丽做了个求救的手势，仿佛她更能理解他的逻辑，无论如何，他的乐观精神十分可嘉。

"您知道吧，就是电影里面经常演的，瞎子都有超能力！夜魔侠那样的！"

"我不知道什么夜魔侠。"明知这样的对话很蠢，布里特-玛丽还是尽可能友好地解释道。

银行拄着拐棍穿过停车场,走在白狗旁边稍靠后一点的位置。奥马尔指着她,兴奋地大叫:

"夜魔侠!超级英雄!虽然瞎了,但是感知能力超群!您觉得她是夜魔侠吗?要是对准她的脑袋踢球,她能不能提前感觉到?"

"她没瞎,只是视力不太好。"布里特-玛丽说。可奥马尔早就没心思听她说话,他转身对蛤蟆说:

"试试看,蛤蟆!"

球恰好在蛤蟆手上,但他不认为这是个好主意,于是奥马尔念出那句法力无边、足以让全世界的小孩放飞自我的咒语:

"你没这个胆子!"

说句公道话,蛤蟆压根儿没想到自己踢出去的球会砸中银行。看到他放飞自我的结果之后,小伙伴们全都惊呆了。

很明显,最惊讶的莫过于银行。

"见鬼,这是怎么……"她咆哮道。

孩子们起初全都傻愣愣地站着,张着嘴巴。然后奥马尔开始偷笑,薇卡也跟着笑了,银行旋风般地冲过来,狂躁地挥舞手杖,在半空中劈砍。

"笑你奶奶的腿!小兔崽子!"

布里特-玛丽清清嗓子,试探着伸出胳膊挡了挡。

"拜托……银行,他不是故意的,他根本没有瞄准您,很明显,这是个意外。"

"意外!意外,没错!"银行嚎叫道,可大家不太明白她的"没错"是什么意思。

"您说什么不是故意的？他就是瞄准了，不对吗？"奥马尔自信地纠正道，边说边退到布里特-玛丽够不着的地方。

"他说的是真的吗？"布里特-玛丽震惊地问蛤蟆。

"是谁干的？！"银行叫道，整张脸都仿佛变成了脖子上的一条青筋。

吓呆了的蛤蟆点着头向后退去，布里特-玛丽激动地一只手扣着另一只手，有点儿不知所措。

"可是……这很棒啊！"她终于憋出一句。

"你在说什么呢，老太婆？"银行嚎叫道。

布里特-玛丽脑子里的理智大军倾巢而出，想把她的激动镇压下去，但显然效果不太理想，因为她靠过去，小声对银行嘀咕道：

"他们从没踢中过瞄准的目标，您知道吧，这简直是标志性的进步！"

银行盯着布里特-玛丽，至少看上去是在盯着，反正隔着墨镜，我们也没法确定。布里特-玛丽迟疑地咽着唾沫。

"当然，砸中了……您……就是他的不对了，我可不是说这样很棒，是他能踢中……目标……很棒。"

银行骂骂咧咧地离开了停车场，布里特-玛丽从没听到过花样如此繁多的脏话，她甚至不知道关于生殖器官的词可以和描述身体其他部分的词组合起来用，连填字游戏里都找不到水平如此高超的语言创新。

停车场里的人都若有所思地站在那里，谁都没说话。最后还是坐轮椅的女人打破了僵局。

"我告诉过你啦,刺儿头,对不对?"

她坐在披萨店门口,朝银行的方向咧嘴笑道。

布里特-玛丽拍拍裙子。

"我不想说您是错的,当然不会。可我真的觉得这次银行不是头上有刺,确切地说,是头上有足球。"

他们全都笑起来。布里特-玛丽却一点都不生气,这感觉她从来没有过。

那个穿"冰球"运动衫的男孩捧着一盒披萨走出披萨店,想要假装对他们的足球训练不感兴趣,可惜假装失败。意识到自己的错误,他加快了脚步,可薇卡已经看见他了。

"你在这儿干什么?"她喊道。

"买披萨。"男孩说,出口又后悔了。

"你不是都在镇上买披萨吗?"

男孩低头盯着披萨盒子。

"我喜欢这儿的披萨。"

薇卡握紧拳头,但什么都没说。男孩从坐轮椅的女人旁边挤过去,跑向公路,宝马停在三百英尺外的路上,引擎转动着。

坐轮椅的女人朝薇卡做了个鬼脸。

"他不像他爹,猪也能生出好崽子。这点你该知道。"

薇卡好像被这些话伤到了,她转过身去,用力开出一大脚,足球划破夜幕,消失在篱笆后方的暗影中。

女人摇动轮椅,向布里特-玛丽靠近了几英尺,朝披萨店扬扬下巴。

"来吧！有东西给你！"

这时候，蛤蟆已经喝光了球门柱里的所有饮料，薇卡和萨米爆发了烦人的争吵，布里特-玛丽只听见他们说什么"疯子"和"欠钱"之类的话，她觉得足球训练大概算是结束了，可又不知道该怎么宣布，是不是应该吹个哨子。最后她还是什么都没做，主要因为她没有哨子。

进了披萨店，坐轮椅的女人把一沓子钱和一张纸搁在柜台上，推到布里特-玛丽面前。

"拿着，这是找零，这是收据。嗯。"

她指指门底下，布里特-玛丽昨晚往那儿塞钱来着。

"下次，你可以，怎么说来着？走进来！"女人笑道。

布里特-玛丽不知道该说什么，女人又说：

"买烟不需要这么多钱，你给得太多了，布里特-玛丽，你……那句话怎么讲来着……你要么数学不好，要么非常大方，对不对？我认为你是大方，跟那个弗雷德里克不一样，他特别抠门，每次不管买点什么狗屁玩意儿都要大呼小叫！"

她开心地点点头。布里特-玛丽嘟囔了几声"哈"，整齐地折好收据，放进手提包，把找零塞进盛小费的花瓶里，坐轮椅的女人把轮椅向前摇了半圈，又向后摇了半圈。

"花瓶看上去很漂亮，擦得……非常干净，嗯。谢谢！"她说。

"我不是故意要把您的东西藏起来的，只是为了整理。"布里特-玛丽对着自己的手提包说。

女人挠挠下巴。

"你是说餐具抽屉吧，嗯。叉子、刀子、勺子。那个顺序，我会……怎么说来着？我会习惯的！"

布里特-玛丽吸吸腮帮子，走到门口，刚要出去时又站住了，她鼓足了勇气说：

"我想告诉您，我不着急，不急着用车，您可以慢点修。"

女人看着外面的孩子和他们的足球场，点了点头。布里特-玛丽也点点头，第一次有一种交到了朋友的感觉。孩子们脱掉脏球衣，没等她答应帮他们洗就把衣服扔在娱乐中心。大家都走了之后，她才把衣服洗好甩干，折叠整齐，预备明天的训练。入夜后，博格的街上空无一人，只有公交车站那儿有个孤独的身影。看到有人在等车，布里特-玛丽才意识到那是个车站。

她走到离那人只有几英尺的地方，才发现那是海盗，他蓬乱的红发上沾着泥巴，纹丝不动地站在原地，似乎想要无视布里特-玛丽的存在。常识试图说服她走开，可直觉却让她开了口：

"我还以为你住在博格。"

海盗紧紧捏住训练开始时布里特-玛丽发给他的那张通知。

"这上面说，父母必须都签字，所以我得找我爸签字。"

布里特-玛丽点点头。

"哈。祝你晚安。"她朝黑暗中走去。

"您想和我一起吗？"他在她身后叫道。

她诧异地转过身，似乎觉得他脑子有点儿不正常。他手里的那张纸被汗水打湿了。

"我……我……我猜，如果您和我一起去，我会感觉好一些。"他结结巴巴地说。

简直太可笑了——坐上公交车后,布里特-玛丽很想把这句心声告诉海盗,但最后还是忍住了。

公交车差不多开了一个小时,突然停在一栋巨大的白色建筑物前。布里特-玛丽紧紧攥住手提包,手指头都快抽筋了,因为她毕竟是个过着正常生活的文明人。

过着正常生活的文明人显然没有拜访监狱的习惯。

18

"该死的小混混。"肯特总是这样称呼那些应该为街头暴力、敲诈勒索、偷鸡摸狗、在公共厕所糊乱涂鸦负责的人,还有趁他在酒店游泳池游泳时把岸上的躺椅占了的人,这些事除了混混还会有谁做得出?只要遇到那些你看不明白又懒得解释的事儿,埋怨混混准没错。

布里特-玛丽从来不明白肯特到底想要什么。究竟怎样才能让他满意?需要多少钱才能填饱他的胃口?大卫和佩妮拉小的时候,曾经送给肯特一个咖啡杯,上面印着一行字:"玩具最多的人笑到最后。"他们说这是为了"讽刺"他,可肯特却把这句话当成座右铭和奋斗的目标,无论何时他都有计划要完成,总有"该死的大买卖"要做。他的公司和德国人做的生意越来越大,为了换来更多的钱,他把两人从布里特-玛丽的父母那里继承来的老房子卖掉,他们结婚是因为肯特的会计说这样可以避税。布里特-玛丽从来没有什么计划,她觉得有信念和爱就足够了。后来的事实证明,只有这两样是远远不够的。

假如肯特今晚和布里特-玛丽一起坐在监狱那间狭小的等候室

里，一定会咒骂"该死的小混混"。"应该把所有的罪犯扔到一个荒凉的小岛上，每人发一把手枪，让他们火并到底。"布里特-玛丽一直讨厌他这样说话，但从来都没有说过什么。现在想起这件事，她才发现自己已经不记得上一次和肯特说话是什么时候了，反正她离开他的时候并没有说过一句。正因如此，她才总是觉得一切都是自己的错。

她想知道肯特正在干什么，心情如何，是不是穿着干净衬衣，吃没吃药，敞开厨房抽屉找东西时，会不会喊她的名字，然后才发现她不在那儿了。她还想知道他是不是和那个年轻漂亮的女人在一起，那个女人喜不喜欢披萨。想知道如果肯特发现她跑到一个全是小混混的监狱等候室里坐着会怎么想，会担心她还是取笑她，会不会碰碰她，轻声说"一切都会好起来的"，就像她埋葬了母亲之后的那些日子里他经常做的那样。

那些日子里，他们两人跟现在非常不一样，仿佛是另一对夫妻。布里特-玛丽不知道是谁先改变的，是肯特还是她自己，也不知道自己错得是否更多。假如时光倒流，她一定会把该说的话全说出来。

海盗坐在她旁边，握着她的手。布里特-玛丽也紧紧握着他的手。

"您千万别告诉我妈我们来过。"他低声说。

"她在哪儿？"

"医院。"

"出什么事了？"

"不，不，她在那里工作。"海盗说，又补充了一句，"博格所有的妈妈都在医院上班。"仿佛这是什么自然规律。

布里特-玛丽不知道该说什么。

"他们为什么叫你海盗？"她转移话题道。

"因为我爸藏了宝藏。"

听到这里，布里特-玛丽立刻决定再也不叫他"海盗"了。

一扇厚重的金属门敞开了，斯文站在门口，满头大汗，鼻头发红，双手握着警帽。

"我妈又发火了吗？"本立刻问，接着叹了口气。

斯文慢慢地摇摇头，把手放在男孩的肩膀上。

他意识到布里特-玛丽正看着他。

"本的母亲在值夜班，监狱给她打了电话，她马上给我回了电，所以我赶紧过来了。"

布里特-玛丽想拥抱他，可她是个理智的人。守卫不会让本见他父亲，因为现在不是探访时间，但斯文软磨硬泡地说服他们同意把通知书拿进去给他签字，守卫拿着签好名的文件出来，本的父亲不仅签下自己的名字，还在旁边写了两个大字："爱你！"

回去的路上，本紧紧捏住那张纸，到达博格的时候，上面的字迹都难以辨认了，但他自己、布里特-玛丽和斯文什么都没说。对着一个只有得到穿制服的陌生人允许才能见到父亲的小孩，实在没有多少话好说。但他们把本送到家门口的时候，他的母亲出来了，布里特-玛丽觉得应该说点令人鼓舞的话，于是她尝试着开了口：

"那儿很干净，本。我不得不说，我一直以为监狱很脏，但这个监狱看上去肯定很干净。这一点至少还是不错的。"

本叠好那张他父亲签了名的通知书，低着头交给她，斯文很快反应过来：

"你应该留着它，本。"

本点点头，笑了，更加用力地捏住那张纸。

"明天有训练吗？"他小声问。

布里特-玛丽伸手进包里摸清单，但斯文冷静地向本保证道：

"明天当然有训练，本，老时间。"

本看着布里特-玛丽，她勉强点点头。本转身走了几步，又扭过头来朝他们笑笑，挥了挥手。他们一直等到本把脑袋埋进他母亲的怀里才走开。斯文也向他们挥了挥手，但他母亲没看到，因为她的脸紧贴着儿子的头发，低声对他说着什么。

斯文缓缓地开着车，不自在地清着嗓子，好像做了什么亏心事。

"他们两个不容易，本和他妈妈。为了养家，她一天三班倒。本是个好孩子，他爸爸也不坏。当然，我知道他做了错事，逃税肯定犯法，但他没有办法，经济危机使人绝望，绝望使人变蠢……"

他沉默了。布里特-玛丽这次没再说"经济危机已经结束"之类的话。出于各种原因，她觉得眼下这么说不合适。

她注意到斯文的警车已经打扫过，地板上的披萨盒子都不见了。两人开车经过萨米和疯子那群人踢过球的那片沥青空地，今晚他们又在那里踢球。

"本的父亲和他们不一样。我只想让您明白，他不是个罪犯，和那些男孩不一样。"斯文解释道。

"萨米也和那些男孩不一样!"布里特-玛丽抗议道,她不假思索地说,"他不是混混,他的餐具抽屉很整齐!"

斯文突然笑起来,他笑得深沉,很有感染力,仿佛为你暖手的一捧火。

"对,对,萨米很好。他只是交了坏朋友……"

"薇卡似乎觉得他欠了别人的钱。"

"不是萨米,是疯子。疯子总是欠人家钱。"斯文说,他的笑意逐渐减弱,最后终于消失在了地板上。

警车缓缓减速,踢足球的男孩看到了他们,但没什么反应。他们的漠然在一定程度上是出于对警察的鄙视,斯文眯起了眼睛。

"萨米从小到大也不容易,我只能说,他们家吃的苦不是一般人想象得出的。作为大哥,他给薇卡和奥马尔当爹又当妈,还不到二十岁的孩子,竟然负起这样的责任。"

布里特-玛丽想多问几句,比如"一个人怎么能当爹又当妈",但她没开口。斯文继续说:

"疯子是他最好的朋友,两人从小一起踢球,萨米本来应该成为很出色的球员,大家都目睹了他的才华。但生活给他的负担太重了,也许就是这个原因。"

"这是什么意思?"布里特-玛丽问,斯文的讲述方式有点儿冒犯她,好像不用他解释她就应该明白似的。

斯文抱歉地举起一只手。

"对不起,我……我只是想到哪里就说到哪里。他,他们,该怎么解释呢?萨米、薇卡和奥马尔的母亲很尽职,但他们的父亲,他……他不是个好人，布里特-玛丽。他回到家发起脾气来，全博格都能听见。萨米那时候还不到上学的年龄，但已经知道拉着弟弟妹妹的手跑出去躲着他爸了。疯子每次都在门口等着他们，他背着奥马尔，萨米抱着薇卡，四个人一起跑进树林里，直到他们的爸爸醉得不省人事才敢回家。几乎每晚都这样，终于有一天，他们的爹跑路了，可后来他们的母亲遇上了那件事……它……"

他沉默了，似乎再次意识到自己"想到哪里说到哪里"。他不想隐瞒自己想要隐瞒一些东西的意图，但布里特-玛丽并不打算多管闲事。斯文抬起手背，搓了搓眉毛。

"疯子长成了一个不折不扣的疯子，萨米心知肚明，但他不会和曾经背着自己弟弟妹妹逃难的人反目。在博格这样的地方，你可能没有选择自己最好的朋友的奢侈。"

警车又开始慢慢向前移动。男孩们的球赛还在继续，疯子踢进了球，对着夜幕喊了一句什么，伸展胳膊绕着场地跑动，像一架飞机。萨米笑得跪在地上，两手按着膝盖。他们看起来很开心。

布里特-玛丽不知道该说什么，或者该信什么。

她以前从来没遇到过把餐具抽屉整理得井井有条的小混混。

斯文定定地看着车灯光束的尽头与黑暗相接的那条模糊的界线，目光有些涣散。

"博格的人总会尽自己所能过日子，我们总是这样做。但那些孩子心里有股邪火，迟早要把他们周围的东西烧光，甚至还会搭上他们自己。"

"您的说法挺妙。"布里特-玛丽说。

斯文羞怯地笑笑。

她低头看着自己的手提包，不由自主地又问了一句：

"您有孩子吗？"

他摇摇头，像所有每天都和全村的孩子打交道、自己却没有孩子的人那样望着窗外。

"我结过婚，但是……嗯，她从来没喜欢过博格。她说，这个地方不适合活着，只适合等死。"

他试图挤出一个笑，布里特-玛丽真希望她随身带着那块竹帘子。

斯文咬着嘴唇。前面再拐一个弯就是银行的家。车开到路口时，他犹豫了一下，然后鼓起勇气说：

"假如您方便的话，我是说，如果您不觉得麻烦，我想给您看点东西。"

她没有拒绝。他以一种你很难注意到的方式微笑起来，她则以一种你根本注意不到的方式微笑起来。

斯文开着警车穿过博格，出了博格的边界，拐上一条石子路。这条路仿佛无止境地向前延伸，等车子终于停下来时，让人仿佛置身荒野中，周围全是树，还有一种只有在没人的地方才会弥散开来的特殊的寂静。

"这里……嗯……唉，您大概会觉得可笑，但这里是我……我最喜欢的地方……"斯文喃喃地说。

他的脸红了，似乎很想把车掉个头，光速开走，再也不提这件事，但布里特-玛丽已经打开车门走了出去。

163

原来他们是在一块大石头上，下方有一片湖，树林从四面八方将它紧紧包围。

布里特-玛丽顺着石头边沿向下望，直到觉得有点儿想吐才抬起头来。夜空清澈明净，星光闪烁耀眼。斯文打开他那边的车门，来到布里特-玛丽身后，清清嗓子。

"我……嗯，这样做是有点儿傻，但我希望您知道，博格也有很美的一面。"他轻声说。

布里特-玛丽闭上眼睛，感受风从发间穿过。

"谢谢您。"她也轻声对他说。

回去的路上，他们没有说话。车子停在银行的家门口，斯文走下车，绕到另一边为布里特-玛丽开门，又敞开后座的门，翻出一个用旧了的文件夹。

"这是……嗯，就是……一点东西。"他支支吾吾地说。

夹子里有一张画，画的是娱乐中心和披萨店，孩子们在两个地方之间的停车场上踢足球，画的中央是布里特-玛丽，全部是用铅笔画的。布里特-玛丽有点儿用力过分地握住画纸，斯文有点儿突兀地一下子摘掉了警帽。

"好吧，这样大概很蠢，当然，当然很蠢，但是我想……镇上有家餐馆……"

见布里特-玛丽没有回应，他急忙补充道：

"那家餐馆很像样！跟博格的披萨店可不一样，很体面！铺着白桌布，餐具也讲究。"

过了相当长的时间，布里特-玛丽才意识到他是在用玩笑话掩饰自己的不安。但就在她似懂非懂的时候，斯文举起一只手，带着歉意说：

"我不是说披萨店不好，不是，当然不是，但……"

他两手抓住警帽，看起来像个想对年轻女人提出点特殊要求的年轻男人。布里特-玛丽内心深处不知有多渴望听到他讲出自己的要求，可她心里更敏感的那部分已经控制着她的身体走进门厅，关上了门。

19

虽然叫她"那个女人",但布里特-玛丽很难把她当成肯特的另一个女人,也许因为她明白成为那个女人是什么感觉。多年以前,肯特回到父母家,遇见布里特-玛丽的时候(布里特-玛丽的母亲刚刚去世不久),毕竟已经离过一次婚,但他的孩子们不这样想,孩子从来不会觉得父母是真离婚。无论布里特-玛丽给大卫和佩妮拉读过多少本童话故事,做过多少顿饭,他俩也只会把她看成"另一个女人",肯特可能也是这样看待她的。而且,无论洗过多少件衬衫,布里特-玛丽恐怕永远不会觉得自己是真正的女主人。

她坐在阳台上,看着晨曦磨磨蹭蹭地来到博格。一月的博格总是这样,白天会在太阳升起之前到来。她手中依然拿着斯文的画,一直没有放下。

斯文并不是个特别出色的画家,事实上远非如此。而且如果她的性格更挑剔一点,大概还会嫌弃这幅作品的线条模糊、轮廓不够精致。这很可能说明,在斯文眼中,她本人的形象就是这样。不过,至少他看到了她,这一点毋庸置疑。

布里特-玛丽拿起手机,打给劳动就业办公室的女孩。

女孩的声音非常温和,所以布里特-玛丽一听就知道那是答录机。她很想挂电话,因为她觉得在答录机上留言不合适,除非你是从医院打电话,或者是卖毒品的。但不知怎么,她并没有挂,而是坐在那儿等着。"哔"一声响过之后,她说:

"我是布里特-玛丽。足球队里的一个孩子今天瞄准了一样东西踢球,竟然踢中了,我觉得您可能有兴趣听听这是怎么回事。"

挂电话的时候,她觉得自己挺傻,女孩肯定不会对这种事感兴趣。肯特要是在,一定会笑她。

布里特-玛丽来到楼下时,银行正在厨房喝汤,白狗坐在桌旁等着。布里特-玛丽站在门厅里看着汤盘,她不知道这份汤是怎么做出来的,因为她知道厨房里没有炖锅,也没有微波炉。银行低着头,发出"吸溜、吸溜"的声音。

"你是有什么话要说吗,还是没见过瞎子喝汤?"她头也没抬地问。

"您不是视力障碍吗?"

银行发出很大的吸溜声,仿佛这就是回答。布里特-玛丽两手抓着裙子。

"您喜欢足球。"她朝墙上的照片点点头。

"不。"银行说。

布里特-玛丽两手交叉,扣在肚子上,看着墙上成排的照片,每一张都有银行和她父亲,还有至少一个足球。

"我现在成了球队的教练了。"

"我听说了。"银行又吸溜起来,根本没打算抬头。布里特-玛丽的手在门厅里的各样摆设上摸了一圈，拂掉上面的灰尘。

"哈。从您的这些照片来看，您对足球显然具有一定的经验。根据目前的情况，我觉得有必要向您征求一点建议。"

"关于什么的建议？"

"关于足球。"虽然布里特-玛丽看不出银行翻没翻白眼儿，但觉得她刚才肯定翻了。白狗进了起居室，银行跟在后面，举起棍子在墙上敲敲打打。

"你说的是哪些照片？"她问。

"再高点。"

银行的棍子尖儿点到了其中一张照片的相框，照片里的她比现在年轻，穿着一件脏得不像样的球衣，恐怕用小苏打都洗不干净。她凑过去看了看，鼻尖几乎贴在了玻璃上面，然后她在屋里转了一圈，把所有照片都点了一遍，似乎想把它们的位置都记住。

布里特-玛丽站在门厅里，等得有点儿心烦，还觉得气氛有些怪异。于是她穿上大衣，走到门外，刚要关门，就听银行在她身后咕哝道：

"你想要建议吗？那个队不会踢球，不管你怎么做都不行。"

布里特-玛丽低声说："哈。"然后就出去了。

她把自己锁在娱乐中心的洗衣间里，坐在其中一张木凳上，看着她的裙子在洗衣机里转圈，裙子上沾着卡车驶过溅上去的泥。后来她穿好衣服，做好发型，站在厨房里，盯着被"飞来石"砸坏的咖啡机，看了很长时间。

布里特-玛丽决定今天把那件宜家家具组装起来，出于某些原因，组装现场选在了披萨店，全部由她一个人完成。虽然不需要螺丝刀，但也忙活了接近十个小时，因为箱子里的家具其实有三件：一张阳台桌和两把阳台椅。布里特-玛丽把它们摆到角落里，把厨房纸巾铺上去当桌布，独自坐在其中一把阳台椅上，吃着坐轮椅的女人给她烤的披萨。在布里特-玛丽的人生中，这是极不平凡的一天，甚至比她刚来博格那几天还特别。

斯文在披萨店的另一张桌子上吃晚饭，后来他们坐到一起喝了咖啡，并没有交谈，只是为了习惯对方的存在。当你发现另一个人的存在会对你产生实质性的影响（无需实质接触，你们就能彼此感知），而你已经很久都没有遇到这样的人的时候，就会这么做。

卡尔进来取包裹，然后在角落里的桌子旁边坐下，和那两个戴帽子的络腮胡一块儿喝咖啡。他们继续故意无视布里特-玛丽，似乎这样就能让她消失。薇卡抱着足球走进来，刚从她哥的车上下来就能把自己身上弄得这么脏，实在令人佩服。奥马尔跟在她身后进来，看到布里特-玛丽刚刚组装好的阳台三件套，立刻开始向她推销家具亮光剂。

布里特-玛丽准备出去训练孩子们踢球的时候，斯文站了起来，双手抓着警帽，似乎想说点什么，但没得到说话的机会，因为布里特-玛丽加快了脚步。

本的母亲站在披萨店门外，穿着医院的工作服，手里拿着什么东西。

"您好，布里特-玛丽。我们没见过面，我是本的母——"

"我知道您是谁。"布里特-玛丽警惕地说，仿佛做好了再被卡车溅一身泥的准备。

"我只想谢谢您……您对本的照顾,别的大人很少有愿意这么做的。"本的母亲说,接着把手里的东西递了过来。

那是一瓶菲克新。布里特-玛丽惊呆了。本的母亲尴尬地清清嗓子。

"希望您不要见笑。本问过奥马尔您喜欢什么,奥马尔说您喜欢这个,还给我们打了折,所以我们……本和我,我们想对您表示感谢。谢谢您所做的一切。"

布里特-玛丽小心翼翼地接过瓶子,似乎怕它掉到地上。本的母亲退后一步,补充道:

"我们还想让您知道,博格也不全是整天坐在披萨店里灌咖啡的那种家伙,还有我们这样的人,我们一直都没放弃。"

布里特-玛丽还没来得及回应,她就钻进一辆小汽车开走了。训练开始,布里特-玛丽点了名,在清单上做了记录,让大家进行"白痴往返跑",因为这是布里特-玛丽清单上的第二项,第一项是"点名"。

孩子们几乎毫无怨言,唯一的例外是,薇卡问她训练的量够不够,布里特-玛丽说够了,薇卡立刻跳着脚大声嚷嚷说,如果教练再不严格要求他们,整支队都不会有出息。

小孩和大人的脑回路果然不同,这是再明显不过的道理,布里特-玛丽无奈接受了薇卡的建议,在清单上加了一句"多做白痴往返跑"。如愿多跑了好几圈之后,他们又围着布里特-玛丽,似乎希望她说点什么,布里特-玛丽连忙去找萨米(他照旧坐在大黑车的车头上），问他应该怎么处理这样的情况。

"啊，您知道吧，他们刚才一直在跑，现在他们想踢球。给他们打打气，然后把球扔给他们就行了。"

"打气？"

"就是说点鼓励的话。"萨米解释道。

布里特-玛丽考虑了一会儿，转身走向孩子们，说出了她能想出来的最有鼓励意义的话：

"别搞得太脏了。"

萨米噗嗤一声笑出来。孩子们看上去很困惑，带着茫然的表情开始了练习赛。蛤蟆是其中一方的守门员，被对手一连灌了七八个球，每次守门失败，他的脸都会变成猩红色，然后大声吼道："来吧！接下来有你们好看的！"

萨米每次都会笑他，这让布里特-玛丽很紧张，于是她问：

"他为什么要那样？"

"他爸支持利物浦队。"萨米简单地回答。

他从后备箱拿出两罐饮料，给了布里特-玛丽一罐。"要是您有个支持利物浦队的老爹，您一定会相信自己能让对手好看，您懂吧，自从欧冠决赛之后，他们都这么想。"

布里特-玛丽若有所思地呷了一口饮料，这个动作让她最终摆脱了荣誉和尊严的羁绊，决定把自己心里面想的说出来：

"我不想惹你不高兴，萨米，因为你的餐具抽屉收拾得简直无可挑剔。不过，我还是要告诉你，我发现你对我说的每一句话都很难懂！"

萨米狂笑起来。

"彼此彼此，布里特-玛丽，彼此彼此。"

然后他给她讲了一段关于足球的历史。这段历史始于十年前，那时薇卡和奥马尔还围着尿布，不过萨米和疯子经常带这两个小东西去披萨店坐着。那一年的欧冠决赛上，利物浦队和AC米兰对踢。听到这儿，布里特-玛丽问"欧冠"是不是一种比赛，萨米回答说是杯赛，布里特-玛丽又问什么是杯赛，萨米回答说那是一种比赛，布里特-玛丽于是一针见血地抱怨道，为什么他一上来不说那就是一种比赛，还扯什么"杯赛"的概念，绕这么大的圈子。

萨米做了个深呼吸，可以肯定他没在叹气，嗯。

然后他继续说，上半场米兰3∶0领先。据他所知，在任何足球决赛的历史上，从来没有像利物浦队这样在上半场就输得这么惨的。中场休息时，利物浦队的一个球员在更衣室里嚎叫起来，像个神经病，因为他觉得比分还能扳回来，谁不相信他就和谁绝交。后来到了下半场，他踢进了一个球，比分变成3∶1，然后他又像个神经病那样摇晃着胳膊在球场里乱窜。当利物浦队又进了一个球，比分变成3∶2的时候，他嗨得简直像进了天堂，因为大家亲眼见证了奇迹的发生：没人能阻止他们让对手好看，连石头墙、壕沟，甚至一万匹野马都挡不住他们。

利物浦队把比分追平到3∶3，在加赛中踢赢了AC米兰。

所以，那一年的欧冠决赛结束后，要是你认识的人有个支持利物浦队的爹，那他们不管遇到什么事，都会相信自己能把结果扳回来。

萨米看着薇卡和奥马尔，微笑起来。

"有个支持利物浦队的哥哥的话也会这样，我猜。"

布里特-玛丽喝了一口本该用来当球门柱的饮料。"你讲得像念诗一样。"

萨米笑了。

"足球就是我的诗，您知道吗，我出生在1994年的夏天，世界杯的时候。"

布里特-玛丽根本不明白他的意思，但没多问，因为她觉得神秘也是一种美。

"蛤蟆的爸爸会来看他踢球吗？"她问。

"他就在那边站着呢。"萨米指指披萨店。

卡尔站在店门口喝咖啡，头上扣着顶红帽子，表情几乎算得上是高兴。布里特-玛丽觉得今天真是不可思议，足球这种运动也很不可思议。

训练快结束时，斯文来披萨店里等她，说要送她回家，但她坚持表示没有必要。他又问能不能帮她把阳台三件套送回去，她考虑了半天才同意。斯文把家具搬出去装车，就在他跨上驾驶座的前一秒钟，布里特-玛丽闭上眼睛，召唤出全身的能量，脱口说道：

"我六点吃晚饭。"

"您说什么？"过了一会儿，斯文把脑袋从警车的另一侧伸出来，问。

她的鞋跟钻着地上的泥巴。

"不用非得有白桌布，餐具讲究就行。希望我们在六点吃饭。"

173

"明天？"斯文兴高采烈地问。

她严肃地点点头，掏出笔记本。

警车消失在路上的时候，薇卡、奥马尔和萨米在停车场对面叫她。萨米咧嘴笑着，薇卡踢了足球一脚，球穿过满是泥巴和碎石的地面，滚到离布里特-玛丽只有几英尺的地方，停了下来。她把笔记本放回包里，用力攥紧包带，指关节都发白了，仿佛自己等了一辈子的事情终于发生了。

然后，她迈着非常小的步子，挪到了足球边，用尽全力踢了它一脚。

因为她不知道有什么理由不踢。

20

第二天是布里特-玛丽人生中最糟糕的日子之一。她头上起了一个包,弄破了两根手指头,至少本的母亲是这么告诉她的。本的母亲是个护士,所以布里特-玛丽不得不承认她有资格对这种事发表评论。她们坐在镇上一家医院窗帘后面的小长椅上,布里特-玛丽脑门上贴了块创可贴,一只手缠着绷带,正在尽全力控制自己不要哭出来。本的母亲一直按着她的手腕,但没问是怎么回事,布里特-玛丽对此很感激,因为她不希望任何人知道。

话虽如此,事情毕竟已经发生了:

首先,布里特-玛丽昨晚没有失眠,这是来博格后的第一次。她睡得像个孩子一样,醒来后精神焕发,一睁眼已经是第二天早晨。这一切本应引起她的警惕,因为这样的精神状态很可能不是什么好兆头。她跳下床,马上开始收拾银行家的厨房,并非由于有这个需要,而是因为银行不在家,当她下楼的时候,又刚好看到了厨房。一句话总结,就是她还从来没见到过自己不想收拾的厨房。然后,她步行穿过博格,来到娱乐中心,上上下下打扫了一遍,确保所有的照片都摆正,连有足球上镜的那些都不例外。她纹丝不动地站在照片前，看着许多个相框的玻璃面上映出的自己的倒影出神。

布里特-玛丽揉了揉无名指上的白印子。没戴过那么长时间婚戒的人，是想象不出那是一道怎样的白印子的。有些人会时不时把他们的婚戒摘下来——比方说在洗碗的时候——但是在永久性地把它摘掉之前，布里特-玛丽从来没这么干过，所以她的白印子也是永久性的，仿佛那种白色才是她的本色，仿佛婚后的岁月给她镀上一层新的颜色，如果把它刮掉，她的全身都会变回本色，和白印子一样白。

她这样想着，慢慢走到披萨店，叫坐轮椅的女人起床，两人一起喝了咖啡。布里特-玛丽友好地问她有没有明信片，坐轮椅的女人表示店里有些库存，但它们早已过时，因为上面一律印着"欢迎来到博格"的标语。有没有这句话是判断过时与否的标准，坐轮椅的女人说，人们已经很少喊这种口号了。

布里特-玛丽给肯特写了一张明信片，只有很短的几句话：

你好。我是布里特-玛丽。很抱歉给你带来那么多的痛苦。希望你过得好，有干净衬衣穿。你的电动剃须刀在浴室第三个抽屉里。要是你打算去阳台擦窗户，先抓住门把手晃几下，朝你的方向拉，再用力推一下门。扫帚柜里有菲克新。

她想说说她是如何想念他的，但没有写上去。还是别找麻烦了吧。

"请问最近的邮筒在哪里?"她问坐轮椅的女人。

"在这里。"女人指着她自己的手掌回答。

布里特-玛丽面有疑色,但坐轮椅的女人再三向她保证,她的邮政服务是"镇上最快的"。

然后两个女人围绕披萨店墙上挂着的黄色球衣展开了简短的讨论,就是背后印着"银行"的那件,因为布里特-玛丽忍不住一直看着它。

坐轮椅的女人神神秘秘地解释说,银行并不知道球衣挂在这儿。她要是发现了很可能会气疯,就像"怎么说来着?'扎了一屁股刺儿'那样"。

"为什么?"

"你知道吧,银行恨足球,嗯!怎么说来着?没人愿意在坏时候想起好时候的事儿!"

"我觉得您和银行的关系好像很不错。"

"当然!一直很不错!她的眼睛没那样之前,我们就是最好的姐们儿!她搬走之前我们的关系铁得很!"

"可你们从不谈足球?"

女人干巴巴地笑了几声。

"过去,银行爱足球,嗯,不让她碰球就是要她命。后来她眼睛出事了,嗯,没法踢球了,所以她现在恨足球。你明白吗,人生不就是这样嘛,爱、恨,不是这个就是那个。所以她老早以前就搬走了。银行她爸一点都不喜欢她,除了足球,他们根本没有那个什么来着?共同语言!后来老头死了,银行回来处理后事,卖房子。

她现在和我更像是那个什么……酒友！可以这么说，我们现在说得比以前少，喝得比以前多！"

"哈。我能问问吗，离开博格，她去了哪里？"

"不是这儿就是那儿，屁股上扎了很多刺儿的时候，你肯定不愿意坐在一个地方不动，对吧？"坐轮椅的女人笑道。

布里特-玛丽没笑。女人清清嗓子。

"她去过伦敦、里斯本、巴黎，还给我寄了明信片！放哪儿了来着？嗯，总之就是银行和狗环游世界。你知道吧，有时候我觉得她是生气才走的，可有时候我又觉得她是因为眼睛越来越不好使，你明白吗？也许银行想在全瞎之前看看这个世界，你明白吗？"

女人找出银行从巴黎寄给她的明信片，布里特-玛丽迫不及待地想要抓过来看看，可她忍住了。为了忍得更久，她开始转移话题，指着墙上的球衣说道：

"为什么球衣是黄的？博格的球衣不是白色的吗？"

"国家队。"

"哈。有什么特殊意义吗？"

"就是……国家队啊。"女人说，似乎这个问题很奇怪。

"国家队难进吗？"

"那是……国家队啊。"女人回答，看起来更迷茫了。

布里特-玛丽觉得有点儿烦躁，所以没再追问。她突然提出一个吓了自己一跳的问题：

"那是怎么回事？银行怎么失去视力的？"

布里特-玛丽当然不是那种爱管闲事的人，不过她今天起床时精神很好，而在这种情况下，什么事情都有可能发生。所以，尽管常识在她心里面嚎叫着发出了警告，还是为时已晚。

"生病。那个天杀的病……怎么说来着？偷偷摸摸地就来了！折磨了她很多年。该死的王八蛋，和经济危机一个德性……"

女人的眉毛耷拉下来。

"你知道吗，布里特-玛丽，别人说银行哪里都好，就是眼睛不好，我却觉得她是因为眼睛不好才变得哪里都好的，你明白吗？她必须比谁都努力！所以……她才成了最好的。这叫什么来着？激励！你明白吗？"

布里特-玛丽不完全确定自己是否明白。她本想趁机问问坐轮椅的女人是怎么坐上轮椅的，但话到嘴边，她理智地意识到现在不适合问这个，而且听起来肯定有些跑题，于是她再次忍住了没问。见她没说话，女人尴尬地把轮椅向前摇了一圈，又向后摇了一圈。

"我从船上掉下来了，小的时候，嗯。要是你想知道的话。"

"我当然不想知道！"布里特-玛丽嘴硬地说。

"我知道，布里特，我知道。"女人笑着说，"你没有偏见，你应该知道，我只是个偶然坐上轮椅的人，不是一辆长得像人的轮椅。嗯。"她轻轻拍着布里特-玛丽的胳膊，补充道，"所以我喜欢你，布里特。你也是个人类。"

布里特-玛丽想说她也喜欢坐轮椅的女人，可理智拦着她没说。

于是她们接下来什么话也没说。布里特-玛丽给老鼠买了一条士力架，问女人知不知道去哪儿买花。

"花？给谁买？"

"给银行,我从她那里租房那么长时间,都没送点什么给她。我觉得送花还是很合适的。"

"可银行喜欢啤酒!送她啤酒得了,嗯?"

布里特-玛丽认为这不太像文明人的做法,但又觉得对于喜欢啤酒的人来说,啤酒可能就是他们眼中的鲜花,于是买了啤酒,还坚持让女人帮她找点玻璃纸,可惜没找到。过了几分钟,奥马尔出现在门口,叫道:"您需要玻璃纸?我这儿有!给您个友情价!"

博格的人好像都是这么办事的。

布里特-玛丽用买来的玻璃纸——然而她根本没看出价格里包含了什么友情——包装了啤酒瓶,在顶端系了个蝴蝶结,总之该有的装饰都有了。她回到娱乐中心,虚掩着前门,把盛着士力架的碟子摆在门口,还在碟子旁边留了张字条,上面用墨水工整地写道:"外出约会,或者说见面去了,或者随便怎么说,总之你吃完以后无需把碟子放回去,这不会给我添麻烦。"她还想告诉老鼠,希望它能找到可以共进晚餐的同类,因为她觉得老鼠不应该一只鼠吃饭。一只鼠的孤独意味着两只鼠在一起的机会被浪费了,对人类来说也是这样。但常识命令她不要干涉老鼠的社交,所以她并没有把这些话写上去。

她关了灯,等待黄昏降临,因为一年中的这个时候,太阳落山比晚饭时间早多了,而这对她来说是个极为有利的条件:一旦确定天已经黑透,别人不会看到自己,她就迅速溜到位于那条朝两个方向延伸的公路上的公交车站,登上一辆开往其中一个方向的公交车,仿佛重获自由,又像是前往某处冒险。不过她并没有得意忘形，在谨慎地考察了汽车座位的卫生情况之后，她拿出四张白色的餐巾纸铺在上面，然后才坐下。人必须尊重限度，哪怕是在出门冒险的时候。

不过，无论如何，这次独自乘公交车出门，带给她一种全新的感觉。

一路上她都在揉搓左手无名指上的白印子。

镇上那台自动提款机旁的日光浴沙龙里空无一人。布里特-玛丽走进去，遵照一台机器上的说明，往里面投了几枚硬币。显示屏开始闪烁，接着，一张硬塑料床上的六根大荧光灯管亮了起来。

布里特-玛丽不是日光浴方面的内行，所以她并不熟悉机器的功能。她的设想是坐在塑料床旁边的凳子上，左手放在灯管上面，然后轻轻合上塑料床的盖子，至于多长时间能把无名指上的白印子烤黑，她心里也没谱，但她觉得整个过程不会比烤三文鱼更复杂，应该可以时不时地抽出手来检查一下效果，就像开烤箱检查鱼熟了没有那样。

不知是机器嗡嗡叫的声音太催眠，还是它太热，再加上她已经精神百倍地四处晃荡了一天——总之事情就这么发生了：她坐在日光浴机旁边的凳子上睡着了，脑门磕在机器的盖子上，肿起一个大包，手也被盖子狠狠地夹了一下。她滚到地板上，晕了过去，后来被人送到医院，带着脑袋上的包和两根受伤的手指头。

本的母亲坐在她旁边，拍着她的胳膊。

发现她的是清洁工，这个事实甚至让布里特-玛丽更加愤怒，因为人人都知道清洁工喜欢凑在一起说闲话。

"别难过,谁都有可能遇到这样的事。"本的母亲安慰道。

"不对。"布里特-玛丽沙哑地说。她从长椅上滑下来,本的母亲抓住她的手,但布里特-玛丽挣脱了。

"博格的很多人都放弃了,布里特-玛丽,别和他们一样,拜托。"

布里特-玛丽也许想反驳来着,但屈辱和常识迫使她离开了房间。足球队的孩子们坐在候诊室里,她疲惫不堪地躲避着他们的目光,这种感觉对她来说也是全新的——渴望某样东西,却跌倒在地。布里特-玛丽从来没有渴望什么的习惯。

她从孩子们身边走过,满心希望他们其实不在这里。

斯文双手抓着警帽等在外面,还带来一只装着法棍面包的小篮子。

"好吧,嗯,我觉得……嗯,我觉得您可能现在不想去餐馆了……在遇到这件事之后。所以我准备了这些,我想……但是,不过,也许您宁愿直接回家。当然。"布里特-玛丽用力闭上眼睛,把缠着绷带的手背在身后。斯文低头看着他的面包篮子。

"面包是买的,但篮子是我自己编的。"

布里特-玛丽吸着腮帮子,咬着上面的肉。虽然斯文和孩子们不可能知道她在沙龙里干了什么,但这让她觉得更可笑。她轻声说:

"拜托,斯文,我只想回家。"

于是斯文开车把她送回了家,尽管她不希望他送她,并且宁愿他没见过她这副样子。一路上,她把手藏在竹帘子下面,特别希望回她自己的家,回到原来的生活中。突然来到这么一个地方,她实在没有准备好那么多的热情。

停车时,他想说点什么,但她已经下车了。布里特-玛丽关上前门时,斯文仍旧抓着警帽站在警车外。她呆滞地站在门板另一侧,屏住呼吸,一直到他离开为止。

她彻底打扫了银行的房子,一个人喝了汤当晚餐,然后慢慢上楼,拿出一条毛巾,在床边坐下。

21

午夜和黎明之间的某个时刻,银行酩酊大醉地回来了,还带回一盒披萨(显然是从坐轮椅的女人店里买的),唱着能让水手都脸红的不文明歌曲。当时布里特-玛丽恰好坐在阳台上,望见银行站在门外,一边骂骂咧咧,一边拿钥匙开门,站在她旁边的白狗仰起脸,和布里特-玛丽目光相遇,好像还既无奈又疲惫地耸了耸肩。布里特-玛丽同情地与它对视。

楼梯上传来的第一阵响动并非银行的脚步声,而是墙上的照片被银行的棍子扒拉下来的声音,接着便是相框坠地的碎裂声,蒙在足球女孩和她老爹的合影上的玻璃板摔成了碎碴,满地板都是。几乎一个小时之后,混乱的杂音才逐渐消失。银行在一楼到处乱转,一会儿这边,一会儿那边,一会儿又这边,把保留她记忆的所有照片砸个粉碎,然而手法并不暴力,也不像是在泄愤,更像是一个悲伤的人试图用简单有序的方式消灭那些引起她悲伤的回忆。相框一个接一个地碎裂,只剩空荡荡的墙壁和曾经挂着照片的钉子。布里特-玛丽静静地坐在阳台上,很想打电话报警,然而她没有斯文的电话号码。

噪音终于停止。确定银行放弃了破坏并且去睡觉之后，布里特-玛丽才离开阳台。过了不久，她听到楼梯上传来轻软的脚步声，接着门"吱呀"一声开了，有个东西过来碰了碰她的指尖。狗的鼻子。白狗在离她不远不近的地方躺下，距离拿捏得刚刚好，没有近到互相打扰，也没有远到感觉不到彼此的存在。此后，在晨曦再度笼罩博格之前，一切都安静得不能再安静，直到天光大亮。

布里特-玛丽和白狗终于敢下楼的时候，银行正倚着墙坐在门厅的地板上，浑身酒气。布里特-玛丽不知道她是不是睡着了，但肯定不打算掀起银行的墨镜来瞧上一瞧，所以她拿了把扫帚，开始扫地上的玻璃碴子，把破相框摞起来堆在墙角，给狗喂吃的。

布里特-玛丽穿上大衣，确认笔记本已经装进包里，而银行依旧纹丝不动。布里特-玛丽还是壮了壮胆，把包装好的啤酒放在银行旁边，说：

"这是我送您的礼物，但今天最好不要喝，因为我觉得您昨天已经喝得够多的了。如果您希望自己闻起来还像个文明人，最好用小苏打水和香草精洗个澡。不过，这不是我应该管的闲事。"

银行坐在那里一动不动，布里特-玛丽俯下身探了探她的呼吸，发现她还有气儿。不仅如此，她呼出的气还热乎乎的，布里特-玛丽觉得自己的视网膜都快被烧掉了。她眨眨眼，站直身子，突然听到自己嘴里说出了这样的话：

"我猜，您父亲肯定不支持利物浦队。您知道吗，我听说父亲是利物浦队球迷的人永远都不会放弃……哥哥支持利物浦队的人也是。而且我感觉，支持利物浦队的哥哥应该也不是随随便便就放弃的人。"

她站在屋外的前廊正要关门的时候，听到银行在屋里嘟囔道："我爸支持热刺。"

坐轮椅的女人在披萨店的厨房里，身上的味道和银行的一模一样，但心情比她好多了。不知道她是否注意到了布里特-玛丽手上的绷带，反正她什么都没说。她递给布里特-玛丽一封信，说是"几个镇上来的家伙"送来的。

"跟足球教练有关系，'各位教练请注意'。"

"哈。"布里特-玛丽说。她读了那封信，有点儿不理解它的内容——比如，"需要注册"和"执照"是什么意思。

不过她太忙了，根本没时间管什么傻乎乎的信，于是把信塞进手提包，给戴帽子的那两个络腮胡送去咖啡，他们的脑袋一直埋在报纸里。她这次没问他们能不能把填字游戏让给她做，他们也没主动邀请。卡尔过来取一个包裹，喝了杯咖啡。咖啡喝完后，他拿着杯子来到柜台，朝布里特-玛丽点点头，眼睛看着别的地方，嘟囔道："谢谢，很不错。"

布里特-玛丽想问问卡尔为什么总有包裹要收，但常识再次阻止了她：谁知道他是不是在网上买制造炸弹的材料，这种事新闻里不是经常报道吗？卡尔显然是个沉默寡言的人，这种人不愿意打扰别人，更不想别人打扰他。然而，他们恐怕最有制造炸弹的嫌疑，至少他们的邻居是这么想的。

布里特-玛丽之所以知道这些事，是因为那些填字游戏的作者喜欢炸弹。

午餐时间过后，萨米和疯子来到店里。疯子在门口晃晃荡荡，眼神挺忧郁，好像在找什么东西。布里特-玛丽见状感到有些不自在，她脸上的不安一定挺明显，因为萨米安抚地看了她一眼，转身对疯子说：

"你出去看看，我把手机落在车上了没。"

"为什么？"疯子问。

"我他妈的让你去你就去！"

疯子的嘴唇动了动，做了个吐唾沫的口型。门在他身后关上，发出欢快的叮当声。萨米转向布里特-玛丽。

"赢了吗？"

布里特-玛丽不明就里地看着他。他意味深长地笑起来，指着她缠着绷带的手指头说：

"您看上去跟打过架一样，另外一位女士怎么样啦？"

"你必须明白，这是一次意外。"布里特-玛丽抗议道，暗自祈祷萨米不要多问。

"好吧，教练，好吧。"萨米笑道，对着空气做了个拳击的动作。然后他拿出一个包，从里面掏出三件球衣，放到柜台上。"这是薇卡、奥马尔和恐龙的，我洗了好多遍，可还有一些脏东西根本洗不掉。"

"你试过小苏打吗？"

"那个有用吗？"

布里特-玛丽不得不紧紧抓住收银机来遏制自己的热情。

"我……那个……我可以帮你洗掉,一点都不麻烦!"

萨米感激地点点头。

"谢谢您,教练。您也可以告诉我怎么洗,那帮小孩的衣服脏透了,别人肯定以为他们住在该死的树林子里!"

布里特-玛丽等萨米和疯子走了才回到娱乐中心。小苏打果然有效,污渍全都不见了。尽管坐轮椅的女人坚持说不需要,布里特-玛丽还是为她洗了毛巾和围裙,不是因为她对布里特-玛丽的洗衣质量有意见,而是她真的觉得不用洗。为此她们还发生了一点小争吵,女人又叫她"玛丽小天使",她叫女人"肮脏的小猪",女人听后突然哈哈大笑,争吵就这样友好地结束了。

布里特-玛丽给老鼠摆好士力架,没有等着它过来,因为不想给老鼠解释她约会时发生了什么,而且也不确定老鼠愿不愿意知道。无论如何,她现在都不想谈这件事,所以又去了披萨店,和坐轮椅的女人一起吃晚饭,因为女人似乎不打算问她这是怎么回事。当然,这说明她要么不关心布里特-玛丽,要么太关心了。

斯文那天晚上并没有路过披萨店,但布里特-玛丽一听到门响就不由自主地从椅子上跳起来,心脏也跟着狂跳,显然哪怕斯文在她饭吃到一半时进来都不会惹恼她。可每次进来的人都不是斯文,不过是些准备参加足球训练的小孩,他们都穿着干净的球衣,显然不是没有人管。

这让布里特-玛丽对博格产生了一丝希望。看来在博格的居民里面还是有人明白,洗得干干净净的球衣是多么重要。

孩子们正要出去训练时,那个穿着"冰球"运动衫的男孩出现在披萨店门口,但他爸爸好像没来。

"你在这里干什么?"薇卡问。

男孩把手深深地插进衣袋,朝她手中的足球点点头。

"我想和你们一起踢球——可以吗?"

"你可以滚回镇上踢球!"薇卡吼道。

男孩的下巴压在锁骨上,但他没有气馁。

"镇上的足球队六点训练,我六点得训练冰球,可我发现你们训练的时间更晚……"

布里特-玛丽觉得有必要澄清一下她为什么选在六点以后训练,于是说:

"不能在晚饭吃到一半的时候训练!"

"也不能在冰球练到一半的时候练足球。"男孩说。

"你不属于这儿,富二代。"薇卡嘲弄地说,胳膊肘擦着男孩走了过去,"我们也没有镇上的球队好。你想踢球,为什么不滚回镇上和他们一起踢?"

男孩依旧没有退缩。薇卡站住了。他扬起下巴。

"我不管你们好不好,我只想踢球,球队不就是踢球的吗?"

薇卡嘴里蹦出一个布里特-玛丽认为非常不文明的词儿,扬长而去。但奥马尔从后面轻轻推了男孩一下,说:

"要是你能从她那里抢到球,我们就带你玩,但我觉得你没那个胆。"

奥马尔话音没落,男孩就蹿到了停车场上,薇卡一胳膊肘捣在他脸上。他流着鼻血跪倒在地,但同时伸出了脚,对准薇卡一钩,

189

抢走了她手里的球,薇卡结结实实地摔在砾石地面上,眼中燃起战斗的火焰。站在披萨店门口的奥马尔推推布里特-玛丽,指着他们,激动地说:"快看!薇卡要铲倒他了!"

"那是什么意思?"布里特-玛丽问,但她很快看到薇卡蹿到男孩身后几英尺的地方,两腿贴地,像出膛的炮弹般向前滑去,猛然踹在男孩脚上,硬是把他掀得翻了半个跟头。

布里特-玛丽方才恍然大悟:原来这就是博格的孩子都穿着破到大腿的牛仔裤的原因。薇卡站起来,以统治者的气势踩着球,男孩抠掉嵌进脸上的小石子,拍着衣服上的灰,显然很需要小苏打救急。薇卡看着布里特-玛丽,耸耸肩,哼道:

"他没事。"

布里特-玛丽从包里掏出清单。

"你还好吧?能说出你的名字吗?"她说。

"麦克斯。"男孩说。

奥马尔十分郑重地指指薇卡,又指着麦克斯。

"我们玩对踢的时候,你们俩绝对不能在一个队!"

然后他们做了"白痴往返跑"训练,打了两场对踢,看上去很像一支球队的样子。萨米今晚没有开车来给他们照明,但原来停着大黑车的地方换上了一辆亮着头灯的卡车,那是卡尔的车,车身两侧锈迹斑斑,历史似乎相当久远,大概人类刚发明卡车的时候这辆车就被制造出来了。

22

当那辆红色轿车里的一男一女出现在停车场另一侧时,布里特-玛丽和孩子们起初都没有什么反应,因为他们已经习惯了新球员和新观众的到来,仿佛这是全世界最稀松平常的现象。直到麦克斯指着那两个人说:"他们是镇上的人,对不对?她是地区足协的主席,我爸认识她。"大家的训练才暂停,球员和教练纷纷狐疑地打量着陌生人,等待他们自我介绍。

"您是布里特-玛丽吗?"女人边走过来边问。

她衣着整齐,男人也是,他们的车也很干净。按照布里特-玛丽过去的标准,他们完全合格。但来到博格之后,她学会了对所有看上去干净整齐的东西产生本能的怀疑。

"我是。"布里特-玛丽回答。

"我今天早些时候给您送来过一份文件,您有时间了解一下吗?"女人朝披萨店做了个手势。

"哈。哈。不,不,我没时间。我正忙着呢。"

女人看看孩子们,又看看布里特-玛丽。

"是关于比赛规则的,一月份的杯赛,就是你们……球队……

要参加的比赛。"

她对着孩子们说"球队"两个字的时候,跟布里特-玛丽对着塑料杯子说"咖啡杯"时的神情和语气很像。

"哈。"布里特-玛丽拿出笔记本和笔,仿佛士兵端起了枪。

"申请表上说您是球队教练,您有执照吗?"

"请您再说一遍?"布里特-玛丽说,与此同时,她在笔记本上写下"执照"两个字。

"执照。"女人指着和她一起来的男人重复道,好像布里特-玛丽应该认识他似的,"地区足协和县议会只允许拥有当局颁发的教练执照的教练带的球队参加一月的杯赛。"

布里特-玛丽写道:当局颁发的教练执照。

"哈。麻烦问一下,我怎么才能得到一张这样的执照呢?我会马上联系劳动就业办公室——"

"可是,上帝啊,执照不是随便要来的!您必须参加完整的培训!"一直站在红车旁边的那个男的突然歇斯底里地叫道。

他愤怒地冲着整个停车场挥挥手:"你们不是正规的球队!你们连正规的训练场地都没有!"

听到这里,薇卡忍不住了,因为她的耐心异常短小精悍。她也愤怒地朝男人叫道:

"嘿,死老头,难道我们刚才没在踢球吗?"

"什么?"死老头说。

"你聋了吗?我说:难道我们刚才他妈的没在这里踢球吗?"

"那又怎么样?"死老头两手一摊,讥讽地笑道。

"只要我们在这里踢球,这里就是他妈的球场。"薇卡笃定地说。

死老头震惊地看着布里特-玛丽,似乎认为她应该说点什么。布里特-玛丽其实也觉得这话不太合适,不过这一次,尽管不认同薇卡的说话方式,但觉得她说得很对,所以什么也没说。和死老头一伙的那个女人清了清嗓子。

"镇上有一个非常棒的足球俱乐部,我敢肯定那——"

"我们这儿就有一个非常棒的足球俱乐部!"薇卡打断她。

女人鼻孔里喘着粗气。

"我们必须遵守一月份杯赛的规定,否则什么样的人都能参加比赛了,那还不全乱套?希望你们理解,如果你们没有当局认可的教练,我们就不能让你们参赛,很遗憾。那样一来,你们只能明年再提出申请,交给我们受理——"

她又被人打断了,这次说话的人站在红色轿车和卡尔的卡车之间的黑影里,声音听上去醉醺醺的,而且很不耐烦,显然不希望别人回嘴:

"我有执照。把我的名字写上去,要是真他妈的有必要的话。"

女人盯着银行,其他人也都盯着银行。至于银行盯着哪里,反正没有偏见的人绝对不敢下定论,但她的白狗显然是看着布里特-玛丽的。布里特-玛丽也躲躲闪闪地看着它,有点儿像和狗串通一气但不敢当面对质的罪犯。

"我的老天爷,她回博格了吗?"一看到银行,死老头立刻问他的同伙。

"嘘！"女人命令他闭嘴。

银行从黑影里走出来，冲着女人和死老头的方向晃了晃她的棍子，不小心狠狠扫到了死老头的大腿，两次，都很不小心。

"噢，亲爱的。"银行歉意地说，然后抬棍指着女人，"写上我的名字。我想你应该没忘吧？"然后又是一不小心，棍子在死老头同一侧的胳膊上来回狠抽了三四下。

"我都不知道你回博格了。"女人皮笑肉不笑地说。

"现在知道了吧？"

"我们……我是说……比赛的规定……"女人支支吾吾地说。

银行呻吟了一声，音量很大，酒气很足。

"你能不能闭嘴，安妮卡？闭上你的嘴。这些孩子不过想踢个球，我们以前不也有只想踢球的时候吗？总有这样的老东西不让我们踢。"

银行拿着棍子朝死老头的方向捅了捅，不过这次他灵活地跳开了。女人在原地站了很久，似乎想从很多种回应方案里面挑一个出来，每次暗悄悄地否掉一个方案，她看上去就像变得更年轻了一点儿，嘴巴也跟着一张一合。终于，她以一种认命的姿态，在随身带来的文件上写下了银行的名字。两人钻进红色轿车准备回镇上的时候，死老头还在叽叽歪歪地发着牢骚。

银行本来就不会在表面工夫上浪费时间，在酒没醒的状态下，她的耐心更是和薇卡的一样短小精悍。她朝孩子们威胁性地挥挥棍子，咕哝道：

"如果你们没瞎的话，一定不会看不出我已经瞎了，但我根本不用看就知道你们是一群废物。那个白痴杯赛还有几天就开始了，所以我得利用这几天，让你们变得不那么废物。"

她想了一会儿，又补充道：

"但你们千万不要想得太美。"

这当然算不上什么鼓励的话。听完之后，布里特-玛丽觉得，如果银行装哑巴，自己可能会更喜欢她。奥马尔当然是第一个鼓起勇气反驳银行的人，一方面是因为他敢于说出全队人的共同心声，另一方面是因为他已经蠢到了做出这种事的程度。

"滚！不用一个瞎子来教我们踢球！"

布里特-玛丽两手扣在一起。

"不许那样说话，奥马尔，那很不文明。"

"她都瞎了！她知道怎么踢球？"

"她只是视力有障碍，"布里特-玛丽指出，然后严肃地补充说，"而且跟肥胖没有任何关系。"

奥马尔骂了句脏话。银行却只是平静地点点头。她举起棍子，相当精准地朝地上的足球一指，连奥马尔都觉得有些惊奇。

"把球拿来。"她说着，对白狗吹了声口哨。白狗立刻拖着脚跑出去，蹲在奥马尔身后。

奥马尔紧张地眨着眼睛，看看身后的白狗，又看看面前的银行。

"好吧……我说……等等，我不是说……"

银行以惊人的速度冲出去，抢到了球。与此同时，奥马尔身后的白狗分开后腿，开始撒尿，狗尿在砾石地面上形成一个齐整的圆形水坑。银行一只脚轻轻踮着皮质的足球，突然向后一抬，似乎打算用力把球踢向奥马尔的脑袋。奥马尔急忙躲开,向后退去,被狗的身体一绊,摇摇晃晃地踩进了狗尿里。

银行踢向足球的脚猛然收住,拿棍子指着奥马尔,咕哝着说:

"至少我知道什么叫假动作。别看我差不多瞎了,我敢打赌,你现在正站在狗尿里面。现在承不承认我起码比你懂足球?"

薇卡站在那摊狗尿旁,显然被刚才看到的一切迷住了。

"您是怎么教狗这么做的?"

银行吹口哨唤过狗来,挠挠它的鼻子,敞开外套口袋,让白狗吃里面的东西。

"这只狗懂得很多把戏,我没瞎的时候就养了它。我知道怎么搞训练。"

布里特-玛丽已经走在返回娱乐中心的路上,准备去拿小苏打了。

回到停车场时,她看到孩子们正摸着黑踢盲球,只有身临其境,你才能体会到出声踢球和不出声踢球的区别。布里特-玛丽在黑暗中停住脚步,静静地听着。每当其中一个孩子拿到球的时候,队友就会大喊:"这里!我在这里!"

"出声就说明你在那儿。"酒没醒的银行嘟囔道,揉着她的太阳穴。

孩子们踢着,喊着,告诉队友自己的位置。布里特-玛丽握紧手中的小苏打瓶子,在上面捏出几道凹痕。

"我在这里。"她低声说。她希望斯文也在这里,这样她就能把这句话告诉他了。

非常棒的球队，非常棒的运动。

训练结束后，大家一哄而散。蛤蟆坐上他爸的卡车回去了，萨米接走了薇卡、奥马尔和恐龙。麦克斯沿着大路溜溜达达独自回家。本的母亲也来接他，她朝布里特-玛丽挥挥手，布里特-玛丽也朝她挥了挥手。回去的路上，银行一言不发，布里特-玛丽不打算惹她，毕竟她的棍子今天晚上沾过泥巴，还沾过不止一个人的口水。所以布里特-玛丽也一言不发。

回到家里，银行拆开玻璃纸，举起啤酒瓶直接对嘴喝了起来。布里特-玛丽走出去，拿来一只玻璃杯和一个杯垫。

"适可而止。"她坚决地对银行说。

"你真是个唠叨婆，没人告诉过你吗？"

"别人告诉我很多次了。"布里特-玛丽说。不管你怎么想，反正布里特-玛丽觉得她今晚交到了第二个真正的女性朋友。

上楼的时候，她改了主意，转过身问：

"您说您父亲支持热刺，如果不麻烦的话，能不能告诉我那是什么意思？"

银行喝着玻璃杯里的啤酒，瘫在椅子里。狗把头放在她的膝盖上。

"支持热刺的人，付出的爱总是比得到的多。"她说。

布里特-玛丽用没受伤的手包住缠着绷带的手。球迷的行话还真是复杂。

"我猜您的意思是，热刺是支坏球队。"

银行翘起嘴角。

"热刺是最坏的那种球队,因为他们几乎算是好球队,而且总喜欢发誓,说自己会变得多么多么好,给你虚假的希望,诱惑你继续爱他们,可他们却只会推陈出新地来让你连连失望。"

布里特-玛丽点着头,似乎觉得很有道理。银行站起来,说:

"就这方面而言,他的女儿和他支持的球队没有什么两样。"

她把空啤酒瓶搁在厨房柜台上,没拿棍子,径直走进起居室。经过布里特-玛丽身边时,她说:

"啤酒很好。谢谢。"

当天晚上,布里特-玛丽在床边一连坐了好几个小时,偶尔还跑到阳台上站着,期待有警车出现。她没有哭,也不感到沮丧,甚至热切渴望听到敲门的声音,只是不知道该拿自己怎么办,所以陷入了坐立不安的状态。窗户全都擦干净了,地也拖过,阳台上的家具光可鉴人。她往花盆里和床垫上倒了小苏打,用没受伤的那只手揉着另一只手上的绷带。绷带包住了那圈白印子,所以在某种程度上,她已经实现了去日光浴沙龙的目标,虽然实现的方式出乎她的意料。反正自打她来到博格,就没碰到过完全在她意料之中的事情。

来博格后,第一次,她觉得一切并没有那么坏。

听到有人敲响前门时,她还以为是自己等待时间太长而产生了幻听。敲门声再次响起,布里特-玛丽跳下床,跌跌撞撞地跑下楼,像个彻头彻尾的疯子。这显然不像她,一点都不文明。自十几岁时开始,她就没再这样跑过,而比脚还要快的是她的心,早就飞到了门口。她不得不召唤出所有的常识,这才暂时冷静下来,梳好自己的头发，抚平裙子上所有看不见的褶皱。

"斯文！我……"她抓着门把手，脱口而出。

接着她呆呆地愣在原地，想要呼吸，可是没成功。她觉得自己的腿软了下去。

"你好，亲爱的。"肯特说。

23

"善良的男孩不会主动亲吻漂亮的女孩。"布里特-玛丽的母亲有时会这样说,但她真正的意思是:"漂亮的女孩不应该亲吻善良的男孩。"因为善良的男孩往往不具备可靠的赚钱能力。

"我们必须祷告上帝,让布里特-玛丽找到一个养得起她的男人,否则她只能去住贫民窟,因为她什么都不会。"布里特-玛丽曾经听到母亲和别人打电话的时候这样说。"我是造了什么孽才生了她。"她母亲喝醉的时候,也会这样跟别人打电话或者当面数落布里特-玛丽。

在两个孩子里失去了各方面都相对更好的那一个,恐怕很少有父母不会对此耿耿于怀。虽然布里特-玛丽尝试过改变现状,可她的父亲回家越来越晚,最后干脆不回家,她又能有多少改变和选择的机会?她反而学会了对自己不抱期望,忍受母亲对她前途的怀疑。

阿尔夫和肯特家与布里特-玛丽家住在同一层楼。像大多数兄弟一样,他们时常打架,后来又都想要同一个姑娘,但布里特-玛丽一直不太确定这是为什么,是因为他们真的都喜欢她,还是因为兄弟间的跟风较劲。布里特-玛丽毫不怀疑,如果英格丽德还活着,他们可能早就追她姐姐了。如果你习惯了活在别人的阴影里,很难不这样想,但兄弟俩很固执,一直以不同的方式竞争,想要引起她的注意。

两兄弟中相较而言对她比较冷淡的那个老想着将来要赚多少钱,另外那个却对她太热情。布里特-玛丽不想让母亲失望,于是选择了阿尔夫,拒绝了肯特。

当时,肯特捧着花站在楼梯间里。布里特-玛丽和阿尔夫一起离开时,肯特紧紧地闭上了眼睛。她回来的时候,发现他已经不见了。

她和阿尔夫在一起的时间并不长,因为他已经疲惫而且厌烦,就像肾上腺素已经在竞争中消耗殆尽的胜利者。一天早晨,他离开了她,到别处去服了好几个月的兵役。

他服役结束回来那天,布里特-玛丽在镜子前花了好几个小时打扮。这是她人生中的第一次,甚至试穿了一件新衣服。她母亲看了她一眼,说:

"我觉得你是想让自己看上去像个廉价货。无论如何,你的目的达到了。"布里特-玛丽想说这是现代风格,她母亲却让她小点声,因为这样显得没有教养。布里特-玛丽轻声解释说,她想在火车站给阿尔夫一个惊喜,她母亲嗤笑道:"嗯,看到你他就很惊喜了。"母亲说得没错。

布里特-玛丽最后穿着旧衣服去了火车站,手心直冒汗,心脏像踏在鹅卵石上的马蹄子那样咚咚跳着。她也听说了士兵们每到一个地方就会拈花惹草的传闻,但一直不相信阿尔夫也会这样做,至少不相信他会在同一个地方勾引两个姑娘。

她坐在厨房里,拿毛巾捂着脸哭了一宿。母亲终于起床之后,责备她弄出的噪音太大。布里特-玛丽说,她看见阿尔夫和另外一个女孩在一起。"哈,选了这种男人,你早就应该做好心理准备。"回到床上之前,她母亲如此讥讽道。第二天,母亲起得比平时还晚,最后干脆不起来了。为了照顾家庭,布里特-玛丽找了一份女服务员的工作,每天把晚餐端到母亲的卧室,她母亲已经不愿和任何人说话,但偶尔会从床上坐起来,说:"哈,当服务员——你还真对得起我们给你创造的优越条件。看来学校你也待不下去了,打算在家啃老啊。"

整个公寓陷入比先前还要寂静的寂静之中,平时甚至听不到一点声音。布里特-玛丽日复一日地擦着窗户,等待变化的发生。

有一天,肯特出现在楼梯平台上,前一天是她母亲的葬礼。他说自己离婚了,带着两个孩子。

等待太久的布里特-玛丽觉得这一定是她的幻想。肯特对她微笑的时候,就像阳光照在脸上,从那一刻开始,她就把他的梦当成了自己的梦,把他的人生视作她自己的人生。她擅长这个,人总喜欢做自己擅长的事,人总希望某些人知道他就在那儿。

现在,肯特来到博格,出现在她的门口,还捧着花。他在微笑,有如阳光照着她的脸,一旦知道从头开始有多难,你就很难不想回到原来的生活中去。

"你在等人吗?"肯特不安地问,仿佛又变回了当年站在楼梯平台上的那个男孩。

布里特-玛丽震惊地摇了摇头。他笑了。

"我收到了你的明信片。我……好吧……会计查了你的取款记录。"他有些尴尬地说,指了指外面那条通往镇上的公路。

布里特-玛丽不知道该说什么,肯特继续道:

"我在披萨店里打听你。那个坐轮椅的女人不想说你在哪儿,有两个喝咖啡的哥们儿倒是非常愿意告诉我。你认识他们吗?"

"不。"布里特-玛丽低声说,不确定他是不是在瞎编。

肯特举起花束。

"亲爱的……我……该死,对不起!我,她,那个女人,我们什么都不是。已经结束了。我爱的是你。该死。亲爱的!"

布里特-玛丽这才发现肯特拄着一根棍子,慌忙问:

"你这是怎么啦?"

"啊,不用大惊小怪。医生说我心脏病发作之后需要用这玩意儿拄几天,没事。就好比汽车在车库里停了半个冬天,车底盘可能会有点儿生锈!"他笑了笑,冲着自己的腿点点头。

她想握住他的手。

请他进屋似乎不合适,哪怕他们回到小时候也不行,她母亲不许她把男孩领进卧室。肯特是她第一个领进卧室的男孩,而那时她母亲已经去世了。那个男孩留了下来,把她的家变成自己家,把自己的人生变成她的人生。所以,他们现在最应该做的就是钻进肯特的宝马，因为他们只有在车里的时候才最自在——他开车，她坐副驾，假装只是路过这里，离开博格，好像他们不过是半路下车，在这儿寄张明信片而已。

他们真的开车去了镇上，又开回来。肯特右手一直握着换挡杆，好让布里特-玛丽把左手没受伤的那只手的手指搭在他手上，通过这样做让两人获得一种齐心协力奔赴同一个目的地的感觉。他的衬衣皱巴巴的，肚子那儿还有咖啡渍。布里特-玛丽想起萨米说别人会以为那些穿脏衣服的孩子住在树林里，肯特看上去真的像在树林里住过，而且在树上睡觉时摔了下来，在每一根树枝上碾了一遍才滚到地上。发现她在打量他的衬衣，肯特抱歉地笑了笑。

"我找不到那个该死的熨斗了，亲爱的。你不在，家里全乱套了，你知道吧。"

布里特-玛丽没说话，她在担心别人会怎么想。他们会不会说，肯特的老婆甩了他，留下他一个人拄着拐棍乱转，像只没头的苍蝇？她觉得左手无名指冷飕飕的，幸好有绷带挡着，肯特看不见它。她明知事实是他让她失望了，然而无法不考虑是自己对不起他的错觉。要是在你爱的人最需要你的时候离开，所谓的爱还有什么意义？

肯特咳嗽了几声，脚从油门踏板上抬起，可前方的道路上什么障碍都没有。

布里特-玛丽从来没见过他毫无原因地放慢车速。

"医生说我的情况不太好。很早以前说的，我的意思是。那时觉得我都不像我自己了，每天都得吃该死的药片，抗抑郁还是什么的。"

他的语气就像在谈论什么商业计划，计划的结果都在他的预料之中。

仿佛很晚才回家，还带着一身披萨味只是计划的副产品，很容易纠正，所以现在一切都恢复了正常。

她想问问他为什么没给她打电话，毕竟她还有部手机，但又意识到他可能觉得她不会开机，于是继续保持沉默。车开进博格，他望着窗外。

"真是个奇怪的地方，对不对？你妈都怎么说乡下来着？'除了平凡就是平庸'？简直太逗了，你妈。可你要是在这个地方养老，真就有点儿讽刺了，对不对？况且你都四十年没出过家门了！"

他像讲笑话一样地说着，这种表达方式让她有点儿接受不了。但当他们停在银行家门口的时候，从他粗重的呼吸中，她听出了他内心的苦痛，并且第一次看到他流泪了。他自己的母亲下葬时，他都不曾哭过，只是紧抓着布里特-玛丽的手而已。

"结束了，我和她。那个女人。她从来都算不得什么。而你不一样，布里特-玛丽。"

他握起她没受伤的那只手的手指，轻轻地抚摸着，低声说：

"我需要你在家里，亲爱的。我需要你回家。别把我们过了一辈子的生活丢下不管，就因为我犯了个愚蠢的错误！"

布里特-玛丽拂掉裙子上看不见的碎屑，举起手中的花束嗅了嗅。

"男孩不许进我的卧室，过去不行，现在也不行。"她小声说。

他大声笑起来。她的脸红了。

"明天？"布里特-玛丽走下车，肯特在她身后喊道。

她点点头。

因为选择一种生活跟买鞋不一样，甚至跟你自己是什么样的人关系也不大。过日子的意义在于抱团，和另一个人身上的你自己抱团，还需要回忆、墙壁、碗橱、餐具抽屉等等来帮助你知道各种东西都放在哪里。

这是一种有条理的完美生活，但需要你去适应；是一种流线型的存在方式，但建立在两套人格的基础上：水泥和石头、遥控器和填字游戏、衬衣和小苏打、浴室柜和第三个抽屉里的电动剃须刀。为了这种生活，肯特需要她，如果她不在那里，这些东西都将失去它们的意义。

她上楼来到自己房间，打开抽屉，叠好毛巾。

手机响了，劳动就业办公室女孩的号码出现在屏幕上，但布里特-玛丽按了拒绝接听键，独自在阳台上坐了一整夜，守着打包好的行李。

24

"你这样看着我,好像对我有意见似的。但我要让你知道,我一点都不喜欢你这样。"布里特-玛丽坚决地说。发现对方没有回应,她继续动之以情,晓之以理:

"也许你并不打算像对我有意见似的看着我,可给我的感觉就是这样的。"

对方依旧没说话。她在凳子上坐下,两手扣在膝盖上,说:

"我得嘱咐你一句,毛巾会一直放在老地方,你可以继续用它擦爪子,那可不是什么装饰品哟。"

老鼠啃了几口士力架,什么也没说,然而布里特-玛丽明显感受到了它的腹诽。她自我辩护般地解释道:

"对于人类来说,爱情不一定都意味着烟花和交响乐。如果你认为就应该是烟花和交响乐,当然也没有错,但对另一些人来说,爱情还可以是别的东西,理智的东西!"

老鼠又啃了几口士力架,伸出爪子蹭了蹭毛巾,然后接着啃士力架。

"肯特是我丈夫,我是他妻子。我当然不会坐在这儿听一只老

鼠给我讲道理。"布里特-玛丽说,又想了想,交换了一下两手的位置,补充道:

"当然,我并不是批评你,做老鼠应该也是一种很不错的体验。"

老鼠似乎并不打算反驳她,布里特-玛丽长长地呼出一口气,说:

"只不过,很长时间以来,我一直过得挺抑郁,你必须明白。"

老鼠啃着士力架,孩子们在娱乐中心外面的停车场踢球。透过门廊,布里特-玛丽看到肯特的宝马停在外面,他也在和孩子们踢球。他们喜欢他。初次见到肯特时,人人都喜欢他,需要好几年才能看到他不那么好的一面。在给人的印象方面,布里特-玛丽恰好和他相反。

她其实不知道"忧郁"这个词用得对不对,想找个更准确的词来描述自己的感受,就好像做填字游戏那样,这次的谜面是"沮丧""感觉不开心",或者"心情不好,有时候还会胃疼"。

"也许'垂头丧气'这个词更合适。"她想了想,谨慎地告诉老鼠。

布里特-玛丽已经垂头丧气了好一阵子。

"你可能会认为这很可笑,可从某些方面来说,我在博格却比在家的时候开心一点……但我并不是被迫选择过去的生活方式,因为我本可以做出改变,可以找份工作。"布里特-玛丽说,她觉得自己更像是在为肯特辩解。

不过,这么说也不完全是一厢情愿。刚结婚的时候,她的确可以找一份工作,只是肯特觉得再等等更好,只需要再等一年左右。

他指出，如果布里特-玛丽出去工作，家里就没人照顾，而且听他的口气，他是肯定不会自告奋勇承担起这个责任的。

于是，在家照顾母亲几年之后，布里特-玛丽又在家照顾了肯特的孩子们几年，后来肯特的母亲病了，布里特-玛丽又照顾了她几年。肯特认为这是最好的安排，因为那时候他的事业正处于过渡期，各种计划尚未就位。而且，邀请他的德国客户到家里吃饭时，如果布里特-玛丽能够在家就再好不过了，这样对全家都好。他所谓的"全家"显然是指除了布里特-玛丽之外的家里的每一个人。"以公司的名义进行娱乐消费可以免税。"肯特总是这样说，但他从来不提谁会是免税的受益人。

就这样，一年变成了几年，几年变成了一辈子。直到某天早上她醒来，才发觉光阴虚掷，来日无多，却不明白为什么会这样。

"我本来可以找份工作的，是我自己选择留在家里，我并不是受害者。"布里特-玛丽说。

但她没说自己做出过怎样的努力：她去参加过不少工作面试，但并没有告诉肯特，因为他只会问那工作给多少钱。听了她的回答，他会讥笑道："还不如你留在家里，我发钱给你呢！"他觉得自己不过是开个玩笑，布里特-玛丽却接受不了，所以久而久之，她再也不愿告诉肯特。每次面试她都准时到场，每次总有人比她先到。等候室里清一色几乎都是年轻女性，有一次，其中一位和布里特-玛丽搭话，因为她不相信年龄这么大的人会出来和她找同一份工作。她告诉布里特-玛丽，自己被丈夫抛弃，独自拉扯三个孩子，其中一个孩子还有病。轮到这个女人面试时，布里特-玛丽起身回家去了。你尽可以说布里特-玛丽这里不好那里不对，但她绝对不会和更需要工作的人争夺工作机会。

显然她不会告诉老鼠这些事，不想让它觉得她在博取同情。而且，谁知道老鼠每天过的又是什么样的日子。

说不定它在可怕的事故中失去了全家，这种事情报纸上也不是没有出现过。

"肯特的压力很大，你必须理解。"她解释道。

他的压力的确很大，养活一家人需要时间，也该得到应有的尊重。

"需要很长时间才能了解一个人。"布里特-玛丽对老鼠说，声音越来越小。

肯特走路时喜欢用脚跟碾着地面，不是每个人都会注意到这些，然而这就是他。他睡觉时会蜷着身子，好像觉得冷，无论布里特-玛丽轻轻给他盖上多少条毯子都没用。他还恐高。

"他懂得很多知识，尤其是地理方面！"她说。

和精通地理知识的人分享同一张沙发时，你可以在对方的协助下轻松解决填字游戏，这十分难得。爱情不一定都要像烟花那样绚烂，帮助另一半做填字游戏，答出"五个字母组成的国家首都名称"或者"知道另一半的鞋跟什么时候该换了"也是爱情的表现方式。

"他可以改。"布里特-玛丽想大声说出这句话，甚至还清了清嗓子，然而声音却像蚊子叫。

他当然能改，甚至无需彻底改头换面，只要变回出轨之前的样子就够了。

他在吃药,现代医学可以创造种种奇迹。

"几年前他们克隆了一只羊,你能想象吗?"布里特-玛丽问老鼠。

老鼠决定告辞。

她把盘子洗净收好,擦了窗户,看肯特和奥马尔、恐龙踢球。她也可以改,她敢肯定,这样就能摆脱令人厌烦的无聊生活。当然,跟肯特回去之后,生活未必有所改观,但至少可以回归正常。

"我还没做好面对这种反常生活的准备。"布里特-玛丽说,说完才意识到老鼠已经走了。

了解一个人需要时间,而且她并没有做好了解其他人的准备,还是先学会自重比较好。

她站在门口,看到肯特踢进一个球:他挂着拐棍跳起来,踮着一只脚转了一圈,虽然医生可能不推荐心脏病康复期的病人做这个动作,但布里特-玛丽不打算责备他,因为他看上去是那么快乐,她觉得保持心情愉快应该也对心脏病的康复有好处。

奥马尔嚷嚷着要坐宝马兜风,目的是体验传说中"爽到爆"的感觉。布里特-玛丽同样觉得这是好事,所以也没打算责备奥马尔。肯特抓住良机,想方设法让孩子们明白了宝马有多贵,给他们造成了一定的惊吓。兜第三圈的时候,他让奥马尔开车,奥马尔的反应仿佛肯特是让他去骑一条龙。

走进披萨店的时候,斯文破天荒地没穿他那身警服,所以直到走到布里特-玛丽近前,她才注意到他。他看看宝马,又看看布里特-玛丽,清清嗓子。

"您好,布里特-玛丽。"他说。

"您好。"她说,有点儿惊讶。

她紧紧地攥住手提包,他像个中学生那样用力把手插进衣袋。今天他穿了衬衫,头发整齐熨帖,似乎蘸着水梳过,不知道这个发型是否为她而梳,在这个关键时刻,为了防止自己说出什么鬼迷心窍的蠢话,她的理智率先开了腔:

"那是我丈夫!"

她指着宝马。斯文的手在夹克口袋里插得更深了。

看到他们,肯特停下车,一手拄着拐杖,摇摇晃晃但自信地走过来和斯文握手,不过握的时间有点儿长。

"肯特!"肯特洋洋得意地自我介绍道。

"斯文。"斯文小声嘟囔着说。

"我丈夫。"布里特-玛丽再次提醒斯文。

斯文把手收回夹克口袋,整件衣服都跟着皱了起来。

布里特-玛丽攥手提包的手越来越紧,手指头都攥疼了,可能身体的其他部分也在疼。肯特得意地笑起来。

"这群孩子挺不错!那个鬈毛想当企业家,他对您说过没有?"

他朝奥马尔那边笑笑,布里特-玛丽低头盯着地面,斯文抬头看着肯特,表情严肃。

"您不能把车停在这里。"他说,肘关节朝宝马晃了晃,手还在兜里插着。

"噢,没错。"肯特满不在乎地说,不耐烦地朝他摆摆手。

"听着，您不能把车停在这里，而且我们这儿也不允许小孩开车。这是不负责任！"斯文坚持道，布里特-玛丽头一次听见他用这种恶狠狠的语气说话。

"您用不着那么紧张，好吗？"肯特笑道，带着明显的优越感。

斯文浑身发抖，他在衣兜里伸着两根食指，顶着夹克的衬里。

"无论怎么样，您都不能把车停在这里，而且让小孩开车是违法的，您必须承认，不管您是从哪里来的……"

最后几个字的音量很低，似乎刚说出来就后悔了，肯特倚着拐棍咳嗽起来，有点儿不知所措。

他看着布里特-玛丽，但她没看他，所以他只好盯着斯文。

"您以为您是谁——您是干什么的？警察吗？"

"没错！"斯文说。

"好吧，是我该死。"肯特笑道，接着便换上一本正经的表情，挺直腰杆，冲着斯文嘲讽地敬了个礼。

斯文的脸红了，眼睛盯着自己的夹克拉链。布里特-玛丽的呼吸急促起来，她向前走了几步，似乎打算站在他俩中间，但最后只是重重地跺了两下脚，说：

"拜托，肯特，你为什么不把车挪一下？都停到足球场中间去了。"

肯特叹了口气，调皮地冲她点点头，做了个投降的手势，仿佛有人在威胁他。

"当然，当然可以，如果警长坚持这样要求的话。没问题，您只要别开枪就好！"

213

他夸张地走了几步,向布里特-玛丽靠过去。她已经不记得他上次亲她的脸是什么时候了。

"我去镇上的旅馆看了看,那儿的房间简直像该死的老鼠洞一样,你知道吧,这种地方都这样。不过我发现旅馆对面有家餐馆还算不错,就这种环——境——而言。"他故意提高声音让斯文听见,说到"环境"两个字时,他以充满优越感的姿态,依次指点着披萨店、娱乐中心和那条公路。挪车时,他故意狂轰油门,引擎发出炫耀的鸣响。挪好车,他又给奥马尔一张自己的名片,因为除了告诉别人他买来的东西有多贵,肯特还喜欢分发名片。他的这几招让奥马尔深受触动。布里特-玛丽不记得斯文是什么时候转身离开的,等她意识到的时候,他已经走了。

她独自站在披萨店外面,心里仿佛有什么东西被敲得粉碎。她试着告诉自己,这一切都是她的错,因为她从来不曾把自己的内心感觉放在第一位,开始新的生活已然太晚。

她和肯特在镇上的那家餐馆吃了晚饭,那儿有白色的桌布和一本没有照片的菜单,对待餐具的态度似乎也很严肃,或者至少可以说,这家餐馆没把餐具的选择看成是一个笑话。肯特告诉布里特-玛丽,她不在,他觉得很孤独。其实他的原话是"不知道该怎么办",总之看起来他对待她的态度也挺严肃,至少没把她当成笑话。她注意到,他把以前的旧皮带找出来系上了,看起来破破烂烂,而她走之前刚刚修理过他经常系的那根皮带,他显然是没找到。她想告诉他,它就在卧室衣柜的第二个抽屉里,已经整整齐齐地卷好了。在他们的卧室。她希望他大声喊出她的名字。

然而他只是搔了搔胡茬,装出满不在乎的样子问:

"可这个什么库珀,那个……他……你们是怎么成了……朋友的?"

布里特-玛丽也尽力装出满不在乎的样子回答:

"他只是个警察,肯特。"

肯特点点头,然后用力眨眨眼。

"你必须相信我,我真的知道错了,亲爱的。已经结束了。我不会再联系她。你不能因为我走错这一步就惩罚我一辈子,对不对?"他越过桌子伸过手来,轻轻握住她缠着绷带的那只手。

他还戴着结婚戒指。她觉得自己左手无名指上的白印子火辣辣的,似乎在谴责她。他拍着绷带,似乎不曾想过它为什么会缠在布里特-玛丽手上。

"好啦,亲爱的,你已经表明了你的想法,很明显!我明白!"

她点点头,因为这是真的,因为她从来不想让他受苦,他只需要知道自己错了。

"你一定觉得足球队的事很荒唐。"她低声说。

"你在开玩笑吗?我觉得那很棒!"

食物端上来时,他立刻松开她的手,她马上开始想念手被他握住的感觉——好比你去理发,理发师剪掉的头发比你期望的还要多,那走出理发店时,你心里难免空落落的。

她把餐巾整齐地铺在腿上,像哄孩子睡觉那样轻柔地拍打着它,小声说:

215

"我也是。我也觉得那很棒。"

肯特面露喜色，俯过身来，深深地看着布里特-玛丽的眼睛。

"嘿，亲爱的，我有一个主意：你留在这里帮助那些孩子参加杯赛，就是鬃毛今天说的那场比赛。等一切结束后我们再回家，回到我们原来的生活。怎么样？"

布里特-玛丽深深地吸了一口气，非常用力，以至于吸到一半时差点漏气。

"那就太好了，谢谢你。"她低声说。

"我愿意为你做任何事，亲爱的。"肯特点头道。他叫住女侍者，请她把胡椒研磨瓶拿来，可桌上的菜他还没有动过。

当然，这儿的食物十分正常，没有稀奇古怪的品种。布里特-玛丽差点把她试吃墨西哥卷饼的经过告诉肯特，然而常识阻止了她。她还想把最近遇到的各种事告诉他，最后也都没说，因为说与不说大概已经没有那么重要。无论如何，肯特都会把话题转移到他和德国人的生意上。

布里特-玛丽点了炸薯条做配菜。她不吃炸薯条，因为不喜欢，但和肯特出去吃饭时，她总会点这个，因为怕肯特吃不饱。

肯特伸过胳膊来够她的炸薯条时，布里特-玛丽瞥了一眼窗外。直觉告诉她，街上可能会有一辆警车，然而事实证明这是她的想象。她羞愧地低头看着腿上的餐巾。她在这儿，一个成年女性，对紧急救援车辆产生了莫名其妙的幻想。别人知道了会怎么说？

肯特开车送她去停车场监督孩子们练球，在他的宝马里一直等到训练结束。银行也在那里，所以布里特-玛丽让银行指挥大家训练,她自己大多数时间都是拿着花名册站在旁边看着。训练结束后,布里特-玛丽甚至想不起今天都练了什么、自己和孩子们说没说话、有没有和他们道别。

肯特开车送布里特-玛丽、银行和她的白狗回银行家,银行和狗没问他的宝马值多少钱就钻出车外,肯特很是不满。银行的棍子不小心敲在了车身的漆面上——前两次肯定不是故意的。肯特摆弄着他的手机,布里特-玛丽坐在他旁边等着,因为她十分擅长这样做。最后,他终于说:

"我必须走了,明天得去见会计。准备和德国人谈重要的事,你知道吧,大计划!"

为了强调计划很大,他坚定地点着头。

布里特-玛丽鼓励地微笑着,敞开车门。就在此时,一个想法突然冒出来,她不假思索地问:

"你支持哪支足球队?"

"曼联。"他惊讶地回答,连手机都不看了,抬起头来看她。

她点点头,下了车。

"晚餐很好,肯特,谢谢你。"

他身体一横,斜靠到副驾驶位上,仰脸看着她。

"等回了家,我们就去剧院,就我们俩,好吗,亲爱的?我保证!"

她站在门厅里目送肯特的车开走。正要关门时,发现路对面的那两个老太太扶着助行器站在花园里盯着她看,她连忙旋风般地躲进屋内。

银行在厨房吃培根。

"我丈夫支持曼联。"布里特-玛丽告诉她。

"他妈的一目了然。"银行说。

布里特-玛丽却不知道她是什么意思。

25

布里特-玛丽把第二天早晨的时间全部贡献给了清洁阳台家具。她会想念它们的。扶着助行器的两个老太太出现在路对面,颤颤巍巍地去信箱拿报纸。布里特-玛丽朝她们招手,可她们只是瞪她一眼,然后用力关上门。

布里特-玛丽下楼时,银行在煎培根,可她显然没打开排气扇。布里特-玛丽非常羡慕银行,因为她丝毫不觉得烧焦的猪肉味道难闻,也不关心邻居会怎么想。

她犹豫着走到门厅和厨房之间的分界线上。银行似乎不知道她过来了,于是她清了两遍嗓子,因为感觉自己似乎欠房东一个解释。

"我猜,您一定觉得我该对您解释一下我丈夫的事。"布里特-玛丽说。

"不觉得。"银行坚决地说。

"哦。"布里特-玛丽失望地说。

"培根?"银行咕哝道,往煎锅里浇了一勺啤酒。

"不,谢谢。"布里特-玛丽说,当然,她不是觉得啤酒煎培根恶心，肯定不是。她继续道：

"他是我丈夫。我们没真的离婚。我只是临时出门，就像度假一样。不过现在我得回家了，您必须理解。我知道也许您并不明白这种事，但他是我丈夫。在我这样的年纪离开丈夫，绝对不合适。"

银行看上去并不想讨论布里特-玛丽和肯特的关系。

"你确定不想来点培根吗？"她喃喃地说。

布里特-玛丽摇了摇头。

"不，谢谢。我想让您明白，他不是坏男人。他犯了错，可任何人都会犯错。我敢肯定，他以前也有大把的机会犯错，只是没做而已。不能因为一个错误就彻底否定一个人。"

"培根真不错。"银行说。

"我有义务。婚姻义务。不能轻易放弃。"布里特-玛丽解释道。

"要是有鸡蛋，我会给你煎个蛋，可是狗把鸡蛋吃了，所以你只能凑合吃点培根了。"

"您想想，怎么能抛弃和您过了一辈子的人？"

"所以说，你愿意来点培根了？"银行探询地问，打开了排气扇。

从银行的反应可以推断，比起煎培根的味道，她更讨厌布里特-玛丽的声音，于是布里特-玛丽用力跺了跺脚。

"我不吃培根！胆固醇太高。肯特现在也很注意身体。我告诉您，他今年秋天去看了医生。我们的医生很有水平，是个移民，您知道吗，从德国来的！"

银行把排气扇的抽力调到最高挡，布里特-玛丽必须扯着嗓子才能压过排气扇和煎培根的噪音，所以她最后几乎是喊出来的：

"在丈夫心脏病发作时离家出走,这样其实很不厚道!我不是那种女人!"

一个盘子被重重地掼在她面前的桌子上,里面的肥油应声溅到了盘子边缘。

"吃你的培根吧。"银行说。

布里特-玛丽把培根喂给了白狗,但她没再说关于肯特的话,至少试着不去说。她想了想,问:

"支持曼联代表什么?有什么含义吗?"

银行嚼着满嘴的培根回答:

"曼联总是赢,所以支持这支队的人觉得他们天生就是赢家。"

"哈。"

银行没再说别的。布里特-玛丽站起来,把她的盘子洗净擦干,然后站在那里,以防银行还有什么话要补充,可银行似乎忘记了布里特-玛丽还在那儿。布里特-玛丽只好清清嗓子,不容置疑地再次强调道:

"肯特不是坏男人,他也不总是赢。"

白狗看着银行,仿佛她干了什么亏心事。银行似乎感应到了白狗的目光,因为她心虚地继续低头吃饭,甚至比平常还要沉默。布里特-玛丽离开厨房,来到门厅,穿上大衣,利落地把小本本塞进手提包,这时她听到白狗在厨房里冲着银行"呜呜"叫了几声,银行也低沉地咆哮着回应,好像在回答它的质问。过了很长时间,银行仿佛终于下定了决心,朝门厅里喊道:

"你想搭个便车吗?"

"您说什么?"布里特-玛丽说。

"要我开车送你去娱乐中心吗?"银行问。

布里特-玛丽走到厨房门口,惊讶地瞪着银行,手提包差点滑落在地。

"开车?您怎么会……我……不,不用……谢谢您。我不想……我不知道……我当然没有偏见,可您怎么……"

看到银行脸上得意的笑容时,她闭了嘴。

"我几乎失明了。我不开车。我开玩笑呢,布里特-玛丽。"

白狗鼓励地看着银行,布里特-玛丽整了整发型。

"哈。那个……还是该谢谢您。"

"不用担心那么多,布里特-玛丽!"银行在她身后叫道,布里特-玛丽根本不知道如何回应这种毫无来由的安慰,嗯。

布里特-玛丽步行来到娱乐中心,打扫了卫生,擦了窗户,透过窗玻璃往外看。现在她能看到第一天来博格时看不到的东西,菲克新帮了大忙。

她在门口放了士力架,走到她原本以为只是停车场的足球训练场对面。斯文的车停在披萨店外面。跨入店门之前,布里特-玛丽做了个深呼吸。

"您好。"她说。

"布里特!您还好吧?"坐轮椅的女人端着一壶咖啡,摇着轮椅冲出厨房。

斯文站在收银台旁边,穿着警服。他迅速摘下警帽,两只手握着它。

"您好,布里特-玛丽。"他说。他在微笑,而且似乎长高了几英寸。

接着窗户那儿传来另一个人的声音:

"早上好,亲爱的!"

肯特坐在一张桌子旁喝咖啡。他已经脱掉了鞋,脚架在对面的椅子上,这是他最大的本事之一:无论在什么地方喝咖啡,都能表现得像在自家起居室那样无拘无束。不管到哪儿他都很放得开,像在自己家一样,在这方面谁也比不上他。

斯文的身高又缩回去了,好像漏气了一样。布里特-玛丽感觉自己的小心脏用力蹦了两下,连忙装出若无其事的样子。

"我以为你去见会计了。"她过了半晌才说。

"我马上就走,但那个叫奥马尔的孩子说要给我看点东西。"肯特笑着说,仿佛全世界的时间都是他的,接着他戏谑地朝斯文眨眨眼,大声说:

"别担心,警长,我今天没违章停车,我停在路那边了。"

斯文在裤腿上蹭蹭手掌,看着地板回应道:

"您也不能把车停在那里。"

肯特认真地点点头。

"警长要罚款吗?警长接受现金吗?"

他掏出钱包搁在桌上。他的钱包很厚,甚至需要动用橡皮筋捆起来才能塞进裤子后袋。然后他笑起来,似乎刚才的对话完全是在开玩笑。他擅长这个,肯特擅长把所有事当成笑话,因为只有这样,大家才不会觉得受到冒犯,所以他才总是可以说:"啊,得了吧,您难道没有幽默感吗?"在这个世界上,那些缺少幽默感的人总是输的那一方。

斯文再次低头看地板。

"我不开违章停车罚单,我不是交通督导员。"

"好吧,警长!好吧!可是警长自己显然愿意在哪儿停车就哪儿停车。"肯特咧嘴笑着,朝警车点着头。透过窗户可以看到停在外面的警车。

斯文还没来得及说话,肯特就朝坐轮椅的女人嚷嚷道:

"别担心警长的咖啡,我给他付钱!反正警长的工资也是我们这些纳税人发的,所以都记在我账上!"

斯文没理肯特,拿出几张钞票放在柜台上,低声对坐轮椅的女人说:

"我的咖啡我自己付钱。"

然后他眼睛盯着布里特-玛丽,对坐轮椅的女人说:

"如果可以的话,请给我打包。"

坐轮椅的女人想说点什么,却被肯特打断了。

"瞧瞧这个,亲爱的!我让奥马尔印了这个!"他摇晃着手里的一大把名片喊道。

发现披萨店里的人没有马上跑到他的桌前围观,肯特叹息一声,故作委屈地站起来,仿佛别人都没有幽默感,他只穿袜子就走到柜台边——如此不文明的举止成功引发了布里特-玛丽内心的咆哮——递给斯文一张名片。

"拿着，警长！拿张名片吧！"

他又朝布里特-玛丽笑笑，给她一张名片，上面写着："奥马尔——企业家"。

"那个什么镇上有家印刷店，今早加急印出来的，店里的人乐坏了。可怜的家伙们，平时基本没什么顾客！"肯特快活地告诉他们，说到"镇"这个字时，他还在空中比划着引号的手势。

斯文站在原地，用力咽下一口唾沫。坐轮椅的女人把他的咖啡倒进一只纸杯，斯文立刻拿起纸杯，径直朝门口走去。

经过布里特-玛丽身旁时，他放慢了步子，非常短暂地与她对视了一下。

"祝您……今天心情愉快，您肯定会的。"他喃喃自语道。

"您……好吧，我是说……您也是。"布里特-玛丽说，吸着腮帮子。

"您可得多保重呐，警长！"肯特用美国口音喊道。

斯文停下脚步，目光聚焦在地板上。布里特-玛丽看到他紧紧握起拳头，指关节泛白，然后他强迫自己把手插进裤兜，如同把猛兽套进麻袋。门在他身后愉快地叮当作响。

布里特-玛丽站在收银机前，感到一阵失落。肯特最擅长的就是在她觉得不自在的时候表现得十分自在。他敲敲布里特-玛丽的背，举着名片在她眼前晃来晃去。

"拜托，肯特。你最起码应该把鞋穿上吧？"她低声说。

肯特惊讶地看着他的袜子，扭了扭从一个破洞里伸出来的大脚趾，好像这才发现自己没穿鞋。

"好的，好的，亲爱的，当然可以。反正我现在必须走了。等那孩子过来的时候把这些给他！"

他夸张地抖动手腕，手表发出咔哒咔哒的脆响，布里特-玛丽知道那是一块很贵的表，肯特也会让所有在加油站排队交钱时偶然遇到他的人知道这一点。他把名片塞给布里特-玛丽，亲了亲她的脸颊。

"我今晚回来！"他出门时喊道，然后头也不回地走了。

布里特-玛丽站在那里，感到前所未有的失落。当她不知道该怎么办时，就会采取一贯的处理方式：打扫卫生。

坐轮椅的女人什么都没问。她要么根本不关心，要么就是太在乎。

奥马尔在午餐时间出现了，他一进店门就扑向布里特-玛丽，仿佛地球上只剩他们俩，而最后一袋薯片在她手里。

"肯特在这儿吗？他来了吗？他在吗？"他扯着布里特-玛丽的胳膊嚷道。

"肯特去见会计了，他今天晚上回来。"

"我给他的宝马搞来了最棒的轮辋！非常酷炫！您想看看吗？我给他特价了……您知道吧！"

布里特-玛丽没问这是什么意思，但她感觉一定又有被迫停在博格的卡车或者别的什么车满载而来，轻载而归了。

布里特-玛丽把名片给奥马尔时，他突然安静下来，捧着那些小纸片，仿佛它们是昂贵的真丝做的。门又发出叮叮当当的声音，薇卡进来了,她看都没看布里特-玛丽。

"你好,薇卡。"布里特-玛丽说。

薇卡没理她。

"你好,薇卡!"布里特-玛丽重复道。

"快看我的名片!太牛逼了!肯特给我的!"奥马尔叫道,两眼放光。

薇卡无动于衷,一头扎进厨房,很快便传来她刷盘子的声音,但又像有什么爬行动物钻进了水槽,她正想方设法把它打死。坐轮椅的女人从厨房出来,歉意地朝布里特-玛丽耸耸肩。

"薇卡很生气,你知道吧。"

"您是怎么知道的?"布里特-玛丽问。

"十几岁的小屁孩,竟然不用大人吩咐就主动刷盘子,显然是气疯了,对不对?"

布里特-玛丽不得不佩服她的逻辑推理能力。

"她为什么那么生气?"

奥马尔热情地回答:

"因为她知道肯特在这儿,所以她觉得你要走了!"

听起来他自己倒不怎么生气,因为用足球教练交换轮辋生意订单在他看来还是比较划算的,是一桩好买卖。

"我会暂时留在博格,等比赛结束了再走。"布里特-玛丽说,有点儿像自言自语,而不是对别人说的。

奥马尔似乎没在听她说话,甚至都没给她纠正用词错误:是"杯赛",而不是什么"比赛"。连布里特-玛丽自己都有点儿希望他能这样做。后来，戴帽子的两个络腮胡进来了，又开始喝咖啡、看报纸，照常把布里特-玛丽当空气，不过今天他们明显轻松了许多，仿佛知道很快就不用再假装当她不存在一样。

薇卡显然已经把能摔打的东西都摔打了一遍，所以她旋风般冲出厨房，朝店门口扑去。

"哈。我猜你要走啦？"布里特-玛丽尽可能友好地问。

"说得好像您在乎似的。"薇卡怒道。

"你会准时参加训练吗？"

"训不训练又他妈的有什么关系？"

"起码穿件外套再走！外面挺冷——"

"滚吧，老太婆！带着您的傻老头滚回去过你们的日子吧！"

薇卡用力甩上门，店门先是"砰"的一声，然后照旧愉快地叮叮当当起来。奥马尔匆匆收好名片，跟着跑了出去。布里特-玛丽在后面叫他，可他要么没听到，要么不在乎。

两个孩子走了以后，布里特-玛丽板着脸，把整个披萨店打扫了一遍，没人敢上前阻止她。

干完活儿，她一屁股坐到厨房的凳子上，坐轮椅的女人坐在她旁边，喝着啤酒，若有所思地看着她。

"啤酒，布里特-玛丽。要不要来点儿？"

布里特-玛丽朝她眨眨眼。

"好呀，您知道吗？当然可以。我觉得我现在特别想来点啤酒。"

于是她们坐在那里喝啤酒，一句话都没说。布里特-玛丽刚喝了两三口，店门又发出叮叮当当的声音。

她看到一个年轻人走进来,也许因为今天下午是她第一次喝了这么多啤酒,感觉头昏脑涨,所以才没有马上意识到年轻人的脸上蒙着个头套。

但坐轮椅的女人注意到了这一点。她放下啤酒,摇着轮椅来到布里特-玛丽身后,用力拽拽她的衣袖。

"布里特-玛丽,快趴下,就现在!"

这时候,布里特-玛丽才看见那把手枪。

26

　　直视着黑洞洞的枪管会给人一种非常奇怪的感觉，那里面的黑暗仿佛能把你吞噬，又好像在吸引你掉进去。

　　几个小时后，一些警察从镇上来到披萨店，问布里特-玛丽能不能描述一下那个年轻人的特点，比如他的衣着、身高、口音什么的，然而她能描述出来的只有"他拿着一把手枪"。有个警察开导她说："请不要有顾虑，罪犯并不仇恨您。"因为抢劫犯只是为了抢钱。

　　也许对于警察而言，这样说很容易，但无论是谁被人用枪指着，恐怕很难不往心里去——至少布里特-玛丽是这么想的。

　　"把他妈的钱箱打开，看在上帝的份儿上！"抢劫犯对她叫道。

　　后来她才想起他说过这么一句话，仿佛把她当成一件工具，而不是一个人。坐轮椅的女人想摇着轮椅到收银台那边去开钱箱，但愣在原地一动不动的布里特-玛丽挡了她的路。

　　"打开！"抢劫犯吼道。坐轮椅的女人和那两个戴帽子的络腮胡同时抬手捂住脸，好像这样能有什么用似的。

然而布里特-玛丽没有动,她已经吓得忘记了害怕。人在被枪指着脸的极端状态下做出的反应,常常连自己都理解不了。所以,听到自己嘴里说出的话时,布里特-玛丽吓了一大跳,坐轮椅的女人和络腮胡们也震惊了,只听她说:

"您得先买点东西才行啊。"

"打——开——它!"抢劫犯嚎叫道。

布里特-玛丽还是没动。她把缠着绷带的手放到另一只手的手心里,两只手都在颤抖。她一向讲究凡事有度,可眼前的事态已经超越了正常的限度,所以她想了想,非常周到体贴地回应道:

"您必须输入一个金额,然后才能开钱箱。您瞧,否则收据会出错的。"

抢劫犯又惊又怒地晃了晃手里的枪。

"那就他妈的随便输点什么啊!"

布里特-玛丽改用缠绷带的手握住没受伤的手。她的指头上全是汗,又湿又滑,可心里却在暗自筹划。她决定和自己的常识拼一拼,在坏人面前,一步也不能退让。

"您必须明白,不能随便输金额,否则收据会出错的。"

"我根本不在乎什么他妈的收据,你这个老东……"抢劫犯尖叫道。

"有必要说话那么大声吗?"布里特-玛丽坚定地打断了他,接着又耐心地劝道:

"而且也没有必要使用那样的语言!"

突然,坐轮椅的女人连轮椅带人一起朝布里特-玛丽冲来,撞在她的大腿上，两个人和轮椅同时翻倒在地。抢劫犯对着天花板开了一枪，枪声震耳欲聋，布里特-玛丽什么都听不见，失去了方向感，碎玻璃从爆裂的日光灯管上簌簌掉落。她甚至不知道自己是仰躺着还是俯趴着，身体贴在地板上还是贴在墙上，只能感觉到坐轮椅的女人对着她的耳朵眼儿喘粗气，某个遥远的地方似乎传来"叮叮当当"的声音。

然后她听到薇卡和奥马尔的说话声。

"这是他妈的怎么回……"薇卡震惊地说，与此同时，尽管各种回声都还没有离开她的耳朵，常识也在命令她三思而后行，最好还是像个文明人那样躺在地上。但布里特-玛丽依照本能，爬了起来。

只有和一个人打成一片，你才能充分地了解她，比如她有什么样的能力，胆子有多大。抢劫犯转身看着薇卡和奥马尔，头套上的窟窿里射出震惊的光芒。

"你们又回来干吗？"

"疯子？"奥马尔小声问。

"你们他妈的又回来干吗？我等你们走了才进来的！你们他妈的来干吗？啊？死孩子！"

"我忘记拿外套了。"过了一会儿，薇卡说。

疯子气急败坏地朝她晃了晃手里的枪，但布里特-玛丽已经站在了枪管和孩子们之间。她展开胳膊，把薇卡和奥马尔挡在身后，一英寸也不愿挪动，稳稳地站在那里。支撑布里特-玛丽的是她一生都未曾实现的野心。

"现在你闹够了吧？！"她凶巴巴地威胁道。

她根本不记得自己以前是否这样凶过。

接下来披萨店里的气氛相当矛盾，是的，只能用"矛盾"这个词来形容：疯子显然不清楚该用枪干什么，只知道举着它乱晃，弄得其他人也不明白自己到底应该做出怎样的反应。布里特-玛丽更是烦躁地低头盯着疯子的鞋。

"我刚拖的地。"

"你闭嘴，蠢货！"

"我肯定不会闭嘴的！"

疯子急得直冒汗，汗水顺着头套上的窟窿滴了出来。他举起枪，在店堂里面胡乱瞄了一圈，再次命令戴帽子的两个络腮胡趴在地上，最后仇恨地瞪了布里特-玛丽一眼，跑掉了。

店门尽职尽责地叮叮当当响了起来。虽然薇卡和奥马尔竭尽全力用颤抖的手臂搀扶着她，布里特-玛丽僵硬的身子还是一点一点地软下来，最后差点融化到地板上，她的外套已经被泪水打湿了，她分不清泪水是她自己的还是孩子们的，也不知道他们是什么时候不再搀着她，反而钻进她怀里的。当布里特-玛丽意识到两个小孩即将跌倒时，她使出全身的力气牢牢站稳，因为像她这样的女人都会这么做，她们在为他人做事的过程中汲取力量。

"对不起，对不起，对不起，对不起，对不起。"薇卡喘息着说。

"嘘——"布里特-玛丽小声说，轻轻摇晃着怀里的两个孩子。

"我不该叫您老太婆的。"薇卡抽泣着说。

"我听过比这还难听的。"布里特-玛丽平静地告诉她。

她温柔地扶着孩子们在两把椅子上坐好,给他们裹上毯子,用真正的可可粉冲了热可可,因为肯特的孩子们晚上被噩梦吓醒时就想喝热可可。但可可粉的质量似乎有点儿可疑,因为坐轮椅的女人吹嘘说,它"几乎算是可可,嗯!亚洲的!"——不过,无论如何,两个孩子抖得太厉害了,根本没心思分辨可可的真伪。

奥马尔一直念叨着要把萨米找来,薇卡打了好几遍萨米的手机都没有打通。为了让他们冷静下来,布里特-玛丽说她非常肯定萨米和抢劫无关。两个孩子瞪大眼睛看着她,奥马尔低声说:

"您不明白,要是萨米知道疯子拿枪指着我们,一定会杀了他的。我们必须看住萨米!"

然而萨米始终没接电话,两个孩子越来越担心。布里特-玛丽把他们身上的毯子裹得更紧了,冲了更多的热可可,然后做了她在不知所措时一贯会做的事:找来扫帚、拖把和小苏打,擦玻璃、拖地板。

干完活儿,她站在收银台后面,尽全力不让自己崩溃。坐轮椅的女人吃了头疼片,又喝下一罐啤酒。戴帽子的两个络腮胡端着咖啡杯离开桌子,走到柜台边,默默把杯子搁到布里特-玛丽眼前,然后摘掉帽子,拿出他们的报纸来翻了半天,抽出其中的几张,交给布里特-玛丽。

上面有填字游戏。

27

布里特-玛丽不知道她先听到的是肯特还是斯文的声音。

斯文过来是因为薇卡给他打了电话，肯特过来是因为奥马尔给他打了电话。

警车和宝马同时抵达停车场，两辆车的主人跟跟跄跄地走进披萨店，脸色煞白，垂头丧气地站在门口，看着天花板上掉下来的日光灯碎片，然后看着布里特-玛丽。她看出了他们的恐惧，看出他们因为没有在这里保护她而感到良心不安，看出他们因为错失了扮演援救她的英雄的机会而感到痛惜。他们犹豫迟疑，甚至不知道应该把重心放在哪条腿上，然后他们做了几乎所有男人在这种情况下都会做的事：

争论这到底是谁的错。

"大家都没事吗？"斯文首先问道，肯特很快打断了斯文，伸着胳膊比划了一个大圈，对着圈里的每一个人命令道：

"大家都别慌，等警察过来处理！"

斯文原地旋转了三百六十度，好像一个受到冒犯的时装模特儿。

"您觉得我这身警服是穿着玩的吗?您这个没脑子的雅痞!难道它是狂欢节派对的道具啊?"

"我是指真正的警察,能阻止抢劫的那种!"肯特抢白道。

斯文愤怒地向前跨了两小步,扬起下巴:

"当然,当然,要是您在这里,早就掏出您的钱包来阻止抢劫了!"

两个人的白脸瞬间变成红脸,布里特-玛丽从来没见过斯文这么生气,而且从薇卡、奥马尔、坐轮椅的女人的面部表情判断,他们也都是第一次见。肯特敏锐地意识到自己在现场的领导地位受到威胁,不由得进一步提高了嗓门,想要控制局势。

"你们没事吧,孩子们?"他问奥马尔和薇卡。

"您有什么资格问他们好不好!您都不认识他们!"斯文打断肯特,愤怒地把他指指点点的胳膊推到一边,"你们没事吧,孩子们?"

薇卡和奥马尔迷惑地点点头。坐轮椅的女人想说话,还没等开口,肯特就把斯文推到一边,挥着巴掌说:

"大家都冷静,我来给警察打电话。"

"我就站在这儿呢!"

布里特-玛丽的耳朵仍在轰鸣。她清了清嗓子,说:

"拜托,肯特。拜托,斯文。你们是不是才应该先冷静下来?"

然而两个男人无心听她说话,继续你推我搡、指手画脚,似乎把布里特-玛丽当成了可以随时按遥控器关掉的机器人。

肯特哼哼唧唧地指责斯文"连戴着手套的手都保护不了",

斯文嘟嘟囔囔地回应说，他敢肯定，肯特"如果坐在锁好的宝马车里，一定会表现得很勇敢"。肯特嚷嚷说，斯文不应该胡乱评价他，因为他只是"一个小破村的小破警察"，斯文嚷嚷着回敬道，肯特不应该跑到博格来，"用名片和别的花样狗屎收买人心！"肯特立刻反问："那孩子想成为该死的企业家，难道不是吗？"斯文大声驳斥："企业家不是一种工作！"肯特反唇相讥："什么？所以说，您希望他成为一名警察啰，对不对？嗯？您觉得警察能赚多少钱？"斯文火冒三丈："我们的工资每年都涨百分之二点五，我买的养老基金收益也很好！我报了理财班！"

布里特-玛丽想拉开他们俩，但他们根本不理她。

"我报了班——"肯特鄙视地模仿斯文。

"嘿！拉扯警察的制服——算你袭警！该死！"斯文咆哮，反手揪住肯特的衬衫。

"小心我的衣服！你知道这件衬衫有多贵吗？！"

"原来你是个虚荣的娘炮，怪不得布里特-玛丽离开了你！"

"离开我？！你觉得她会留在这里和你在一起吗？她能看上你这么个不要脸的保安？！"

布里特-玛丽站在两人面前拼命挥动手臂，试图让他们看到她。

"拜托，肯特！拜托，斯文！马上住手！我刚拖了地！"

然而无济于事，肯特和斯文已经用各自的右胳膊挟住了对方的脑袋，大声咒骂、喘着粗气在地板上扭打起来。过了几秒钟，披萨店的店门"轰隆"一声被大力撞开，两个男人像酩酊大醉的狗熊那样滚到门外，撞进一大堆碎石子里面，瞬间搞得灰头土脸。

布里特-玛丽跑过去看他们,他们抬头看着她,两个人这才突然明白过来自己干了什么,立刻沉默下来。

肯特企图先站起来。

"亲爱的,你可以自己瞧瞧,不是吗?这家伙是个彻头彻尾的白痴!"

"是他先惹事的!"斯文立即抗议,摇摇晃晃地跟着肯特站了起来。

这个时候,布里特-玛丽的耐心到了极限,她受够了:先是被抢劫犯用枪指着呼来喝去,现在又需要再拖一遍地板,因为披萨店的地上全都是碎木片。到此为止了。

起先他们似乎并没有听清布里特-玛丽说了什么,虽然她一连说了三遍。后来,她吸足了气,整个肺部都鼓胀了起来,尽可能严肃地说:

"我想请你们离开。"

见两个人依旧无动于衷,她做了一件自二十年前大风把她的花盆吹下阳台之后,一直没有做过的事情——大声吆喝:

"离开这里!你们两个!"

披萨店变得比先前被持枪抢劫犯光顾时还要安静。肯特和斯文瞠目结舌地站在原地,惊得合不拢嘴,嗓子眼儿里发出含糊不清的声音,一个字都说不出来。布里特-玛丽更加用力地用脚后跟碾着地面,指着破碎的店门。

"出去!马上!"

"可是,看在上帝的份儿上,亲爱——"肯特试探着说,然而布里特-玛丽举起缠绷带的手，横空一劈，仿佛使出了什么新发明的武术招式，立刻封住了肯特的嘴。

"你本可以问我的手是怎么受伤的，肯特。你本可以问来着，那样的话，我或许会相信你真的在乎。"

"我以为——噢，别闹啦，亲爱的，我以为你的手是被洗碗机什么的割破了……你明白吧，我没觉得这有什么大不——"

"可是你没问！"

"但是……亲爱的……别生气——"肯特结结巴巴地说。

斯文挺起前胸，顶着肯特的前胸。

"没错！没错！快滚，臭雅痞，布里特-玛丽不希望您在这儿！难道您不明——"他越说越理直气壮。

可布里特-玛丽的手又在斯文面前的空气中一劈，凌厉的掌风逼得他连连后退。

"还有您，斯文！不用您来告诉我我有什么感觉！您不了解我！连我都不了解我自己，因为我平时肯定不会这样做！"

坐轮椅的女人似乎躲在某个角落里憋笑，憋得非常痛苦。看薇卡和奥马尔的表情，他们仿佛在心里暗暗地做笔记，不希望遗漏眼前任何一个细节。布里特-玛丽定了定神，整了整发型，拂掉裙子上的碎木片，用没受伤的手得体地握住缠绷带的手，以极为周到体贴的方式宣布道：

"现在我要打扫这里，祝你们二位下午过得愉快。"

店门上的铃铛在肯特和斯文身后发出悲怆而不负责任的鸣响。他们在外面站了好一会儿，一直吵吵嚷嚷，比如互相指责"看看您干的好事"之类。此后一切都安静下来。

　　布里特-玛丽开始打扫卫生。

　　坐轮椅的女人和孩子们躲进厨房，直到她忙完才敢出来，并且始终都没敢笑。

28

诚然,这件事不是两个警察的错,肯定不是。

他们从镇上来到博格,只是想把自己的工作做好。

而且布里特-玛丽确实有点儿急躁,刚刚被人用枪指过的人恐怕都会这样。

"我们知道您受了惊吓,不过,希望您能回答一下我们的问题。"其中一位警察试图解释。

"你们穿着沾了泥巴的鞋子来踩我刚拖的地板,真是太体贴了。"

"我们已经向您道过歉了,实在对不起,但我们真的需要找现场的所有目击者问话。"另一位警察说。

"我的清单作废了。"

"您说什么?"

"因为你们需要我的证言,所以我的清单作废了。今天早晨我过来的时候,'回答警察的问题'这件事可不在我的待办事项清单上,所以现在我的整份清单都报销了。"

"我们不是故意的。"先前那个警察说。

"啊哈,所以我的证词也就没那么重要了,对吧?"

"我们需要知道,您是不是看清楚了罪犯的样貌。"后来那个警察说。

"告诉你们,我的视力很好,我找我的验光师确认过,他的验光技术高超。你们知道吗,他很有教养,从来不会穿沾了泥巴的鞋子在屋里走来走去。"

两个警察同时叹了口气。作为回应,布里特-玛丽使劲儿地吸进一口气。

"如果您能描述一下罪犯的外貌的话,对我们是很大的帮助。"

"我当然能。"布里特-玛丽怒道。

"那么他是什么样子?"

"他有一把手枪!"

"您想不起来别的了吗?罪犯有什么明显的特点?"

"手枪难道不是明显的特点吗?"布里特-玛丽奇道。

听到这里,两名警察决定回镇上去。

布里特-玛丽又拖了一遍地板,非常用力,以至于最后坐轮椅的女人不得不阻止她。

"小心撅断拖把,布里特-玛丽。看在上帝的份儿上,这拖把很贵!"她笑道。

布里特-玛丽觉得在这种时候不应该摇着轮椅转来转去,也不应该随便对人咧着嘴笑,她自己就不会这样。坐轮椅的女人喝了点啤酒,吃了块披萨,把布里特-玛丽的车钥匙还给她。

"不是说修车需要很长时间吗？"布里特-玛丽脱口问道。

坐轮椅的女人耸耸肩，有点儿不好意思。

"啊，你知道吧，很多天前就修好了，嗯，可是……你知道。"

"不，我根本不知道。"

坐轮椅的女人内疚地摩挲着膝盖。

"很多天前就修好了，可是，如果布里特没有车，就不能开车离开博格了，嗯？"

"所以说，您一直瞒着我？当面对我说谎？"布里特-玛丽伤心地问。

"是的。"坐轮椅的女人承认。

"我能问问您为什么这样做吗？"

坐轮椅的女人耸耸肩。"我喜欢你，你是——怎么说来着？新鲜空气！没有布里特，博格会非常无聊的！"

布里特-玛丽无言以对。坐轮椅的女人又拿来一罐啤酒，看似漫不经心地问道：

"但是，布里特，你知道吗，我得问问你：你喜欢蓝色的车吗？"

"您是什么意思？"布里特-玛丽惊恐地问。

然后她们在停车场上待了很长时间，讨论这个问题。坐轮椅的女人说，她会给布里特-玛丽的车重新喷漆，保证和新换上去的蓝色车门一个颜色，根本不麻烦，而且她郑重承诺，自己的喷漆店已经在有关部门进行了注册。

度过了意想不到的一天之后，布里特-玛丽不得不拿出笔记本，把写有当天待办事项的清单撕下来，重新写了一张。她从来没有这样做过，然而非常时期必须采取非常手段。

布里特-玛丽和薇卡、奥马尔步行穿过博格，因为她今天喝了半罐啤酒，绝对不能开车。要是开了，别人会怎么想？奥马尔一路上异常安静，自从认识他以来，布里特-玛丽第一次发现他竟然能坚持这么长时间不说话。

薇卡给萨米打了无数电话，始终没有打通。布里特-玛丽试图说服她相信萨米可能没有听说发生抢劫的消息，但薇卡表示在博格，任何消息都会不胫而走，所以萨米肯定已经知道了这件事。他之所以没接电话，恐怕是因为忙着寻找疯子，然后杀了他。

在这种情况下，布里特-玛丽不能让孩子们自己待着，于是她去了两个孩子的家，做了晚饭。他们在六点钟准时吃饭，薇卡和奥马尔低着头默默地吃着，忧心忡忡的小孩一般都会这样。布里特-玛丽的手机铃声响起的时候，他们跳了起来，然而打来的是肯特，所以布里特-玛丽没有接听。一分钟后，斯文打了过来，她也没有接听，后来劳动就业办公室的女孩一连打了三次她的手机，布里特-玛丽索性关了机。

薇卡再次呼叫萨米，无人接听，于是她开始刷碗，而布里特-玛丽并没有吩咐她刷碗。看来情况真的很严重。

"我敢肯定，情况没有那么严重。"布里特-玛丽说。

"你他妈的知道什么！"薇卡说。

奥马尔在桌子那边嘟囔道：

"萨米从来不会在晚饭时迟到，他是晚饭纳粹党。"

然后他端起盘子放进了洗碗机。非常自觉。这个时候，布里特-玛丽意识到应该做点不同往常的事情,于是她连续深呼吸了六次,然后拥抱了孩子们,非常用力。两个孩子哭起来的时候,她也哭了。

门铃声终于响起,三个人跌跌撞撞地几乎同时来到门口,但没有一个人想到,如果是萨米回来了,他会自己掏出钥匙开门,所以敞开门之后,他们才惊讶地发现银行的白狗坐在门外。奥马尔很失望,薇卡很生气,布里特-玛丽很紧张。因为这三种情绪分别是三个人最习以为常的感受。

"爪子脏不能进屋。"布里特-玛丽对白狗说。

白狗打量了一下自己的爪子,自信瞬间崩溃,露出不知所措的表情。

银行站在白狗旁边,麦克斯、本、恐龙和蛤蟆站在银行旁边。

银行举起棍子,轻轻地捅了捅布里特-玛丽的肚子。

"嗨,你好啊,兰博!"

"您怎么能这样!"布里特-玛丽本能地抗议道。

"您吓跑了抢劫犯,"蛤蟆解释道,"像《第一滴血》里面的兰博,这说明您是个冷血无情的混蛋!"

布里特-玛丽耐心地把缠绷带的手放到另一只手里,转眼看着本。他带着鼓励地笑了笑,点头对她说道:

"啊,他的意思是,您很棒。"

布里特-玛丽消化着这些信息,目光扫回银行身上。

"哈。谢谢你们这样说。"

245

"别客气。"银行不耐烦地嘟囔道,指指自己的手腕,仿佛那儿套了一块手表,"训练怎么办?"

"什么训练?"布里特-玛丽问。

"那个训练!"麦克斯回答,他穿着国民冰球队的队服,尿急一般跳上跳下。

布里特-玛丽不自在地踮起脚跟,又踮起脚尖。

"现在这种情况下,我猜训练应该取消了吧。"

"什么情况?"

"刚刚发生了抢劫,亲爱的。"

麦克斯好像在拼命动脑筋,试图想出训练和抢劫这两件事之间到底有什么联系。然后他得出了唯一符合逻辑的结论:"抢劫犯把球弄坏了吗?"

"你说什么?"

"要是没把球弄坏,我们可以继续踢球啊,对不对?"

一群人陷入了沉思,想了半天也没能提出反驳意见,麦克斯总结得太对了。

所以他们去训练了,在公寓楼外的空地上,垃圾房和自行车支架之间,用三只手套和一只白狗当球门柱。

麦克斯在薇卡准备射门时截走了球,薇卡挥拳揍他,被他躲开了,她吼道:"别碰我,有钱的小孩!"两个人拖着脚各自走开,奥马尔却像见了鬼似的躲着球。

蛤蟆第三次把球踢到球门柱之一的鼻尖上(球门柱当即表示它不干了)时,萨米的大黑车从路上开过来。奥马尔扑进萨米的怀里,薇卡却决绝地背过身，大步朝公寓楼走去，一个字都没说。

萨米走过来的时候，刚刚被球砸过的那只球门柱正在吃银行衣袋里的糖果，享受主人给它挠耳根的服务。

"嗨，银行。"萨米说。

"你找到他了吗？"银行问。

"没有。"萨米回答。

"算疯子走运！"蛤蟆激动地嚷道，挥舞着拇指和食指，比出手枪的形状。布里特-玛丽瞪了他一眼，仿佛他刚刚拒绝使用杯垫。蛤蟆急忙缩回手去。

银行拿拐棍捅了捅萨米的肚子。

"疯子真走运，不过，主要是你走运，萨米。"

银行、麦克斯、恐龙、蛤蟆和本排成一队往家走。拐过街角之前，本突然站住，朝布里特-玛丽喊道：

"您明天会去的，对不对？"

"去干什么？"布里特-玛丽好奇地问，整队人马上像看脑瘫儿一样看着她。

"去看杯赛！明天是杯赛！"麦克斯咆哮道。

布里特-玛丽低头整理裙子，所以大家看不见她闭上了眼睛，吸着腮帮子。

"哈。哈。我当然会去。当然。"

她没说明天是她在博格的最后一天，别的人也没有提起这件事。

她坐在厨房里，一直等到萨米走出薇卡和奥马尔的卧室。

"他们睡了。"萨米挤出一个笑容。

布里特-玛丽站起来,定了定神,冷静地告诉他:

"我不想多管闲事,因为我肯定不是那种人。但是,为了薇卡和奥马尔,如果你真的打算今晚去找那个什么疯子算账的话,我有必要提醒你,这不是一个绅士应该做的事。"

萨米抬起眉毛。布里特-玛丽攥紧了手提包。

"我不是绅士。"他微笑道。

"没错,但是你可以成为绅士!"

他笑出声来,但布里特-玛丽没笑,所以萨米也不笑了。

"啊,放心吧,我不会杀他的。他是我最好的朋友,只不过脑子有病,您明白吗?他欠了别人钱,这帮人很不好惹,所以他急眼了。他没想到薇卡和奥马尔会过去。"

"好吧。"布里特-玛丽说。

"当然,我不是说您不重要!"萨米连忙补充道。

"抱歉,我需要抽支烟。"萨米叹息道,这时布里特-玛丽才发现他的手在抖。

她跟着他去了阳台,有点儿故意地咳嗽起来,萨米挥开她周围的烟雾,歉疚地说:

"对不起,您介意吗?"

"我想问问你能不能给我也来一根。"布里特-玛丽说,眼睛都没眨。

萨米又笑起来。

"我以为您不吸烟。"

"没错。"她审慎地说,"可是我今天过得很糟糕。"

"好吧,好吧。"他得意地笑道,给她一支烟,为她点燃。

她很轻很浅地吸了几下,闭上眼睛。

"我希望你知道,你肯定不是唯一的人,想要过放纵不羁、不负责任的生活。我年轻时就经常吸烟。"

他大声笑起来。她觉得他更像是在嘲笑她,而不是附和着她笑,于是进一步解释道:

"我年轻的时候,有一段时间做过服务员!"

为了强调自己并非瞎编,她用力地点着头。萨米看起来有些被触动,示意她坐在一只倒扣过来的饮料箱上。

"您想来点威士忌吗,布里特-玛丽?"

布里特-玛丽的常识今天显然不愿意出门,把自己反锁在了房间里,因为她突然听到自己说:

"好的,当然。你知道吗,萨米,我非常想来一点!"

于是,他们一起喝着威士忌,抽着烟。布里特-玛丽想吐几个烟圈,因为她记得自己当服务员的时候就很想这样做了,她的厨师同事们知道怎么吐烟圈,吐得十分轻松悠闲。

"我爸自己没想跑路,是我们把他撵走的。我和马格努斯。"萨米没来由地冒出一句。

"马格努斯是谁?"

"他更喜欢人家叫他'疯子',因为听起来比'马格努斯'吓人。"萨米笑道。

"哈。"布里特-玛丽说,其实她的意思更像是"哈?"而不是"哈。"

"我爸一喝酒就打我妈,一开始没人知道,可有一次马格努斯来接我练球,当时我们还小,他从没见过这种事。他来自正常家庭,他爸爸在保险公司工作,开欧宝……总之就是那一类的车,可他……我真不知道他是怎么变异的,反正他看到我站在我妈和我爸中间,像往常一样躲闪着我爸的拳头,然后马格努斯突然跳过来,用不知从哪里变出来的刀子抵着我爸的喉咙。那个时候我才明白,不是每个小孩都过着和我们一样的日子,不是每个小孩回家的时候都会感到害怕。奥马尔哭了。薇卡也哭了。所以,您知道……就像我们同时都受够了似的。您明白我的意思吗?"

布里特-玛丽咳嗽起来,鼻孔里喷出烟雾。萨米拍拍她的脊背,给她拿来了水,然后靠在阳台栏杆上,看着楼下的地面,似乎在测量阳台到地面的距离。

"马格努斯帮我把我爸赶走了,这样的朋友并不好找。"

"你妈妈呢,萨米?"

"她只是离开一阵子,很快就会回来。"萨米说。

布里特-玛丽定了定神,用手中的香烟威胁般地指着萨米。

"我也许有很多缺点,萨米,但我可不是白痴。"

萨米喝光了杯子里的威士忌,挠挠头皮。

"她死了。"他终于承认了。

布里特-玛丽说不上来自己究竟花了多长时间才弄明白整件事的来龙去脉。夜幕降临博格的时候,她觉得可能要下雪了。萨米、薇卡和奥马尔的父亲离开后,他们在卡车公司当司机的母亲加大了工作量，年复一年辛苦地养活一家人。后来卡车公司开除了所有司机，她开始给外国公司打零工，每一次的工作机会她都很珍惜，也很努力。一天傍晚，她开车送货时遇到了交通堵塞，然而交货时间很快就要到了，为了准时抵达，保住眼看就要飞走的奖金，她决定在恶劣的天气中连夜开着破旧的卡车赶往目的地。天亮的时候，迎面过来一辆轿车，司机边开车边伸胳膊去够他的手机，结果方向盘一歪，车子偏到了路的另一侧。为了躲开轿车，萨米的母亲连忙急转弯，因为下雨，卡车的轮胎打滑，整辆车都翻了过来，到处都是血和碎玻璃，然而两千英里之外，还有三个孩子坐在家里，眼巴巴地等待着前门会传来一声钥匙响。

"她是世上最牛逼的好妈妈。她是个战士。"萨米低声说。

本想起身把杯子倒满的布里特-玛丽静静地坐了一会儿，嗫嚅道：

"我非常……非常难过，萨米。"

除了这样说，布里特-玛丽不知道自己还能怎么做。

萨米理解地轻轻拍着她的胳膊，好像他才是那个安慰别人的人。

"别看薇卡平时脾气大，她其实很害怕。奥马尔看起来似乎胆子很小，其实一直在生气的人是他。"

"你呢？"

"我没时间多愁善感，我必须照顾他们。"

"但是……为什么……我是说……政府不管？"布里特-玛丽整理着思路。

萨米又给她点燃一支烟，然后给自己也点了一支。

251

"我们没告诉任何人我爸跑路的事。他肯定去了国外,但他登记的还是我们家的地址,而且我们有他的旧驾照,所以奥马尔在加油站买通了一个卡车司机,让他假装我爸去了警察局,签了一些文件,我们拿到了几千克朗我妈的保险赔偿金。后来也没有人过问这件事。"

"可你们不能就……仁慈的上帝,萨米,你们可不是长袜子皮皮,对不对!小孩不能没有大人照顾——"

"我会。我会照顾他们。"萨米打断她说。

"照顾……到什么时候?"

"能多久就多久,我知道迟早会被人发现,我又不傻。但我只需要一点点时间,布里特-玛丽,就一点点。我有计划。我只需要证明我能为他们提供经济支持,您明白吗?否则他们就会领走薇卡和奥马尔,让他们住到别的熊孩子家去。我不能让他们那么做,我不是那种甩手不管的人。"

"他们也许会让你照顾孩子们,如果你实话实说,他们也许——"

"您看看我,布里特-玛丽。犯罪记录,无业游民,和疯子那样的人做朋友。换作是您,您会让我照顾两个孩子吗?"

"我要给他们看看你的餐具抽屉!我们可以对他们解释,你有成为绅士的潜力!"

"谢谢。"他把手放在她的肩膀上。

她靠在他身上。

"这些事斯文都知道?"

萨米摸着她的头发安抚她。

"处理车祸的警察当时打来了电话,接电话的人是斯文,告诉我们消息的人也是他,哭得和我们一样惨。有个开卡车的妈就像家长在军队服役一样,如果穿制服的人来到你家门口,你不用问就知道发生了什么。"

"那……斯文……"

"他什么都知道。"

布里特-玛丽盯着萨米的衬衣,用力眨眨眼睛,感觉有些怪异。成年女性大半夜的待在年轻男性的阳台上,别人要是知道了会怎么想?

"我以为只有相信规则和制度的人才会当警察。"

"我觉得斯文当警察的原因是他相信正义。"

布里特-玛丽直起身子,擦了擦脸。

"我们需要再来点威士忌。另外,如果不那么麻烦,我还需要一瓶擦窗户用的清洁剂。"

她又慎重考虑了好一会儿,补充道:

"在目前的情况下,我就不讲究清洁剂的品牌了,可靠的老牌子都可以。"

29

　　布里特-玛丽头痛欲裂地醒来,发现自己躺在银行家二楼的床上,她自己的房间里。某个邻居在钻墙,她起身的时候,觉得整座房子都在摇晃。布里特-玛丽冒着汗,浑身酸疼,嘴巴又苦又干。不过,她显然是个拥有一定生活经验的女人,所以立刻明白了自己的情况:昨晚她在萨米家喝酒,喝进去的酒精已经超过了她四十年来酒精摄入量的总和,因此只能用下面这个理由解释她目前的症状——

　　"我得了流感!"下楼来到厨房,她用一种"您懂的,不用我多解释"的语气对银行说。

　　银行在煎培根和鸡蛋,看到布里特-玛丽过来。白狗嗅嗅空气,移动到离她更远一点的地方。

　　"你身上有酒味。"银行说,懒得掩饰揶揄的表情。

　　"没错,我今天起床的时候也是这么觉得的。"布里特-玛丽说,点了一下头。

　　"你不是得了流感嘛。"银行说。

　　布里特-玛丽友好地点点头。

"我刚才就是这么说的啊,亲爱的!喝酒之后,免疫系统会停摆,您一定明白吧,所以流感乘虚而入。"

"流感,嗯,没错。"银行喃喃自语,把煎蛋端给布里特-玛丽。

布里特-玛丽闭上眼睛,抑制着恶心的感觉,把煎蛋给了狗。银行在她面前搁了一杯冷水。布里特-玛丽喝了一口。流感让人脱水。这些她都读到过。

"我和肯特的孩子们经常生病,不是这里不舒服就是那里不舒服——但我自己从来不生病。'布里特-玛丽,您和坚果仁一样强壮!'我的医生总是这么说,真的!"

然而银行和狗都没有回应。布里特-玛丽用力呼吸,徒劳地眨着眼睛,似乎只是说话就耗尽了所有的氧气:

"我是说肯特的孩子们。"

她默默地喝着水,狗和银行吃着煎蛋。早餐结束后,他们一起去找足球队会合,因为布里特-玛丽不是那种得了流感就旷工的女人。白狗嫌弃地从屋外的花坛上一跃而过,好像有人昨晚往里面呕吐过一样。

他们来到披萨店,坐轮椅的女人坐在破碎的店门里面喝咖啡。布里特-玛丽走近时,她扮了个鬼脸,布里特-玛丽的脸色更难看了。

"这儿有股难闻的味道,您是不是一直在抽烟?"她问,语气简直是在控诉。

坐轮椅的女人皱皱鼻子。

"那你呢,布里特?你——怎么说来着?你是不是身上着了

255

火,后来用威士忌扑灭的?"

"我必须告诉您,我得了流感。"布里特-玛丽哼道。

银行拿棍子戳戳坐轮椅的女人的轮椅。

"别废话了,给她点血腥玛丽。"

"那是什么?"布里特-玛丽尽量友善地问道。

"帮助治疗……流感的。"银行嘟囔道。

坐轮椅的女人进了厨房,拿着一杯貌似番茄汁的液体出来。布里特-玛丽怀疑地呷了一口,然后全吐在狗身上,狗很不高兴。

"像辣椒水!"布里特-玛丽嘶叫道。

狗跑到砾石地面上坐着,特意选了上风口的位置。银行伸直胳膊,举着棍子,确保自己远离布里特-玛丽的呕吐范围。坐轮椅的女人皱起眉头,拿出一块布,擦干净她俩之间的桌子,边擦边嘟囔:

"不知道你得了什么流感,布里特,不过请你帮帮忙,嗯,怎么说来着?你呼气的时候,千万别划火柴,除非你已经刷过牙,好吗?披萨店没买火灾险,你知道吧。"

布里特-玛丽当然不知道这都是什么意思,但她还是礼貌地向女人道了歉,说她还要去娱乐中心处理点事,不能整个上午都留在这里大惊小怪。然后她走到停车场对面,进了娱乐中心的厕所,锁上门,全程从容不迫。

她出来的时候,斯文正蹲在披萨店门口,给店门重新安装铰链。看到布里特-玛丽,他差点坐到地上,连忙摘下警帽,扶着脚边的工具箱,赔笑道:

"我只是想,嗯,我可以把门修好,我想……"

"哈。"布里特-玛丽看着他周围的一地碎木片说。

"是的，我是说，我会打扫干净的，我……我……对不起！"

斯文似乎不只是在为碎木片道歉。他让开路，布里特-玛丽快步走过去，屏住呼吸，虽然她已经刷过了牙。

"我、我是说，昨天的事，我很抱歉。"他可怜兮兮地对着她的后背说。

她停住脚，没有转身。他清清嗓子。

"我是说，我不是故意让您……那样想的，我绝对不愿意让您……那样想。"

她闭上眼睛，点点头，等待自己的常识出动，让希望斯文碰碰她的那部分想法闭嘴。

"我去拿吸尘器。"常识完成任务之后，她才小声说。走开的时候，她知道他在看着她，脚步不由自主变得十分笨拙，似乎忘记了应该怎么走路，左右脚狂性大发地彼此互踩，而她想对他说的话则像是刚住进一家装潢新颖的旅馆的顾客，在漆黑的房间中摸索墙上的电灯开关，结果打开的总是那些她不想打开的灯。

坐轮椅的女人跟在她身后进了厨房，布里特-玛丽从扫帚柜里拿出披萨店的吸尘器。

"拿着，有人送给你的。"女人对她说。

布里特-玛丽盯着女人塞给她的花束。郁金香。紫色的。她喜欢紫色郁金香，因为这种花沉稳低调不张扬。她轻轻握着花束，尽量控制自己不要颤抖。"我爱你。"卡片上写着。肯特送的。

需要好几年才能了解一个人，有时甚至需要一辈子，这就是家庭存在的意义。

在旅馆里,你只是个游客,旅馆不知道你最喜欢的花是什么。

她让郁金香的味道填满自己的肺,恍惚觉得回到了自己家的厨房,站在她自己的碗碟架和扫帚柜前面。她知道厨房里的每一样东西放在哪里,因为都是她自己收好的。浴室地板上堆着白衬衣、黑鞋和脏毛巾,全是肯特的东西。没有一样不是他的。这样的场景别的地方可没有。总有一天,当你醒来的时候,会发现自己已经太老,过了住旅馆的年纪。

走出厨房,她没有和斯文对视。幸好吸尘器的噪音转移了大家的注意力,她不必被迫说出那些不该说的话。

薇卡、奥马尔、本和恐龙来了,非常准时。为了防止自己闲下来,布里特-玛丽连忙把给孩子们洗好的球衣拿出来,协助他们穿上。薇卡怀疑地打量着她,问她是不是没醒酒,因为她看上去一脸宿醉。布里特-玛丽十分肯定地表示当然不是这样,她只是得了流感。

"啊,是那种流感啊,萨米今天早晨也得了同样的病。"奥马尔笑道。

经过斯文的修理,店门再次发出友好的叮叮当当声,那两个戴帽子的络腮胡走进来,显然是来喝咖啡看报纸的,但其中一位问孩子们第一场比赛什么时候开始。听到奥马尔的回答后,两个人看了看手表,仿佛闲了许多年之后终于有事干了。

第二阵叮叮当当声响起,那两个扶助行器的老太太蹒跚着走进来。

其中一位眼珠一瞬不瞬地盯着布里特-玛丽,还拿手指着她。

"泥撕肖货汁闷滴胶年?"

布里特-玛丽不知道老太太是在说话还是瞎嚷嚷,薇卡靠过来对她耳语道:

"她问您是不是我们的教练。"

布里特-玛丽点点头,目光没有从老太太的指尖上移开,仿佛那是下一秒就会开火的枪管。见她点头,指着她的老太太从助行器底部的小架子上拖出一个袋子,按到布里特-玛丽怀里。

"搁肖货汁滴碎锅!"

"她说,这是给队里小伙子们的水果。"薇卡及时翻译道。

"哈。我必须告诉您,队里还有一个女孩呢。"布里特-玛丽告诉老太太。

老太太怒视着她,又怒视着薇卡和她身上穿的球衣。另一个老太太推着助行器挪上前来,对着第一个老太太咕哝了几句,然而第一个老太太依旧指着薇卡,怒视着布里特-玛丽。

"跺搁特意蟹!"

"她们说,应该多给我一些水果。"薇卡高兴地说,拿过布里特-玛丽抱着的水果袋,往里面窥探。

"哈。"布里特-玛丽说,然后开始全方位、多角度地以各种她能想到的方式仔细整理起她的裙子。

当她再次抬头时,两个老太太已经移动到离她很近很近的地方。她们和布里特-玛丽之间的缝隙几乎连一张A4纸都塞不进。

"泥闷哲蟹年青银腰呆哲孩纸闷到针桑区,膏俗呐蟹荤蛋,博格妹油撕!膏俗呐蟹荤蛋,厅间妹油?"

259

"她说,您和银行要带我们到镇上去,告诉那些混蛋,博格没有死。"薇卡嚼着满嘴的苹果说。

站在布里特-玛丽另一边的银行咧嘴笑道:

"她叫你'年轻人'呢,布里特-玛丽。"

年轻时都不曾被人称呼过"年轻人"的布里特-玛丽不知道该说什么好,只得拍拍其中一个老太太的助行器,有点儿不好意思地说:

"哈,那就谢谢你们啦,非常感谢。"

两个老太太兀自嘀咕着什么,扶着助行器挪出店门。坐轮椅的女人拿来布里特-玛丽那辆有一扇蓝色门的白车的钥匙。薇卡嚼着苹果告诉布里特-玛丽,他们要顺路捎着麦克斯。

"哈,你们不是不喜欢他吗?"布里特-玛丽惊奇地问。

"您现在也变得这么啰嗦了吗?!"薇卡立刻咆哮道,嘴里的苹果像机枪扫射一样喷了出来。

奥马尔嘲讽地哈哈大笑,薇卡追过去打他,一边喷着苹果肉,一边往他背上丢芒果,把奥马尔撵到了停车场。

布里特-玛丽闭上眼睛,用力挤压眼皮,挨到头疼的感觉消失。然后她紧张地用颤抖的手接过车钥匙,轻咳几声,把钥匙递给斯文,没敢看他的眼睛。

"我不能开车,我得了……流感。"

斯文摘掉帽子,一行人钻进车里。他没说自己很愿意送大家过去,因为怕布里特-玛丽担心别人会怎么想:警察开车送她和球队到镇上去,而且还开着辆有扇门是蓝色的白车。

他也没说车辆可能超载：乘客中除了为数众多的人类，还有一只白狗，无论从交通规则和卫生的角度看，似乎都不太合适，而且白狗和蛤蟆必须坐在行李厢，因为座位上挤不下了。磨蹭了半天，斯文才胆怯地指出车子需要加油，问布里特-玛丽是否愿意让他代劳，她表示这种小事她完全可以自己做，毕竟车是她的，无论是不是有蓝色的车门。

布里特-玛丽两手交叉，在几支油枪前面站了足有十分钟。这时车后门开了，薇卡从大家的胳膊、腿、球鞋和狗头之间钻了出来，走到布里特-玛丽旁边，故意用身体挡住斯文的视线。

"中间那个。"她压低声音对布里特-玛丽说，手并没有去碰中间的油枪。

布里特-玛丽慌张地看着她。

"我下车后才想起来，你必须理解，我不知道你怎……"

她有些破音，薇卡尽量挺直脊背，继续挡住斯文的视线，确保他不会透过车窗看到任何东西。她碰了碰布里特-玛丽的手。

"没关系，教练……"

布里特-玛丽无力地微笑着，轻轻摘掉薇卡球衣肩膀上的一根头发。

"一直是肯特给车加油，他总是……基本都是他来做的。"

薇卡指着中间位置的油枪，布里特-玛丽小心翼翼地抓住它，仿佛它是活的一般。薇卡靠过来，打开汽车的油箱盖。

"谁教给你这些的？"布里特-玛丽问。

"我妈。"薇卡说。

然后她咧嘴笑了笑，比以往任何时候都更像是萨米的妹妹。

"不用一生下来就支持利物浦队，教练，可以长大以后再学着支持。"

今天是举行足球杯赛的日子，告别的日子，也是布里特-玛丽亲自给自己的车加油的日子。只要你提出要求，她还能攀上高山，越过海洋。

30

布里特-玛丽不知道太阳是什么时候冲破一月天空永恒的灰色阴霾升上地平线的,但它好像已经开始憧憬下一个季节的到来。他们开车经过蛤蟆家,他家的房子外面有个温室,一位孕妇在里面走来走去。他们经过一座座花园,许多花园里似乎都有人。已经见惯了博格荒凉景象的布里特-玛丽觉得很奇怪,花园里的人还挺年轻,有些带着孩子,有些还朝他们的汽车招手。一个戴帽子的男人拿着一块木牌。

"他准备竖起房屋出售的牌子吗?"布里特-玛丽问。

斯文放慢车速,朝男人挥挥手。

"他准备把牌子拿走。"

"为什么?"

"情况有变化,他们要去看杯赛。他们不想走了,想看看接下来事情会怎么发展。博格的人很长时间都没有这么积极了。"

他们开着有一扇蓝色车门的白车穿过博格,经过一块提醒司机即将驶出博格边界的路牌时,布里特-玛丽才发现有好几辆车跟在他们后面。历史终将铭记这前所未有的一天:博格竟然出现了交通堵塞。

麦克斯住在靠近博格边界的一座大房子里，那儿还有许多大房子，形成了一个独立的街区，窗户统统大得离谱，房屋的设计者仿佛觉得让外面的人透过窗户往里看，比让里面的人往外看更重要。斯文对布里特-玛丽解释说，这里的住户找地方议会闹了很多年，要求把他们这儿划归镇上的管辖范围，脱离博格。说话间，街区那头一座房子的车库门敞开了，一辆宝马突然从里面倒出来，宝马的主人好像根本不在乎路上有没有车。斯文慌忙踩下刹车。弗雷德里克坐在宝马车里，戴着墨镜，不情愿地让汽车拐了个弯。斯文朝他挥挥手，他却视若无睹，催动宝马呼啸而过，紧擦着布里特-玛丽的车身。

"该死的刺儿屁股。"薇卡嘟囔道，从后座钻了出去。

布里特-玛丽跟着她下了车，没等她们按响门铃，麦克斯就出来了，似乎有什么心事，看上去颇为紧张地关上了门。他还穿着那件胸口印着"冰球"的运动衫，不过胳膊底下夹着一只足球。

"没有必要带球，薇卡已经在车上放了一个。"布里特-玛丽告诉他。

麦克斯困惑地眨眨眼。

"一个球就够了，不是吗？"布里特-玛丽继续说。

"够了？"麦克斯反问道，仿佛她的想法很可笑。

"好啦，我需要用一下你家的厕所。"薇卡呻吟道，不耐烦地朝麦克斯家门前走去。麦克斯抓住她的肩膀，她立刻把他的手拍到一边。

"不行!"麦克斯焦虑地说,"对不起!"

薇卡奇怪地看着他。

"你担心我会参观你家的大房子吗?你觉得我在乎你们是不是富翁?"

麦克斯想把她从门口推开,但薇卡的动作太快了,她从他胳膊底下钻过去,进了房子。他赶紧跟着她,接下来他们两个都像脚上生了根似的站在门里,薇卡嘴巴大张,麦克斯双眼紧闭。

"我……搞什么鬼……你们的家具呢?"

"我们只能把家具卖了。"过了一会儿,麦克斯喃喃地说,关上前门,没有看房间里面。

薇卡凝视着他。

"你们没钱了吗?"

"博格的人都没钱了。"麦克斯敞开家门,朝汽车走去。

"那为什么你爸不把该死的宝马卖了?"薇卡在他身后叫道。

"因为如果那样的话,每个人都会知道他放弃了。"麦克斯说。

"可是……搞什么……"薇卡跟着他钻进车里,刚想说点什么,奥马尔猛推了她一把。

"行啦,姐姐,你以为你是谁?警察吗?别问了。"

"我只想知——"薇卡抗议道,但奥马尔又推了她一把。

"别问了!虽然他说着和他们一样的话,但踢球的时候和我们一样!你懂我的意思吗?别问他了。"

麦克斯一路上什么也没说。他们在镇上的体育馆门口下了车,麦克斯胳膊夹着足球钻出去,把球往沥青地面上一丢,对准墙壁狠狠地踢了一脚。布里特-玛丽第一次见到有人这么用力地踢球。她打开行李厢,让白狗和蛤蟆下车。银行跟着白狗和蛤蟆走进体育馆,接下来进去的是恐龙、奥马尔和薇卡,最后是斯文。布里特-玛丽清点了好几遍人数,想看看谁还没进去,接下来就听到本可怜兮兮的声音从后座的某个角落里传出来。

"对不起,布里特-玛丽,我不是故意的。"

她一时看不到他在哪里,只听本的声音说:

"我从来没参加过杯赛,我很……紧张,在加油站的时候我没打算告诉你们。"

布里特-玛丽依然不太明白他的意思,于是把脑袋伸进车里,看到了本裤子上和他坐的地方暗色痕迹。

"对不起。"他紧紧闭上眼睛。

"噢……我……抱歉,别担心!可以用小苏打清理干净!"布里特-玛丽迅速地说,去后备厢找了几件衣服。

自从来到博格,她觉得自己变成了习惯在参加球赛时带上备用衣服的那种人。

她找出竹帘子按在车窗上,让本在车厢里换衣服,然后在座位上撒了小苏打,把本换下来的裤子带进体育馆,在更衣室的水池中洗净。

本站在她旁边,尴尬地绷着脸,但他的眼睛闪着光。布里特-玛丽洗好后,他突然说:

"我妈也来了,她今天放假!"

听他的语气,好像他们所在的建筑物是巧克力做的一样。

其他孩子在外面的走廊里踢着带来的两个球，布里特-玛丽必须极力自控才能忍住不冲出去，严厉地对他们进行一番"室内不宜踢球"的说教，她甚至觉得室内运动场也不适合踢球，但并不希望被大家看成对这个问题怀有执念的人，所以保持了沉默。

体育馆里有一座很高的看台和一道同样高的楼梯，楼梯底部是一块有着彩色线条的长方形场地，布里特-玛丽猜想那就是足球比赛即将举行的地方，在室内举行。

银行让孩子们在楼梯顶部围成一圈，告诉他们一些布里特-玛丽不明白的事情，但她觉得那可能是另外一种鼓励的话。

银行讲完后，朝布里特-玛丽这边挥挥手杖，然后说：

"比赛之前，你有什么想说的吗，布里特-玛丽？"

布里特-玛丽没料到这种可能性，所以不曾准备，她的清单上也没有"讲话"这一项。她只好攥紧手提包，斟酌了一会儿，开口道：

"我认为，我们应该给大家留下良好的第一印象。"

她不知道自己为什么要这样说，"留下良好的第一印象"只是布里特-玛丽的人生信条之一。孩子们看着她，不约而同地挑起了眉毛。薇卡一直在啃袋子里的水果，百忙之中，她冲着看台上的观众揶揄地扬扬下巴。

"给谁留下良好印象？那帮人吗？他们恨我们，难道您不明白？"

布里特-玛丽不得不承认，看台上的大部分观众里面，很多都穿戴着印有他们自己镇名的运动衫和围巾，好像对待刚刚在地铁上打了喷嚏的陌生人那样嫌恶地打量着来自博格的他们。

镇议会的那个死老头和足协的那个女人站在楼梯中段，没错，就是几天前去博格看他们训练的那两个人。足协的女人看上去忧心忡忡,死老头腋下夹着一大叠文件,他们旁边站着个非常严肃的男人,身上的球衣印着"裁判"二字,裁判身边还有个人,留长发,穿运动衫,运动衫左胸印着镇上球队的名字,右胸印着"教练"。他指着博格队的球员,咕哝着"这是正规的比赛,不是幼儿园的游戏"之类的话。

布里特-玛丽不明白他的意思。这时蛤蟆从衣袋里掏出一罐汽水,她立刻意识到这肯定不是给人留下好印象的举止,于是警告蛤蟆不要打开汽水罐。蛤蟆说他的血糖有点儿低,没等布里特-玛丽回应,薇卡就愤怒地推了一下他的肩膀,低声威胁道:

"你是聋子吗?不准打开!"

然而她这一下推得有点儿猛,蛤蟆没站住,向后倒在地上,朝楼梯下面滚去,每磕在一级台阶上都要尖叫一声,最终撞上足协的女人、镇议会的死老头、裁判和教练几个人的腿上才停止了翻滚。

"不准打开!"薇卡咆哮道。

经历了这一切之后,委屈的蛤蟆决定打开汽水罐。

无论从哪方面看,这样做都不可能给人留下什么好印象,肯定的。

布里特-玛丽和银行下到止住翻滚的蛤蟆所在的那一段楼梯,镇队的教练正在更加愤慨地大喊大叫,比刚才还要理直气壮。死老头和足协的女人拿的文件被突如其来的柠檬汽水雨浇了个透。教练的长头发、脸和衣服上沾了很多饮料,今天这罐汽水显然以某种神奇的方式打破了物理学定律。教练指着银行和布里特-玛丽,由于愤怒到了一定的程度,他伸出两只手,十根指头同时对准她们,以至于很难看出他是在指责别人,还是举着两个巴掌比划一只獾大概有多长。

"您是这支所谓的'球队'的教练?"

说到"球队"和"教练"两个词的时候,他在半空中比划出引号的手势。银行不小心拿棍子戳了他一下,接着又不小心连戳了五下。足协的女人面有忧色,死老头接受了上次的教训,拿着文件躲到女人背后,一手捂着嘴巴。

"我们俩都是教练。"银行纠正道。

镇队教练看上去既想笑又很生气。

"老太婆和盲人,真的吗?不开玩笑?嗯?"

裁判严肃地摇着头,足协的女人更加担忧地看着银行。

"你们队的一名球员,就是这个帕特里克·伊瓦尔斯……"

"我怎么啦?"躺在地板上的蛤蟆紧张地问。

"他怎么了?"银行咆哮道。

"是啊,帕特里克怎么了?"第三个人问。

蛤蟆的父亲不知何时站到了布里特-玛丽身后,他的头发梳得很整齐,明显精心打扮了一番,夹克翻领上还别着一枝红色的郁金香。肯特穿着皱巴巴的衬衣站在他旁边,朝布里特-玛丽微微一笑,她立刻想要拉住他的手。

"帕特里克比其他人小两岁,不符合比赛年龄规定,除非得到豁免。"

"那就豁免他啊!"银行哼道。

"规定就是规定!"

"真的?认真的吗!你给我过来,小兔崽……"银行吼道,愤怒地抡起棍子猛抽镇队教练。为了躲避殴打并且把她向下拉到他站的梯级上,对方试图抓住她的棍子,争夺的过程中,两人都没站稳,就在他们即将一起摔下楼梯的时候,一只大手手铐般钳住镇队教练的胳膊,阻止了惨剧的发生。

镇队教练转了两圈,向后靠在楼梯上,瞪大眼睛看着肯特。肯特继续钳制着他的胳膊,用他特有的直白方式(告诉别人他要和德国人做生意的时候,肯特也会这样说话)告诉镇队教练:

"您要是敢把盲人推下楼梯,我会上法庭起诉您,告到您全家老小外加未来八代全部脱了裤子还债。"

镇队教练瞪着他,银行重新站稳,再次不小心拿棍子在教练肚子上戳了两三下,足协的女人不肯善罢甘休,拿出一张纸递给银行。

"这儿还有一张抗议书,是你们的对手写的,投诉你们队的'微加',从她的社保号码看……"

"我的名字是'薇卡'!"薇卡站在楼梯顶端吼道。

女人不自然地挠挠耳垂,挤出一个笑,脸上好像打过了局部麻醉针。接着她转向布里特-玛丽,因为目前看来她似乎是这群乌合之众里面唯一讲理的那个。

"只有得到豁免才能让这两个孩子参赛。"

"所以说,你们打算禁止帕特里克和薇卡参赛,就因为镇足球队太尿,不敢和一个小女孩还有比他们小两岁的男孩比赛!!"肯特说。

"你们还真是屎啊!"银行叫道,棍子又不小心戳到了镇队教练的运动衫,还戳了拿文件的死老头一下。

"我们不是该死的屎——"镇队教练嘟囔道。

就这样,薇卡和帕特里克得到豁免,可以参加比赛了。帕特里克他爸揽着儿子的肩膀,两人一起走下楼梯,来到赛场,看上去像长出了翅膀一样开心。

其他孩子也跑到场地上,开始围着球门热身。除了没踢进过一个球,热身进行得还不错。

布里特-玛丽和肯特留在楼梯上,就他们两个。她捡掉他肩膀上的一根头发,抚平他衣袖上的一道褶皱,动作十分轻柔,好像根本没有碰到他一样。

"你怎么知道要那么说的?说他们……屎?"她问。

肯特笑起来。看到他的样子,布里特-玛丽禁不住在心里也跟着笑了起来。

"别忘了我有个哥哥,每次他对我这么说,我都会上钩。你还记得我从阳台上跳下去摔断腿那次吗?只要阿尔夫说我没胆子干什么,我就非要去干!"

"你真好。郁金香也很可爱。"布里特-玛丽小声说,不过没问肯特追她这件事是否也在阿尔夫认为他没胆子去干的事情的范围内。

肯特又笑了。

"郁金香是我从蛤蟆他爸那儿买的,他在花园的温室里种花。真是个疯子,对不对?他一个劲儿地劝我挑红的,因为它们'更好',

差点没烦死我,不过我告诉他,你喜欢紫的。"

她拂掉裙子上看不见的灰尘,控制着自己。

在常识的驱使下,她两手一扣,说:

"我得过去了,比赛很快就开始。"

"祝你们好运!"肯特靠过来亲了亲她的脸,她觉得脸颊很烫,而且必须抓住金属栏杆才不会从楼梯上跌下去。

当他走到最后一个空位前坐下来的时候,她意识到这是肯特第一次为了她到什么地方去,也是他们人生中的第一次。他以她的陪同者的身份出现,而不是像平常那样反过来。

斯文坐在肯特旁边的位子上,凝视着地板。

布里特-玛丽每走一步都要深呼吸一次。银行和白狗在场地旁的长凳上等她,坐轮椅的女人也在那儿,脸上带着特别满意的表情。

"您怎么来的?"布里特-玛丽问。

"开车,你知道吧。"她漫不经心地回答。

"披萨店、小超市和邮局的生意怎么办?不是还要营业吗?"

坐轮椅的女人耸耸肩。

"还有谁会去买东西啊,布里特?博格的人都来啦——都在这儿!"

布里特-玛丽拼命揉搓着衬衣上看不见的褶皱,速度快得像是在钻木取火。坐轮椅的女人安抚地轻轻拍她。

"紧张,是吗?没关系,布里特,我告诉那个裁判了,嗯。我会和布里特坐在边线这儿。因为我有那个什么……怎么说来着?安慰布里特的魔力,嗯。裁判说:'得了吧。'我说:'这儿怎么没有残疾人座位区,这样违法,嗯。'我还说:'我可以起诉你们,你知道吧。'所以现在我才坐在这儿,最好的座位,不是吗?"

布里特-玛丽礼貌地和她打过招呼,来到走廊里,钻进厕所呕吐起来。回到长凳上的时候,坐轮椅的女人还在说话,手指紧张地把她能够到的所有东西全部敲打了一遍。白狗朝布里特-玛丽所在的方向嗅了嗅,银行给她一包口香糖。

"这很正常,重要比赛开始之前,人们经常会食物中毒。"

布里特-玛丽一只手捂着嘴巴嚼口香糖,因为如果大大咧咧地嚼,大家会以为她是有文身(或者别的什么类似的东西)的那种人。这时候,观众席爆发出阵阵掌声,裁判入场了。接下来,那支连自己的正规球场都没有的博格队开始比赛。

拥有一整个社区的人到场加油助威显然是得天独厚的优势,不过也只是一方面的优势而已。

比赛中的第一个意外出现了:恐龙被人阻截——确切地说,是拿胳膊肘捅了一下——对方是个发型复杂的大块头男孩。恐龙第二次抢到球时,同样的事情再次发生,只不过这次捅得更狠。距离布里特-玛丽几英尺远的地方,镇队教练穿着已经湿透的运动衫激动地跳上跳下,大声鼓励道:

"干得好!给他们点颜色看看!"

布里特-玛丽觉得自己简直要犯心脏病了,她惊恐地把自己的感觉告诉银行,银行却说:"别担心,看球赛的时候都是这样的。"既然如此,怎么还有这么多人想要看球?布里特-玛丽暗想。恐龙第三次拿到球,大块头男孩从场地另一头全速冲过来,抬着胳膊肘,然而下一秒他就仰躺在地,麦克斯昂首挺胸地站在他旁边,投降般举着胳膊。裁判正准备罚他下场,却发现他已经朝长凳那里走过去了。

"麦克斯!嗯!你真是——怎么说来着?"坐轮椅的女人淹没在喜悦之中。

银行拿棍子点点麦克斯的鞋。

"说起话来像他们,踢起球来像我们。"

麦克斯微笑着说了些什么,但布里特-玛丽没听清。

比赛继续。布里特-玛丽惊讶地发现自己竟然站了起来,嘴巴也不由自主地张开了,她根本不知道这是怎么回事。赛场上,三个球员撞在一起,足球蹦蹦跳跳地朝边线滚去,突然停在本的脚旁——眼前这一刻,本、足球和球门之间毫无阻隔。本凝视着球,球场里的每个人都凝视着他。

"射门。"布里特-玛丽小声说。

"射门!"看台上的一个声音叫道。

那是萨米,他旁边站着个红脸膛女人,这是布里特-玛丽第一次看到她穿着护士服以外的衣服。

"射——门!!!"银行吼道,棍子在半空中挥舞。

于是本射门了。布里特-玛丽双手捂脸。银行差点把坐轮椅的女人的轮椅掀翻,嘴里喊着:

"怎么样了?告诉我怎么样了!"

看台上鸦雀无声,似乎没人相信刚刚发生了什么。起先,本差点哭出来,然后他又想找个地缝钻进去,再后来他发现自己被一大群尖叫着的人压在地上，他们都穿着白球衣。博格1∶0领先。萨米平伸着胳膊在看台上跑来跑去，好像一架飞机。肯特和斯文同时从座位上跳起来，不小心互相抱了个满怀。

红脸膛女人从一片混乱的人群中挤出来，跑到场地上，一群裁判想拦住她，可他们做不到，哪怕带着枪也不行。本和他妈妈在赛场上跳起了舞，仿佛谁也不能剥夺这次尽情表演的机会。

博格最后以1∶14输掉了比赛，情况看似并没有什么变化，然而他们比赛时却一直是抱着"情况一定会有所改变"的想法踢球的。

因为情况的确有了改变。

31

到了一定的年龄，人生的所有疑惑几乎可以全部浓缩成一个问题：应该如何生活？

如果一个人闭上眼睛，保持足够长的时间，就能想起曾经让自己开心的许多事，比如她五岁时嗅到的母亲皮肤上的香味；她们咯咯笑着从突如其来的倾盆大雨中逃到别人家的门廊下避雨；父亲微凉的鼻尖贴在她的脸颊上；毛绒动物玩偶脏兮兮的爪爪（她不让父母洗它）拥有安抚心情的魔力；全家最后一次去海滨度假时海浪轻拍礁石的声音；在剧院里鼓掌；看完演出，她们走在街上，微风吹乱了她姐姐的头发。

除此之外，能够让她开心的事物非常有限：听到钥匙开门的声音；趁肯特睡着时，伸出手掌感觉他的心跳；孩子们的笑；阳台上的风；郁金香的味道；真挚的爱。

还有初吻。

人生的乐趣本来就少得可怜。无论是谁都很少有机会留在原地，拒绝在时间的长河中随波逐流，在快乐的漩涡中永远沉溺下去；也无法毫无保留地爱一个人，时时刻刻都充满激情。

在我们小的时候，如果条件适合，可能有几次机会能够做到上面这些。长大后，就是漫长的、大气都不敢喘的卑微生活。谨慎自持让我们不再为了纯粹的快乐大声欢呼，即便笑得出来，也总有一丝羞耻感挥之不去。还记得成年后的你痛痛快快地笑过几次吗？

从人类常识的角度看，所有的激情都很幼稚，是平庸和天真的表现，不属于我们习得的东西，而是本能。它们会把我们压倒推翻，淹没我们，殊不知其他的情感属于地球，然而激情的居所遍及整个宇宙。

激情的价值不在于它给予我们什么，而是它要求我们如何冒险，有时候甚至需要放下尊严，忍受别人的不解、嘲笑和否定。

本进球的时候，布里特-玛丽大声喊了出来，她的脚跟也离开了地面，仿佛被体育馆的地板弹到了半空。大部分人可没有在寒冷的一月遇到这种好事的福分，激情是宇宙的恩赐。

就算只因为这一点，你也会爱上足球。

夜深了，杯赛好几个小时前就已结束，布里特-玛丽现在来到了医院，正在水池前清洗一件沾了血的白球衣。薇卡坐在旁边的马桶上，声音依旧冒着快乐的泡泡，兴奋得无法坐稳，似乎可以垂直着跑到墙上去。

布里特-玛丽的心也没有停止狂跳，她仍然不能理解为什么有人精力充沛到甘愿选择如此疯狂的生活方式——如果孩子们说的是真的，那就意味着每周参加一次球赛。谁会愿意每周都这样刺激自己一下呢？

"我绝对不能理解，你们为什么会这么野蛮。"布里特-玛丽轻声说,因为她的嗓子已经喊哑了。

"不这样的话,他们就进球了呀!"薇卡第一千次解释道。

"那也没必要跳过去用脸接球啊?"布里特-玛丽怒道,责备地看着球衣上的血迹。

薇卡眨眨眼睛。对她来说眨眼很疼,因为她的半张脸已经变成了深紫色,从撞伤的一侧眉弓开始,一路肿到了下巴,一只眼睛里全是血丝,鼻孔里的血已经结块,破裂的下嘴唇又厚又亮,仿佛她刚才想要试吃一只黄蜂。

"我截住了那个球。"薇卡耸耸肩。

"我一辈子都不会弄懂你们为什么那么喜欢足球,喜欢到连命都不要了。"布里特-玛丽狂躁地往球衣上涂抹小苏打。

薇卡好像在思考着什么,然后犹豫地问:

"您从来没像我们爱足球那样爱过什么吗?"

"哈。没有。我……哈,我不知道。我真的不知道。"

"踢球的时候,我什么痛苦都感觉不到了。"薇卡说,凝视着泡在水池里的球衣上的数字。

"什么痛苦?"

"任何痛苦。"

布里特-玛丽沉默了,为自己感到羞愧。她打开热水龙头,闭上眼睛,薇卡向后靠在墙上,仰头研究着洗手间的天花板。

"我的梦里也都是足球。"薇卡说,仿佛这样合情又合理。然后,带着真挚的好奇(似乎除了足球以外,她不知道人类还能梦见什么),她问布里特-玛丽:

"您会梦见什么？"

布里特-玛丽本能地脱口而出，语气却梦幻般地轻柔：

"有时我会梦见巴黎。"

薇卡理解地点点头。

"这么说，我的足球就是您的巴黎。您经常去巴黎吗？"

"从来没去过。"

"为什么不去呢？"

布里特-玛丽微调了一下龙头，防止流出来的水太热。

她的心还在狂乱地跳动，数不清心跳的频率。布里特-玛丽看着薇卡，拢了拢她额前的乱发，轻轻触碰她肿胀的眼眶，仿佛比薇卡本人还要难受。过了一会儿，布里特-玛丽低声说：

"你知道吗，我小时候，全家人去海边，我姐姐总会爬到最高的那块礁石上往水里跳，一个猛子扎下去，潜一会儿再浮上来，看到我还站在礁石上，她会大声喊：'快跳，布里特！跳！'要知道，如果一个人上一秒还站在那儿往下看，下一秒就能跳下去，说明她不害怕。可如果她一直在那里犹豫，恐怕永远都不会跳下去。"

"您跳了吗？"

"我不是那种敢跳的人。"

"可您姐姐是？"

"她和你一样，胆子大。"

然后，她折起一张纸巾，轻声说：

"可我觉得连她都不会像个疯婆娘一样跳过去用脸接球！"

薇卡站起来，配合地让布里特-玛丽给她擦拭伤口。

"所以,这就是您不去巴黎的原因?因为您是那种不会跳下去的人?"女孩问。

"我年纪大了,不适合去巴黎了。"

"巴黎年纪多大?"

即使这个问题听上去绝对是填字游戏的好素材,布里特-玛丽却没想出恰当的答案。她看着镜子里的自己,觉得有点儿可笑:她,一个成熟女性,短短几天内第二次来到医院,现在旁边坐着个满脸是血的孩子,而走廊那头的另外一间病房里,还躺着个断了一条腿的孩子。

他们都是为了阻止对手进球受伤的,否则谁愿意来医院里受罪?

薇卡和镜中的布里特-玛丽对上了眼神后,竟然没心没肺地笑了起来,血顺着嘴唇流到她的牙齿上。见到这一幕,她笑得更厉害了。真是个疯孩子。

"如果您不是会跳下去的那种人,布里特-玛丽,那您怎么到这倒了八辈子血霉的博格来了?"

布里特-玛丽把纸巾按在她的嘴唇上,愤怒地警告她不要说脏话。薇卡也气呼呼地透过纸巾嘟囔了几句什么,导致布里特-玛丽的手按得更紧了。在女孩说出更多脏话之前,布里特-玛丽把她拉到了外面的候诊室。

这显然不是一个好主意,因为弗雷德里克也在候诊室,正在洗手间门口来回踱步。蛤蟆、恐龙、本和奥马尔躺在角落里的几张长椅上睡觉。看到布里特-玛丽和薇卡出来,弗雷德里克立即气势汹汹地指着她:

"要是麦克斯的腿好不了，错过了精英训练，我就让你……"

他闭了闭眼睛，想要让自己冷静下来，好说出后面的话。这时薇卡钻到布里特-玛丽身前，一巴掌把他的手指头拍到一边。

"闭嘴！他的腿会好的！麦克斯是为了截球才受伤的！"

弗雷德里克握紧拳头向后退去，似乎不这样做，他也不知道自己会做出什么事。

"我禁止他在精英训练之前踢足球。我告诉过他，要是现在受伤，就可能毁掉他的整个运动生涯，我告诉他——"

"什么狗屁生涯？他才上该死的中学！"

弗雷德里克再次指着布里特-玛丽，然后慢慢瘫坐在一张长椅上，就好像刚刚有人扶着他，把他搁在了凳子上。

"你知道精英训练对于打冰球的人意味着什么吗？你知道我们牺牲了多少才为他换来这个机会吗？"

"您没问问麦克斯自己想不想参加精英训练？"

"你是白痴吗？那可是精英训练！他当然想参加！"弗雷德里克吼道。

"踢足球怎么了？凭什么骂他？"薇卡吼回去。

"我看你也欠骂！"

"我看您还欠一顿胖揍！"

两个人脑门顶在一起，急促地喘息着，然而彼此都早已精疲力竭。两人眼中都有泪水，他俩不会忘记今天的杯赛，全博格的人都不会忘记。

博格也输掉了第二场比赛——0∶5，而且比赛不得不中断几分钟，因为蛤蟆扑出了一个点球，他激动地伸着胳膊像飞机一样绕场转圈，大家只好等着他。来自博格的观众们兴高采烈地嚎叫着，仿佛博格队赢得了世界杯。别人给她解释了好几遍，布里特-玛丽才明白"世界杯"也是一种非常重要的足球比赛。

第三场也是最后一场比赛时，体育馆里噪音震天，布里特-玛丽觉得四周都是吼叫声，她的心跳得很厉害，触觉也消失了，两条胳膊摇晃得时间太长，仿佛不再属于她。博格的对手2∶0领先，但几分钟前，薇卡用身体为博格扑出一枚进球。紧接着，麦克斯带球突破整队敌人的防守，射门得分。弗雷德里克阴郁地看完了全过程，当麦克斯被队友的胳膊和腿压倒在地的时候，他失望地转身走出门去。裁判吹哨宣布比赛重新开始，麦克斯一动不动地站在边线旁，盯着他父亲，当他被观众们的咆哮惊醒的时候，发现他们的对手已经两次尝试射门，一次打在门柱上，另一次击中了横梁。此时，场上除了薇卡和麦克斯，博格队的其他球员东倒西歪地分散在场地各处。接着，对手的一名球员摆好姿势，对准无人防守的球门踢了过去。就在这个瞬间，薇卡扑到横飞过来的足球前面，挡开了球，用她的脸。足球带着淋漓的血迹弹回那名球员的方向。

他本可以用脚的内侧轻轻把球推进球门，可不知道发了什么疯，非要用力踹上一脚。麦克斯越过横七竖八倒在地上的球员冲了过去，扑飞了球，但对方也踢中了他的腿。麦克斯大声惨叫起来，布里特-玛丽觉得他的腿大概断了。

比赛以2∶2结束，这是很久很久以来博格第一次没有在足球比赛中输掉。被人送去医院的时候，薇卡坐在麦克斯旁边，唱了一路非常不文明的歌曲。

本的母亲站在门口，先看看薇卡，又看看布里特-玛丽，然后冲她们点点头，带着长时间值班后的疲态。

"麦克斯想见你们，就你们两个。"

弗雷德里克大声骂了一句，本的母亲不为所动。

"就她们俩。"

"我以为你今天晚上放假呢。"薇卡说。

"本来应该放假的，可博格队参加球赛的时候，医院需要更多的人值班。"她故作严肃地说，显然憋着笑。

她给睡在长椅上的本盖上一条毯子，亲亲他的脸，然后对睡在另外几张长椅上的恐龙、蛤蟆和奥马尔做了同样的事情。

和薇卡一起穿过走廊时，布里特-玛丽感觉弗雷德里克憎恨的目光打在她的背上，于是她放慢脚步，走在薇卡身后，挡住他即将投射到小女孩身上的凶狠眼神。麦克斯躺在一张床上，受伤的腿吊了起来，看到薇卡的大肿脸，他咧咧嘴。

"脸不错！比你以前好看多了！"

薇卡哼了一声，冲他的腿扬扬下巴。

"你是不是觉得医生这次能把你的罗圈腿扳直，让你终于可以学会踢球，所以才这么得意？"

麦克斯哧哧地笑了。薇卡也跟着傻笑起来。

"我爸气疯了吧？"麦克斯问。

"除非狗熊不在树林子里拉屎。"薇卡回答。

283

"行了，薇卡！你觉得在医院里说这样的话合适吗？嗯？"

薇卡和麦克斯哈哈大笑起来。布里特-玛丽不停地深呼吸，控制着自己，转身走了出去。他们爱说不文明语言就说去吧。

弗雷德里克还站在候诊室。布里特-玛丽不知所措地停住脚步，抑制住想从他胳膊上把薇卡的一根头发捡下来的冲动，这根头发是两人刚才顶脑门的时候掉到他身上的。

"哈。"布里特-玛丽低声说。

弗雷德里克没回应，依然盯着地板。于是她哑着嗓子，尽量提高了声音问：

"您像这些孩子爱足球那样爱过什么东西吗，弗雷德里克？"

他抬起头，恨恨地瞪着她。

"你有孩子吗，布里特-玛丽？"

她用力咽咽口水，摇摇头。他继续低头看地板。

"那就别和我讨论爱的问题。"

他们坐在各自的长椅上，没再说别的。本的母亲又出现了，布里特-玛丽站起来，可麦克斯的父亲依旧坐在那里，仿佛再也没有力气站起来。本的母亲安慰地把手放在他的肩膀上，说：

"麦克斯让我告诉你，他很可能会在六个月之内开始打冰球。他的腿会完全恢复正常，运动生涯也不会有任何危险。"

麦克斯的父亲没有动，下巴用力抵在胸口。本的母亲对布里特-玛丽点点头。布里特-玛丽吸了吸腮帮子。本的母亲朝门口走去，这时，麦克斯的父亲终于抬起两手，迅速地揉了揉眼睛，泪水从他的指缝间渗出来，落在他的胡子上。他没有毛巾。泪水弄脏了地板。

"那么,足球呢?他什么时候能开始踢足球?"

到了一定的年龄,人生的所有疑惑几乎可以全部浓缩成一个问题:应该如何生活?

32

布里特-玛丽独自坐在急诊大楼外面的长椅上,怀抱一束郁金香,感受风穿过头发,想着巴黎。一个地方的魔力竟然如此之大,哪怕你不曾去过,也会被它征服。只要闭上眼睛,她就觉得自己仿佛踩着巴黎大街上的鹅卵石,尤其是现在,这感觉比过去还要真切。本进球时,她激动得跳了起来,也许落回地面的时候,她已经变了个人,变成了那种会从礁石上跳进海里的人。

"我可以坐这里吗?"一个声音问。

她听出说话的人在微笑,于是也微笑起来,甚至还没睁开眼睛。

"请坐。"她轻声说。

"您的嗓子哑了。"斯文笑道。

她点点头。

"因为流感。"

他哈哈大笑,她在心里跟着笑。他在长椅上坐下,给她一只陶瓷花瓶。

"好吧,没错,这是我给您做的。我报的班正在教我们做这个,您知道吧,我觉得您可以把郁金香放进去。"

她接过花瓶，紧紧地抱在怀里，瓶身贴在皮肤上，感觉有些粗糙，质地有点儿像她小时候一直不让父母洗的脏兮兮的毛绒玩具。

"今天真是太棒了，我必须承认，棒极了。"过了一会儿，她说。

"足球是一项美好的运动。"斯文说。

仿佛生活如同球赛那样简单。

"重新体验激情的感觉简直太神圣了。"她小声说。

他微笑着扭头看她，好像要对她说些什么。于是她深吸一口气，召唤出全部常识，转移话题道：

"如果不麻烦的话，希望您能把孩子们送回家，我会十分感谢您的。"

斯文愣愣地坐在那里，身高仿佛瞬间缩小了一半。她的心狠狠地拧了一下，他的心也是同样。

"我猜……我猜这说明您……我觉得您的意思是肯特会开车送您回家。"他艰难地说。

"是的。"她小声说。

他沉默地坐着，紧紧抓住长椅的边缘。她的姿势和他的一模一样，因为她喜欢在他抓住椅子的时候也抓住它。她凝视着他，想说这不是他的错，她只是太老，不适合再谈恋爱。她想告诉他，他可以找到更好的人，他值得一个完美的人来爱。然而她什么都没说出口，因为担心他会告诉她，她就很完美。

坐在车里的时候，她仍然紧抓着那个花瓶。窗外的景物呼啸而过，她的胸口一直在疼，因为渴望遭到了压抑。肯特一路都在说话，这是自然。起初是评论球赛和孩子们的表现，然后很快便开始大谈特谈他的生意、德国人和各种商业计划，还说他想去度假，就他们俩，他们要去剧院、去海边，等眼下的几个计划落实后马上就走。车子开进博格时，他开玩笑说，如果两个人分别站在博格两侧的两块"欢迎"路牌下面，根本不用扯着嗓门，用正常音量就能愉快地聊天。

"只要躺在地上，你的脚就能伸到别的村子里去！"他狂笑道，见她没有马上笑，赶紧又重复了一遍。

"好啦，快进去拿你的东西，然后我们就走啦！"宝马车停在银行家门口，肯特对布里特-玛丽说。

"现在？"

"没错，我明天有个会，我们这就走，现在路上车少。"他的手指不耐烦地敲打着仪表板。

"我们不能半夜走。"布里特-玛丽抗议道，声音几乎微不可闻。

"为什么？"

"嗯，只有罪犯才会半夜开着车晃荡。"

"噢，我的天，亲爱的，别傻了。"他抱怨道。

她的指甲抠着花瓶。

"我还没通知我的雇主，我不能不辞职就走，而且必须把钥匙还回去，你明白吗？"

"拜托，亲爱的，这根本不算是什么'工作'，不对吗？"

布里特-玛丽吸着腮帮子。

"我认为它就是一份工作。"

"好吧，没错，没错，我也是这个意思，亲爱的，别发火，你不能在路上给他们打个电话吗？毕竟也不是多么重要的事，对不对？好啦，我明天还要开会呢！"他说，好像让步的人是他。她没有回应。

"这份'工作'给你发工资了吗？"

布里特-玛丽觉得指头疼，因为指甲被膝盖上的陶瓷花瓶顶弯了。

"我不是罪犯，我不会在半夜里去任何地方，反正我不同意，肯特。"她低声说。

"行，行，行，那好吧。"肯特叹道，"如果你觉得有必要，那就明天早晨再走，这个小破村有什么好的，亲爱的，你甚至不喜欢足球！"

布里特-玛丽的指甲缓缓撤离花瓶表面，拇指伸进瓶口，调整着郁金香的位置。

"我那天做了个填字游戏，肯特。有个问题是跟马斯洛的需求层次理论有关的。"

肯特开始摆弄他的手机，于是她提高了声音说：

"需求层次理论经常出现在填字游戏里，所以我在报纸上找了点资料。资料说，人最基本的需要，也就是第一个层次的需求，是食物和水。"

"嗯。"肯特按着手机。

"还有空气，我觉得。"布里特-玛丽非常小声地补充道，小声到连她自己也不知道她究竟说没说话。

第二个层次的需求是"安全",第三个层次是"情感和归属的需要",第四个层次是"自尊",她记得很清楚,因为这个叫马斯洛的家伙显然很受填字游戏作者的欢迎。"最高层次的需要是'自我实现',我觉得我现在就有这个需要,肯特,我想自我实现。"

她咬着嘴唇。

"你一定认为这很傻,我猜。"

肯特从手机上抬起头来,看着她,呼吸粗重,发出他快要睡着之前打起呼噜时的那种动静。

"不,绝对不!我都他妈的理解,亲爱的,我明白,这很棒,真的棒!自我实现。棒极了。所以你现在抓紧时间赶快实现一下!我们明天就回家了!"

她继续咬着嘴唇,松开他的手,紧紧抓住花瓶,钻到车外面。

"该死,亲爱的!怎么又生气了!我是说,你这份工作还要做多久?他们雇你到什么时候?"

"三个星期。"她强迫自己说。

"然后呢?三个星期之后,你就没有工作了?你打算留在博格当无业游民吗?"

她没有回答。他叹了口气,也下了车。

"你明白吧,这里不是你的家,对吗,亲爱的?"

她已经走开了,但她知道他说得对。

他跑过去,从她手里接过盛着郁金香的花瓶,拿进银行家,她慢慢地走在他身后。

两个人站在门厅里。"对不起,亲爱的。"他说,双手轻轻地托着她的脸。

她闭上眼睛。他吻了她的眼皮,她母亲刚去世的时候,他经常这样做。她一度孤零零地活在这个世界上,当他出现在公寓楼的楼梯平台上时,她就不再那么孤独了,因为他需要她。别人需要你的时候,你就不会孤独。所以她喜欢他亲吻她的眼皮。

"我的压力有点儿大,因为明天的会,但一切都会好起来的,我保证。"

她想要相信他。他咧嘴笑笑,亲亲她的脸颊,告诉她不要担心,他明早六点来接她,这样可以错开早高峰。

接着他打趣道:"不过,如果博格的所有汽车都开出来的话,也许会造成一点点的交通堵塞!"她微微一笑,仿佛这句话很有趣。前门关上了,她站在门厅里,等他离开。

然后她来到楼上,铺好床,按顺序放好行李,叠起所有毛巾,又来到楼下,出了前门,步行穿过博格。外面很黑很安静,仿佛没有人住在这里,足球杯赛也从未举行过似的。

不过披萨店的灯亮着,她听到银行和坐轮椅的女人在里面笑。

还有别人的说话声、碰杯声、关于足球的歌声,银行还唱了别的歌,至于歌词,布里特-玛丽认为根本不值得细究。

她打开娱乐中心的门锁,按亮厨房灯,坐在凳子上,希望老鼠会出现,可是它没来。于是她坐在那儿,双手捧着手机,好像它是水做的,随时都会从她指缝间流走。她等了很长时间,才做好了打电话的准备。

打到第三遍,劳动就业办公室的女孩才接起电话。

"布里特-玛丽?"她问,听起来昏昏欲睡。

"我想辞职。"布里特-玛丽低声说。

女孩好像被什么东西绊了一下,又撞倒了什么东西,也许是一盏灯。

"不,不,妈妈在打电话,亲爱的,回去睡觉吧,宝贝……"

"您说什么?"

"抱歉,我刚才在和我女儿说话,我们在沙发上睡着了。"

"我不知道您有个女儿。"

"我有两个女儿呢。"女孩说,她似乎走进了厨房,打开了灯,煮起了咖啡,"现在几点啦?"

"应该不是喝咖啡的好时间。"布里特-玛丽回答。

"我能为您做什么,布里特-玛丽?"

"我要辞职,我得……回家。"布里特-玛丽小声说。

"杯赛怎么样啦?"沉默了很长时间之后,女孩问。

不知怎么,这个问题刺激到了布里特-玛丽,也许本进球时的那一跳真的让她变了个人,但她也不敢确定,反正她做了个深呼吸,把自己在博格的见闻一五一十地告诉了女孩。

比方说博格的道路布局、那儿的老鼠、博格人喜欢在屋里戴帽子、小伙子们是怎么约会的、披萨店的墙上挂着球衣……一切全部从她嘴里倒出来。还有菲克新和竹帘子、包着玻璃纸的啤酒瓶、宜家家具。手枪、两个络腮胡把报纸上的填字游戏让给她做。警察和企业家。在卡车头灯的照明下练习"白痴往返跑"。蓝车门和对抗赛。紫色郁金香、威士忌、香烟和曾是卡车司机的逝去的母亲。流感。汽水罐。一个女孩儿用脸挡住了进球。整个宇宙。

"我猜,您一定会觉得我讲的这些非常……愚蠢。"最后她总结道。

电话另一头的女孩声音有点儿发颤:

"我告诉过您我为什么选择了现在的工作吗,布里特-玛丽?我不知道您是否理解,但如果您在劳动就业办公室上班,接电话时会听到各种令人难以置信的垃圾话,也会遇到各种刻薄的人。真的是'垃圾话',布里特-玛丽,我一点都不夸张。有一次,有人给我用信封寄来一坨屎,好像经济危机都是我的错,是我让他失业的。"

布里特-玛丽咳嗽起来。

"我想问问,他是怎么弄进那个信封的?"

"怎么把屎弄进去吗?"

"是啊,肯定很难……对准吧。"

女孩大声笑了好几分钟。布里特-玛丽很庆幸自己的嗓子哑了,因为这样女孩就听不出她也在笑。也许是宇宙的缘故,也许不是,反正当下的情绪让她的身体仿佛从凳子上飘了起来。

"您知道为什么即使整天听垃圾话,我也要留在这儿工作吗,布里特-玛丽?"

"为什么?"

"我母亲干了一辈子社会服务工作,她总是说,在这些成堆的垃圾话里面,在垃圾山的中间,你总能发掘出一个阳光灿烂的故事。就凭这一点,这份工作也值得做。

"您就是我的阳光灿烂的故事,布里特-玛丽。"

布里特-玛丽吞吞口水。

"大半夜的不适合在电话上聊天,我明天再联系您。"

"做个好梦,布里特-玛丽。"女孩轻声说。

"您也是。"

布里特-玛丽坐在凳子上,双手拢着手机。

她发现自己热烈盼望那只老鼠的到来,以至于听到敲门声时,她高兴地想着"一定是它"。然而她很快恢复了理智,意识到老鼠不会敲门,因为它们没有指关节,至少她觉得它们没有。

"有人吗?"萨米在门外问。

布里特-玛丽跳下凳子。

"怎么了?发生什么事了吗?"

他平静地靠在廊柱上。

"没有,您为什么这么问?"

"现在是半夜,萨米,如果没出什么事,哪能像吸尘器推销员那样大半夜的随便敲人家的门呢!"

"您住在这儿吗?"萨米咧嘴笑道。

"你肯定明白我的意思——"

"您别急,布里特-玛丽。我只是开车经过,看到这里亮着灯,就过来问问您想不想抽支烟,或者喝上一杯。"他笑嘻嘻地打趣道。

她根本不领他的情。

"当然不想。"她愤怒地说。

"好吧,没关系。"他笑着说。

她整了整裙子。

"不过，要是你喜欢士力架的话，就请进来吧。"

他们各自搬了一只凳子坐在厨房的窗户前，透过博格最干净的窗玻璃仰望遥远的星空。

"今天太棒了。"萨米说。

"是的，非常……棒。"她微笑道。

她想告诉他，她明天一早必须离开博格回家去。可没等她开口，他就说：

"嗯，我必须到镇上去，我得帮助一位朋友。"

"什么朋友？大半夜的。"

"马格努斯，他和镇上的几个家伙闹摩擦，欠他们钱，您知道吧？"

布里特-玛丽瞪着他。他点点头，自嘲地笑笑。

"我知道您在想什么，可这里是博格，在博格我们互相原谅。我们别无选择，如果不这么做，什么朋友都留不住，至少你可以先对着他们发火再原谅他们。"

她站起来，轻轻拿走他的盘子，犹豫了很久才抬起缠着绷带的那只手，温柔地按在他的脸颊上。

"你没有必要老是做那个管闲事的人，萨米。"

"不，有必要。"

她开始洗盘子，他站在旁边，把洗净的盘子擦干。

"如果我出了什么事，您能帮我照顾奥马尔和薇卡吗？确保他俩的安全？您能向我保证，您会找到好人来照顾他们吗？"

"为什么你会出事？"布里特-玛丽问，血色从她脸上褪去。

"啊，我不会出事的，我是他妈的超人。不过，万一我出了事，您能不能保证他俩会和好人生活在一起？"

她故意拿起毛巾拧了拧，不让他发现她的手在颤抖。

"为什么问我？为什么不问斯文或者银行或者……"

"因为您不是那种甩手不管的人，布里特-玛丽。"

"你也不是啊！"

他站在门槛上，点燃一支烟。她站在他旁边，吸着二手烟。

太阳还没出来，她从他的夹克袖子上捡走一根头发，放进一块手绢里，把手绢叠好。

"你母亲支持哪支足球队？"她悄声问。

他笑了，仿佛答案显而易见，接着便用天底下所有儿子都会有的骄傲语气回答：

"我们的球队。"

他开车把她送回银行家，吻了她的头发。她守着打包好的行李坐在阳台上，目送他的车离开博格，朝镇上驶去。他还让她保证过，不会坐上一整夜，等着他的车回来。

不过她还是等了一整夜。

33

"我想让你知道,我已经辞职了,我必须回家,你明白吗?"布里特-玛丽摩挲着左手无名指上的绷带。

"当然,我非常明白你并不明白,可我和肯特生活在一起。人必须有家,但我的意思显然不是说你也必须有个家,这不关我的事。我只是假设你有一个体面正常的家。"

老鼠坐在地板上,看着面前的盘子,似乎盘子踩到了它的尾巴,还骂它"大白痴"。

"我没有士力架了。"布里特-玛丽歉意地说。

老鼠看着搁在盘子上的几只罐子。

"那瓶是花生酱,这瓶是能多益可可酱。"她自豪地说,"杂货店里的士力架卖完了,但老板向我保证过,它们的味道加在一起和士力架是一样的。"

下半夜的时候,坐轮椅的女人被布里特-玛丽吵醒。尽管她不怎么高兴,但布里特-玛丽没法一直守着行李坐在银行家的阳台上,她受不了,所以跑到披萨店和女人道别,然后跟老鼠和全博格道别。

布里特-玛丽站在窗前。拂晓几乎已经到来,坐轮椅的女人关掉了披萨店里所有的灯,继续睡觉去了,只希望布里特-玛丽不会再为了花生酱和巧克力来砸她的门。披萨店昨晚的派对早已结束,马路上空无一人。布里特-玛丽拿起一块涂了小苏打的土豆,揉擦着她的结婚戒指,因为这是清理婚戒的最佳方法,她经常这样清理肯特的结婚戒指,他经常把它遗忘在他那边的床头柜上,因为每当需要和德国人见面的时候,他总是心不在焉。

布里特-玛丽通常会把肯特的婚戒擦得闪闪发光,这样他起床时就不会注意不到它了。

这是她第一次清理自己的婚戒,第一次没有把它戴回手上。她低声对老鼠(却没有看着它)说:

"肯特需要我,人需要被需要,你必须明白。"

她不知道老鼠是否也会整夜不睡,坐在自家厨房里,思考生活该如何继续的问题,或者考虑谁该和它一起生活。

"萨米告诉我,我不是那种甩手不管的人。可你必须明白,我其实就是这样的,无论我选择怎样的生活,都会有人被我甩在身后。所以唯一正确的做法,也许就是乖乖回到原地,回到正常的生活中去。"

布里特-玛丽努力说服自己相信这番话。老鼠舔舔它的脚,用口水在餐巾纸上画了一个小小的半圆,然后跑到门外去了。

她不知道老鼠是否嫌她啰嗦,也不知道它为什么坚持到娱乐中心来,大概是为了士力架。然而她希望它不仅仅是为了士力架才来。她端走盘子,用保鲜膜裹住里面的花生酱和可可酱,然后把盘子放进冰箱。这是她的老习惯，因为她不会轻易丢弃食物。她再次仔细地擦了擦自己的婚戒，用纸巾包好，塞进外套口袋。摘掉绷带、重新戴上婚戒时的感觉一定会很不错，就像长途旅行归来后睡到自己的床上。

正常生活——她只想要正常生活。她本可以做出其他选择，她告诉自己，但她最终选择肯特。一个人或许无法选择环境，但她可以针对环境选择采取什么样的行动，她冷静地劝说自己。萨米说得对，她不是那种甩手不管的人，所以她必须回家，那里需要她。

她坐在厨房里，凝视着墙壁，等待一辆黑色的汽车。它还没有来。她想知道萨米觉得人应该如何生活，如果他拥有这种奢侈的话。一个人显然无法选择环境，而且在萨米的人生中，环境的决定性明显大于各种偶然事件。她想知道，是选择还是环境让每一个人变成了现在的模样——或者说是什么因素造就了如今的萨米。她想知道怎样做对一个人最好：成为敢跳的人，还是不敢跳的人？

她想知道，一个人在老去之后，灵魂中还剩下多少自我改变的空间，还会遇到什么样的人，他们会怎么看待她，会如何让她认清自己。

萨米去了镇上，去保护某个值得他保护的人。为了同样的原因，布里特-玛丽也做好了回家的准备，因为如果我们连自己爱的人都不原谅，人生中还能剩下什么？如果我们做不到爱他们——即使他们并不值得我们爱——爱何以称其为爱？

公路的那头突然闪出两道光柱，原来是一辆车的头灯。它缓缓从黑暗中驶来，经过"欢迎到博格来"的路牌，那两道光柱仿佛伸出水面的两条胳膊。

那辆车在公交车站附近减速，拐进了碎石铺就的停车场，布里特-玛丽已经站在门口了。

后来，每当谈起这件事，人们会说：某天凌晨，几个年轻人在一家酒吧外面找到了马格努斯，其中一个年轻人带着刀。就在这时，一个男人走过来，站在了这群人和马格努斯之间，他是那种总喜欢插手管闲事的人。

汽车缓缓停在砾石地面上，引擎在关闭之前发出一声轻柔的叹息。头灯熄灭后，披萨店的灯光随即亮起，在某些特定类型的社区里，如果有汽车在黎明之前开过来，停在自己的窗外，居民们总能猜出这意味着什么，肯定不会是什么好事。坐轮椅的女人已经摇着轮椅出现在了门廊里，看到警察的制服时，她的动作停了下来。

斯文双手抓着帽子站在警车旁，下嘴唇全是牙印，显然是为了接受什么他根本接受不了的事情时咬出来的。他的脸上挂满了绝望，以及在绝望中痛哭后留下的红色印记。

布里特-玛丽尖叫一声，向地面倒去，仿佛那个已经不复存在的人的体重缓缓压在了她的身上。

34

悲痛是突如其来的，并没有经过所谓的"五个阶段"——否定、愤怒、讨价还价、沮丧、接受，而是五种感觉一齐上阵，同时折磨着你，凝聚成一股从内心深处燃烧起来的足以吞噬万物的火焰。布里特-玛丽躺在地上时，这道火焰把她的氧气消耗殆尽，火舌舔过砾石地面，叫嚣着索要空气。在烈焰的烘烤下，她的身体干瘪蜷缩，仿佛没有了脊椎，又像是极力向内挤压，想要扼杀这股从身体里面燃起的毁灭之火。

死亡是无力的终极形态，无力则是终极的绝望。

布里特-玛丽不知道自己是如何站起来的，也不知道斯文怎么把她弄进了他那辆警车，大概是把她抱进去的。他们在从公寓楼到娱乐中心的半路上找到了薇卡，她正躺在石子堆里，头发粘在脸上，无意识地张着嘴，发出不连贯的声音，仿佛肺部已经被眼泪灌满，快要淹死在内心涌出的悲伤之中。

"奥马尔，我们必须找到奥马尔，他会杀了他们的。"

布里特-玛丽坐在后座，紧紧抱着薇卡，可分不清究竟是她抱着薇卡，还是薇卡抱着她。

晨曦温柔地叫醒了博格，仿佛用阳光和各种美好的承诺呼唤自己的爱人起床。曙光快活地落在羽绒被上，挠得人心发痒，像刚煮的咖啡和新烤的面包。然而它不该这样做，今天不该这么美，可晨曦根本不在乎。

警车披着第一缕曙光穿过空荡荡的街道，斯文的手指蜷曲得厉害，紧紧卡住方向盘。他一定会觉得疼，他好像必须要让自己感觉到疼。看到另一辆车出现，他加快车速，因为那辆车上坐着唯一需要在这么早的时间离开博格的人，因为薇卡仅剩的那个兄弟还等着她去拯救。

每一场死亡都不公平，每一个哀恸的人都会不由自主地寻找责任人，然而在无情的理性面前，我们的愤怒总是显得那么无力，按照理性的逻辑，似乎没人该为死亡负责任。可如果真的有人应该负责呢？如果你知道是谁抢走了你爱的人呢？你会怎么做？你会坐上哪辆车？你的手里会拿着什么？

警车呼啸着截住了另一辆车，两辆车还没有完全停下来的时候，斯文已经推开车门，脚踩在了沥青路面上。他独自站在路中央，脸上挂着泪水留下的红印子，嘴唇上是白色的咬痕，仿佛过了永恒那么久，一扇车门才缓缓打开。奥马尔走出来，孩子的身体，成人的眼神，这是否意味着童年的终结？

无论如何，对于刚刚过去的那个夜晚，有些人永远难以忘怀。

"你来干什么，斯文？你打算告诉我什么？我不能什么都不顾，只想着报仇吗？可我他妈的还剩下什么？"

斯文伸出双手，看到奥马尔手里拿的东西。他的眼睛闪了闪，用几乎微不可闻的声音说：

"告诉我，报仇报到什么时候是个头，奥马尔？你杀了他，他们会杀了你。告诉我那以后又会怎么样。"

奥马尔呆呆地站在那里，似乎也在关注着自己身体某处的疼痛。那辆车后面还坐着两个年轻人，但他们没下车，只是坐在里面等待奥马尔做出选择。布里特-玛丽认出了他们，他们和萨米、马格努斯一起踢过球，萨米用大黑车给场地照明……上一次他们踢球是什么时候？几天前？几周前？仿佛像是一辈子之前。他们看上去几乎还是一群孩子。

死亡是一种无力，无力是一种绝望，绝望的人选择绝望的做法。薇卡打开车门下去的时候，布里特-玛丽的头发被风掀动起来。薇卡看着她弟弟，他已经跪在了地上。她把他的头按在她的喉咙上，低声问：

"萨米会站在哪里？"

他没有马上回答，她重复道：

"萨米，会，站在，哪里？"

"我们中间。"他喘息道。

两个年轻人最后看了斯文一眼，也许现在不是劝说他们的好时机，也许改天可以尝试制止他们，但今晚不行。

汽车离开了，留下布里特-玛丽、斯文和两个孩子。

初升的太阳照耀着他们。

警车慢慢开回博格。穿过博格后，从另一头出来，拐上一条石子路，继续开下去，直到布里特-玛丽分辨不出自己是睡着了还是感觉麻木了的时候，警车才停在一个湖边。

布里特-玛丽找出包里所有的手绢，一层层地把那把手枪裹好。她不知道自己为什么这样做，也许主要因为她不想弄脏女孩的手，因为薇卡坚持说这件事应该她来做。她走下车，用尽全力把枪扔进了湖里。

时间流逝，布里特-玛丽却浑然不觉。夜晚，她睡在两个孩子中间，在萨米的床上，伸出手掌就能感觉到他们的心跳。她在那儿待了好几晚，这并非她的计划，也不是她的决定，她只是凭本能留在了那儿。黎明之后是黄昏，黄昏过去又是黎明。她模糊记得自己和肯特通过一次电话，但不记得他说了什么。她觉得自己可能让肯特做过一些什么安排，也许是让他给别人打电话，他擅长做这种事，大家都说肯特擅长做这种事。

一天下午，她忘记了当时是几点，斯文来到公寓，和他一起过来的还有一位社会服务机构的年轻女人。她态度和蔼，性格开朗，斯文忍不住把他所有的想法都讲了出来。女人让大家围坐在厨房桌子边，轻柔和缓地说着话，然而没有人能集中注意力去听。布里特-玛丽一直看着窗外，一个孩子盯着天花板，另一个盯着地板。

第二天晚上，布里特-玛丽被公寓里的撞击声惊醒。她起身摸索电灯开关，风顺着阳台的门刮进来，薇卡在厨房里走来走去，疯狂地整理和擦洗她找得到的每样东西，双手似乎始终没有离开碗碟架和煎锅。

擦、擦、擦，一遍又一遍，那些厨具仿佛是阿拉丁的神灯，可以满足她的愿望，把失去的一切都变回来。布里特-玛丽伸出去的手犹豫地停在半空，没有碰薇卡颤抖的肩膀。

她握紧拳头，依旧没有碰她。

"对不起，我知道你一定感觉——"

"我没有时间去感觉这个感觉那个，我必须照顾奥马尔。"女孩面无表情地打断她。

布里特-玛丽想碰她，但女孩走开了，于是她拿来自己的包，找出一些小苏打。女孩看着她的眼睛，那里面只有悲伤，言语无法表达的悲伤。

尽管小苏打也无力帮助她们消融内心的失落，她们两个还是一起刷洗起来，直到黎明再次降临。

一月的某个星期天，六百英里之外，利物浦队对战斯托克城队。也是这一天，萨米葬在他的母亲身旁，身上铺满红色的郁金香。他的弟弟妹妹哀悼他，整个社区怀念他。奥马尔在墓园里留下了他的围巾。

布里特-玛丽给披萨店里的所有人端去咖啡，确保每一位吊唁者都有杯垫可用。博格的人全来了。停车场的砾石地面四周点起一圈蜡烛，木篱笆上整齐地挂了一排白球衣，有些球衣是新的，有些很旧，已经变成了灰色，但它们都会记住这一天。

薇卡站在门口，穿着一套刚刚熨过的衣服，头发也梳了。她平静地接受了人们的慰问，仿佛他们比她自己还有权利哀悼。她机械地和他们握手，眼神空洞，好像有人关掉了她身体里面的某个开关。外面的停车场传来撞击声，但没人有心思管它。布里特-玛丽想劝薇卡吃点东西，可薇卡连话都懒得说，像睡着了一样，被人家领到桌旁，身体落进椅子里，不由自主地转脸面对墙壁，似乎不想和任何人产生身体接触。撞击声变大了。

布里特-玛丽陷入了更深的绝望。遇到自己无能为力的悲剧时，各人的反应不一样，对布里特-玛丽而言，在这样的情况下，如果自己无法劝说别人吃东西，这种无能为力的感觉会在她心中放大一千倍。

在她耳中，拥挤的披萨店里的低语声变成了飓风般的啸叫。她向后摸索薇卡的肩膀，仿佛那是悬崖的边缘，然而那对肩膀移开了，朝墙边退去。布里特-玛丽发现女孩目光躲闪，她盘子里的食物也没有动过。

停车场上的撞击声甚至变得更大了，仿佛想要证明什么。布里特-玛丽恼火地向门口走去，两手紧紧扣在一起，连手指上的绷带都挣松了。她正要对着外面呵斥几句，就感觉女孩的身体从她旁边挤过去，穿过人群，跑了出去。

麦克斯站在外面，架着双拐，胳肢窝以下的身体几乎是悬空的，没受伤的那条腿来回晃荡，以固定的角度不停地踢着一个足球：球先是飞到娱乐中心的墙上，然后弹到挂着白球衣的木篱笆上，最后滚回他脚边。咚——咚——咚，咚——咚——咚，咚——咚——咚。

就像心跳。

薇卡走近了，他没有转身，只是把球传给了她。球朝女孩滚去，停在她脚前，她的脚趾透过鞋尖触碰着它。她蹲下来，手指摩挲着缝合起来的皮革。

然后，她不顾一切地失声痛哭。

六百英里之外的地方，利物浦队5∶3获胜。

35

奥马尔和恐龙首先跑出去和薇卡踢起了球。起初他们放不开手脚,仿佛每一个动作都受到了悲伤的牵制,但接下来很快恢复了正常,好像这是再平凡不过的一次对抗赛。他们暂时忘记了所有事,因为不知道除了这样做还能如何。更多的孩子加入了他们:蛤蟆、本和其他所有人。布里特-玛丽不是每个孩子都认识,但他们都穿着破到大腿的牛仔裤,像每一个住在博格的孩子那样踢着球。

"布里特-玛丽?"斯文严肃地对她说,她并不习惯这种语气。

他领着一个很高的男人走过来,这个人高得惊人,布里特-玛丽甚至担心他会影响室内的采光。

"哈?"她说。

斯文用口音浓重的英语告诉布里特-玛丽,这是恐龙的叔叔,但布里特-玛丽没有批评他的口音,她不是那种吹毛求疵的人。

"您好。"布里特-玛丽说,整场交谈里面,她只说了这两个字。

她不是不会讲英语,而是不知道怎样才能在不觉得自己是彻头彻尾的白痴的情况下讲英语,她甚至不知道"彻头彻尾的白痴"用英语怎么说,这一点更说明她的判断是对的。

那个很高的男人——实在是高得相当不科学——指着恐龙

说，来到博格之前，他们先后在三个国家的七个城市住过，斯文自告奋勇地帮他们翻译。布里特-玛丽虽然可以毫无障碍地听懂英语，但没有阻止他的帮忙，因为如果没有斯文的掺和，她就得亲自开口说话。说到"小孩子不善于记事，这是一种福分"的时候，高个子男人的嘴巴忧郁地打着颤，然而恐龙早就长到了足够的年纪，可以牢牢地把自己的见闻印在脑子里，也清楚地记得他们为什么不得不逃离。

"他说，恐龙现在还是不爱说话，只有和他们在一起的时候……"斯文指着窗外解释道。

布里特-玛丽两手相扣。高个子男人做了同样的动作。

"萨米。"他用一种非常有韵律感的方式念出了这个名字，照顾到了每一个音节的独特之处。她的睫毛泛起一阵湿意，变得沉重起来。

"他说，萨米看到恐龙独自走在路上，薇卡和其他小孩问他愿不愿意和他们一起踢球，但恐龙听不懂他们的话。于是萨米把足球朝他推过去，恐龙踢了一脚，后来就和他们一起玩了。"斯文说。

布里特-玛丽看着高个子男人，很想告诉他，有次她和肯特住旅馆，有人在房间里留下一份外国报纸，她几乎完全靠自己的力量解决了报纸上的英文填字游戏。然而常识没有让她开口。

"谢谢您。"高个子男人说。

"他想感谢您给球队当教练，这非常有意义——"

布里特-玛丽打断了他，因为她听得懂。

"我应该感谢你们才对。"

斯文开始给高个子男人翻译，但对方也打断了他，因为他也能听懂。高个子男人按住布里特-玛丽的手。

她回到披萨店，斯文跟在后面，帮助坐轮椅的女人收拾桌上的杯子盘子。

"很美的葬礼。"斯文说，因为的确应该这么说。

"非常美。"布里特-玛丽说，因为谁都不得不同意。

他从口袋里掏出一样东西交给她——她的车钥匙。正在这时，他的目光闪烁起来，因为他透过窗户看到肯特的宝马开进了停车场。

"我猜您现在要回家了，您和肯特。"斯文眼神黯淡。

"最好是这样。"布里特-玛丽吸着腮帮子，可接着又脱口而出，"除非有人需要我在这里……比如薇卡和奥马尔……"

斯文惊讶地抬起头，意识到她想知道两个孩子是否需要她，而不是他是否需要她。

"我……我，当然，当然，我联系了社会服务机构，他们派了一个女孩过来。"他严肃地说，似乎忘记了几天前他刚刚领着那个年轻女人到薇卡和奥马尔家里去过。

"当然。"布里特-玛丽说。

"她……您会喜欢她的。我以前和她一起工作过很多次。她是个好人，很为孩子们着想，她不像……不像您想象中的那种社会服务机构的工作人员。"

布里特-玛丽用手帕擦掉眉毛上的汗水，这样她擦眼睛的动作就不会那么明显了。

"我答应过萨米,他们会没事的。我保证过……我希望……他们有机会……他们的人生中必须出现阳光灿烂的故事,在某个时候。"过了很长时间,她终于说。

"我们会尽最大的努力,做到一切我们能做到的。"斯文说。

"当然,当然。"她低着头说。

斯文的手指揉着警帽的边缘。

"议会派来的那个女孩,没错,她会先和孩子们待一阵,等他们情绪稳定下来。她非常周到体贴,您不用担心。我,嗯,他们让我今晚开车送孩子们回家。"

过了几秒钟,布里特-玛丽才理解了他的言外之意:她不再被人需要了。

"当然,当然,这是最好的安排,很明显。"她低声说。

外面的停车场上,肯特已经钻出宝马,显然也透过窗户看到了布里特-玛丽和斯文,因为他略显不高兴地两手插在口袋里,仿佛站在街角的迷途者,但又不太愿意承认自己迷了路。他从来不善于谈论死亡,布里特-玛丽知道,他只擅长处理实际事务,比如打电话,亲吻她的眼皮,但感受事物从来不是他的强项。

从他的眼神看,他似乎很想走进披萨店,然而他的脚却朝相反的方向走去。他做了几个动作,好像打算回到宝马车上去,但这时候孩子们的足球滚过来,停在他脚边,奥马尔站在几英尺之外。肯特踩着球,看着奥马尔,把球踢还给他,奥马尔用脚的侧面一挡,球反弹到肯特那边。

三十秒后,肯特就钻进了孩子群。他的衬衣皱了起来,下摆搭在腰带外面,头发乱糟糟的,然而他的心情很快变好了。足球飞向他的膝盖,他对准它用力一踢,结果没踢到球,反而把脚上的鞋子甩了出去,鞋子越过木篱笆,飞向娱乐中心的外墙。

"圣母玛利亚。"布里特-玛丽站在窗户里嘟囔道。孩子们看着鞋飞出去,又转头看着肯特,他回头看着他们,开始笑起来,他们也笑了。肯特穿着一只鞋踢完了后面的比赛,进球之后还绕着场地转圈,肩膀上扛着奥马尔。

奥马尔紧紧拥抱了肯特,用的力气有点儿大,时间有点儿长,就像那种在踢球的时间之外不太有机会表达感情的青少年。肯特也用力回抱了他,因为足球场上的气氛可以让他很自然地做到这一点。

斯文转身背对着窗户,喃喃地说:

"不要不喜欢我,布里特-玛丽,就因为我没早点给社会服务机构打电话。我只想给萨米一个机会把事情安排好,我想……我……我……我只想给他一个机会。不要因为这个不喜欢我。"

她的手指在两人之间的空气中划动,指尖离他很近,他仿佛可以感觉到它们。

"恰恰相反,斯文。恰恰相反。"

他似乎想说点什么,所以她迅速插嘴道:

"今天的孩子比平时多,他们都是从哪里来的?"

斯文把警帽扣回头上,但扣得有点儿歪。

"杯赛结束后,他们几乎每天晚上都来这里,人数一次比一次多。如果继续这样下去,博格的球队就会变成俱乐部啦。"

布里特-玛丽不懂这是什么意思,但听上去似乎很美好,她觉得萨米会喜欢的。

"他们看起来很开心,哪怕遇到了这种事,他们踢起球来还可以这么开心。"她几乎有点儿羡慕地说。

斯文用胡茬刮着手背,看上去很疲惫,她从来没见过他疲惫的样子。过了很久,他目光闪烁着看向她,嘴角微微颤抖地说:

"足球强迫生活继续下去。总有新的比赛、新的赛季。人们总会梦想一切变得更好。这是一项神奇的运动。"

布里特-玛丽拉直他衬衫上的一道褶皱。她的手好像花丛中的蝴蝶,轻轻接触着布料,但没有碰到衣料下面他的身体。

"如果您不介意,我想问您一个非常私人的问题,斯文。"

"当然不。"

"您支持哪支足球队?"

斯文先是惊讶了一下,然后仿佛如释重负。他若有所思地回答:

"我没有特别支持的球队,我想这是因为我太喜欢足球了。有时候,对某一支球队的偏爱会妨碍你去爱整个足球运动。"

这个回答非常符合斯文的性格。比起相信激情,他应该更相信爱,正如他是个比相信法律更相信正义的警察。很符合他,布里特-玛丽想,但没告诉他这么多。

"像诗一样。"她说。

"没错。"他微笑道。

她想说的还有很多很多,也许他也一样。然而最后他只是支支吾吾地说:"我想让您知道,布里特-玛丽,每次在家听到敲门声，我都希望是您。"

也许他还想说些更重要的话，但忍住了，转身就走。她想叫住他，可是太晚了。

店门在他身后发出愉快的叮叮当当声，因为门这种东西显然不会察言观色。

布里特-玛丽拿出手帕，开始擦脸，这样别人就不会发现她其实是在擦眼睛。接着她穿过披萨店，走向坐轮椅的女人。店里仍然有不少人，比如本的母亲、恐龙的叔叔、蛤蟆的父母，还有些布里特-玛丽想不起名字的熟悉面孔，她只记得他们都去看过杯赛。这些人正在打扫卫生，排列桌椅，布里特-玛丽很想过去再重新整理一遍，不过最后还是忍住了。

"那个什么，叫什么来着？很美的葬礼，不是吗？"坐轮椅的女人说，嗓子有点儿哑。

"是的。"布里特-玛丽表示赞同，接着迅速拿出钱包，"我想问问您，车门多少钱？"

坐轮椅的女人敲打着轮椅的边缘。

"好吧。我一直，你知道吧，一直在想着那辆车，嗯，布里特-玛丽。我这儿没有技术好的汽修工，所以也许修得不好，你明白吗？所以你首先应该看看修得怎么样，对不对？然后再回来付钱。"

"我不明白。"

坐轮椅的女人挠挠腮帮子，这样别人也不会发现她在擦眼睛了。

"布里特-玛丽是个非常诚实的人，嗯。布里特-玛丽不讹东西,所以我知道布里特-玛丽会回到博格付钱的,嗯。"

"当然,"布里特-玛丽回应道,转身离开,"当然。"

她想打扫卫生,让自己忙起来,这时才惊恐地发觉披萨店里的其他人已经打扫完了,坐轮椅的女人显然早就告诉了他们该怎么做,现在没有什么需要打扫的了。

因此,这儿更加不需要布里特-玛丽了。

她独自站在门口,一直等到孩子们踢完球,一个接一个地回家去。斯文站在远处耐心地等待薇卡和奥马尔,允许他们慢慢来。薇卡直接钻到车后座,关上了门,但奥马尔在木篱笆那儿溜达了一会儿,手指在那排白色球衣上摸了一遍,然后蹲到地上的蜡烛旁,小心地拿起一根已经熄灭了的,就着其他蜡烛的火焰重新把它点燃,放回原处。当他直起身子的时候,看到了门口的布里特-玛丽,他搁在屁股上的那只手轻轻抬了抬,似乎是朝她挥手,来自年轻人的挥手远比小孩子的挥手意义重大得多,于是她奋力朝他挥手,转移他的注意力,不让他看到自己在哭。

警车拐上大路,朝孩子们的家驶去。她这才来到停车场里,肯特正等着她,满头大汗,衬衣皱皱巴巴,松松垮垮地挂在皮带上,硕大的脑袋顶着一头乱发——而且依然只穿着一只鞋,看上去像个十足的智障儿,让她想起他小时候的模样,那个时候他根本不在乎别人会冲他不赞许地摇头,从来不害怕自嘲,从来不需要任何人的肯定,除了她的。

他抓住她的手,她把眼皮压在他的嘴唇上,急促地说:

"别看薇卡平时脾气很大,她其实很害怕。奥马尔看起来似乎胆子很小,其实一直在生气的人是他。"

"一切都会好起来的。"肯特对着她的头发说。

"我答应过萨米,会让他们好好生活。"布里特-玛丽啜泣道。

"他们会很好的,你必须让政府照顾他们。"肯特冷静地说。

"我知道。我当然知道。"

"他们不是你的孩子,亲爱的。"

她没有回应,因为她知道这话没错,她当然知道。她直起腰,拿纸巾擦擦眼睛,抚平裙子上的一道褶皱,又抚平肯特的衬衫上的许多道褶皱,定了定神,双手扣在肚子上,问他:

"我想在这里最后办一件事。明天。去镇上。如果不麻烦的话。"

"我和你一起去。"

"你不用每次都和我一起,肯特。"

"不,我自愿的。"

他微笑起来,她也很想微笑。

然而,当他走回宝马车的时候,她留在了原地,脚跟碾进砾石地面,就像你终于受够了的时候那样说:

"不,肯特,你不能去!我绝对不会和你一起去镇上,如果你不先把两只鞋都穿好的话!"

36

沿公路而建的社区有一个明显的特点,就是你可以找到各种理由离开或者留在这里。有些人就喜欢不停地收集这两类借口,乐此不疲地在"走还是留"的想法之间荡秋千。

最后,葬礼几乎过去了整整一个星期,布里特-玛丽才钻进自己的白车(公平地讲,有扇门是蓝的),沿着公路离开博格。当然,这不完全是镇议会工作人员的错,他们可能只是想做好自己的工作,并不知道布里特-玛丽是一个严格按照清单办事的人。

葬礼结束后的第一天(星期一),一个在镇议会前台工作的年轻人(临时工)误以为布里特-玛丽是来搞笑的。前台上午八点上班,八点零二分的时候,布里特-玛丽和肯特才出现,因为布里特-玛丽不想让人觉得她过分拘泥于时间。

"博格?"临时工问,仿佛在拼读童话故事里野兽的名字。

"亲爱的小伙子,既然您在议会工作,肯定不会不知道博格也属于这个镇吧!"布里特-玛丽说。

"我不是这儿的,我是临时工。"

"哈。这倒是个可以掩饰各种无知的好借口。"

然而肯特在旁边鼓励地戳了她一下,小声告诉她,应该委婉一点。于是她严肃地定了定神,然后微笑着对年轻人说:

"我觉得您很有勇气,敢戴着这样一条领带出门,因为它看上去非常滑稽。"

接下来便是一段无法完全用"委婉"来形容的辩论,不过最后肯特设法让双方辩手冷静了下来,并且让年轻人保证不把保安叫来,又说服布里特-玛丽答应不会再用手提包殴打临时工。

沿着公路建起来的社区还有个有趣的特点,你不用在那儿待很长时间,就能在听到小年轻们说"根本不知道有这么一个地方"的时候,感觉深深地受到了冒犯。

"告诉您吧,我来这里是申请在博格建足球场的。"布里特-玛丽拿出女神般的耐心,告诉临时工。

她指着自己的清单给他看,年轻人却没理睬她,找出一份文件翻了翻,转向肯特,说了些关于什么"委员会"的话,而且这个"委员会"现在好像正在开会。

"需要多长时间?"

年轻人继续翻着文件。

"是早餐会议,所以大约得开到十点钟。"

后来,布里特-玛丽和肯特不得不离开议会大楼,因为她认为"早餐"一直吃到十点实在荒谬,她的质疑导致临时工违背承诺,叫来了保安。然而两人十点钟回来的时候,却听说"委员会"已经开始了下一个会,这个会需要开到午饭之后。吃过午饭,他们第三次过去,却发现"委员会"正在开一个恐怕得持续一整天的会。布里特-玛丽强烈抗议,说她不相信有什么会能开一天,临时工上午叫过的那个保安觉得她的抗议有点儿夸张。他告诉肯特,如果布里特-玛丽再这么闹,他只能没收她的手提包。肯特忍着笑说,如果他敢这么做,那这个保安就比她丈夫还要勇敢。听了这话,布里特-玛丽不知道该觉得受到了侮辱还是应该自豪。

"我们明天再来,亲爱的,别担心。"两人走出大楼,肯特安慰她。

"你也有会要开,肯特。我们必须回家,我明白,我当然明白,我只是希望我们能……"

她深吸一口气,非常用力,仿佛气息来自她的手提包底部。

"薇卡说,当她踢球的时候,什么痛苦都感觉不到了。"

"什么痛苦?"

"任何痛苦。"

肯特低下头,思考了一会儿。

"没关系,亲爱的。我们明天再来。"

布里特-玛丽整了整手上的绷带。

"我知道孩子们不再需要我,我当然知道,肯特。我只想给他们留下点什么,至少我可以给他们争取到一座足球场。"

"我们明天再来。"肯特重复道,为她打开车门。

"没错,没错,你还要开会,我明白你也有会要开,我们必须回家。"她叹息道。

肯特心烦意乱地挠挠头,轻轻咳嗽几声,凝视着车窗玻璃和窗框之间的橡胶密封条,开口道:

"其实,亲爱的,我只有一个会要开,和汽车经销商。"

"哈。我不知道你打算买新车。"

"我不买车,我想把这辆车卖了。"肯特冲着宝马点点头。

他神情沮丧,好像这辆车是通人性的宠物。可当他耸肩膀的时候,却像个年轻的男孩一样轻快,仿佛刚刚卸下了沉重的负担。

"公司破产了,亲爱的,我一直在试图挽救它,不过……好吧,都怪经济危机。"

布里特-玛丽震惊地瞪着他。

"可是我以为……你不是告诉我经济危机结束了吗?"

他想了一会儿,然后简短地回答:"我错了,亲爱的。完全错了。"

"你打算怎么办?"

他满不在乎地微笑起来,仿佛年轻了几十岁。

"重新开始。大家都会这么做,对不对?很久以前我还不是一无所有?记得吗?"

她当然记得。她的手指摸索到了他的手指。他们或许真的老了,可他还是笑着说:

"我一辈子的生活全是依靠努力换来的,一辈子的生活!我还能从头再来。"

他握住她的两只手,看着她的眼睛承诺道:

"我可以再次成为那个人,亲爱的。"

车子开到距离博格还有一半路程的地方时,布里特-玛丽转身问肯特,曼联的表现如何。他大声笑起来,仿佛听到了天启。

"啊哈，也很糟糕，现在是他们二十年来表现最差的一个赛季，俱乐部经理随时都会被解雇。"

"怎么会这样？"

"他们忘记了是什么使他们成功的。"

"遇到这种情况，应该怎么办？"

"重新开始。"

他在蛤蟆家租了一间屋子过夜，布里特-玛丽没问他是否愿意住在银行家，因为肯特承认："我有点儿害怕那个瞎婆娘。"

第二天，他们又去了镇议会。第三天也去了。镇议会的某些工作人员大概相信布里特-玛丽和肯特早晚会放弃，然而那帮人并不懂得用墨水写下的待办事项究竟意味着什么。第四天，他们见到了一个穿西装的男人，据说他是"委员会"的成员。到了该吃午饭的时间，西装男又叫来一男一女，他们也穿着西装，至于叫他们过来的原因，要么是这两个人真的拥有相关领域的专业知识，要么因为头一个西装男觉得这样可以降低自己被布里特-玛丽的手提包砸到的几率。确实很难判断究竟出于哪个原因。

"我听说了许多关于博格的好消息，那儿似乎非常有魅力。"西装女振奋地说，仿佛那个离她办公室十二英里远的地方是个充满异国情调的岛屿，只要念动咒语就能瞬移过去。

"我是来申请建造足球场的。"布里特-玛丽开口道。

"我们没有那个预算。"第二个西装男告诉他们。

"您瞧，我早就说过啦。"第一个西装男指出。

"既然这样，我不得不要求你们修改预算。"

"根本不可能！那像什么样子？如果开了先例，所有的人都会跑来找我们改预算！"二号西装男惊恐地说。

西装女微微一笑，问布里特-玛丽是否想来点咖啡。布里特-玛丽说她不想。西装女笑得更欢了。

"我们记得博格已经有一个足球场了。"

二号西装男从齿缝间发出不满的哼唧声，几乎吼了起来：

"不对！那个足球场被卖出去建公寓了，这个是在预算里面的！"

"好吧，既然这样，我要求你们把土地买回来。"

伴随着刚才的哼唧声，西装男的牙缝里这回还喷出了口水。"那像什么样子？要是听你的，人人都会要把他们的土地买回来了！我们可不能随处建足球场，否则我们会被遍地的足球场淹死的！"

"嗯。"一号西装男非常不耐烦地看着他的手表说。

在这种时候，肯特必须牢牢抓住布里特-玛丽的手提包。西装女慌忙过来打圆场，给每个人倒了咖啡，尽管大家都不想喝。

"我们知道，您目前在博格的娱乐中心工作。"她温柔地微笑着说。

"是的。是的，没错，可我……我已经辞职了。"布里特-玛丽说，吸着腮帮子。

女人笑得更温柔了，把咖啡杯又往布里特-玛丽那边推了推。

"那从来都不是个正式的职位，亲爱的布里特-玛丽，议会本来打算在圣诞节前关闭娱乐中心，但后来出了点纰漏，所以阴差阳错把您雇了来。"

二号西装男继续发出不满的嗡嗡声,活像一台船用外挂发动机。

"不在预算之内的职位，那像什么样子？"

一号西装男站起来。

"请原谅，我们要去参加一个非常重要的会议。"

布里特-玛丽只好离开了镇议会，这才意识到自己来博格原来是因为一个错误。他们说得对。他们显然是对的。

"明天，亲爱的。我们明天还来。"两人坐进宝马车，肯特告诉她。她沉默而沮丧地把头靠在车窗上，下巴底下夹着一张纸巾。看到这一幕，肯特眼中闪现出决心已定的神色，一个近乎复仇计划的方案在他脑中形成，然而她却不曾注意到。

第五天是星期五，他们再次来到镇议会。又下雨了。

肯特必须强迫布里特-玛丽过来，因为她坚持认为来了也没用。最后他别无选择，只得威胁说要用墨水在她的清单上写下很多无聊的脏话，布里特-玛丽吓得一把夺回清单，好像肯特要把她的花盆扔下阳台一样。然后她不情愿地钻进宝马车，一路上都在数落肯特是个"无赖"。

走进议会大楼，一个女人在里面等着他们。布里特-玛丽认出她是足协的那个女人。

"哈，您是来阻止我们的吗？"布里特-玛丽问。

女人惊讶地看着肯特，紧张地拧着手腕。

"不，肯特给我打了电话，我是来帮你们的。"

肯特轻轻拍拍布里特-玛丽的肩膀。

"我打了几通电话，做了点我擅长的事。"

布里特-玛丽走进西装们的办公室，发现里面竟然出现了更多穿西装的人。看来博格的足球场已经变成了不止与一个委员会有关的问题。

"我们注意到，有必要在本镇的边界之内建造更多的足球场。"一个新面孔的西装男说，朝足协的女人点点头。

"我们也注意到，为了呼吁这件事，当地企业已经准备施加……压力了。"另外一个西装说。

"压力相当令人不愉快，毫无疑问！"第三个西装插话道，随即拿出一只塞着一大摞纸的塑料文件夹，摊放在布里特-玛丽面前的桌子上。

"我们收到了许多邮件和电话——提醒我们今年是选举年。"前一个西装强调。

"实际上，选民们一直都在不断地提醒我们！"后一个西装说。

布里特-玛丽身体前倾，发现文件夹里的文件标题是"博格独立商业股份合作备忘录"。从文件里可以清楚地看到，博格的披萨店、小超市、邮局、修车行的所有者仿佛在一夜之间联合起来，集体签名要求建造足球场。为了壮大声势，一些新近注册的公司的业主也签名表示同意，比如"哥俩好法律事务所""美容美发集团""博格好酒进出口有限公司"，而且几位企业家的笔迹如出一辙。唯一一份与众不同的申请是一个叫"卡尔"的人写的，从文件上看，他似乎是开花店的。

布里特-玛丽认得肯特的字。除了卡尔，其余的人显然都是他冒充的。他站在她身后，双手插兜，耷拉着脑袋，似乎想保持低

调。西装女给大家端来咖啡,兴奋地点头道:

"其实,我以前根本不知道博格竟然是个商业如此繁荣的社区!多么迷人啊!"

布里特-玛丽很想伸展胳膊,像飞机一样绕着房间转圈,她的常识费了好大的劲才阻止了她,因为她几乎十分肯定,这是非常不恰当的行为。

第一个西装男清清喉咙,补充道:

"实际上,您家乡的劳动就业办公室也联系了我们。"

"二十一次,他们联系了我们二十一次。"另外一个西装指出。

布里特-玛丽不明就里地看着肯特,想从他脸上找点提示。然而他也张着嘴,看上去和她一样震惊。一位貌似随机出现的西装男指着另外一份文件说:

"我们还注意到,您受雇在博格的娱乐中心工作。"

"因为一个错误!"西装女温柔地微笑道。

随机出现的西装男丝毫不受干扰地接着说:

"您家乡的劳动就业办公室告诉我们,出于这个原因,他们对此事负有一定的行政责任。我们还得到消息,镇议会针对进一步招聘的预算可以进行灵活处置。鉴于目前是选举年,我们现在就可以……嗯……就可以安排。"

"二十一次。他们告诉了我们二十一次!"另外一个西装恼火地插嘴道。

布里特-玛丽言语无能。她结结巴巴地说了几个字,然后闭上嘴,清清嗓子,过了很长时间,才终于爆发道:

"我能劳驾问问吗,你们说的这些到底是什么意思?"

房间里所有的西装不约而同地发出极为克制的哀叫,仿佛他们的意思已经十分明显,根本无需解释。接着他们集体挽起袖子看表,想知道是否已经到了午饭时间。发现果然应该用餐了,大家变得非常不耐烦。终于,其中一位西装决定自我牺牲一回,他疲惫地看着布里特-玛丽,勉为其难地开口道:

"意思是,本地议会要么批准建设新足球场的预算,要么拨款保留您的职位,但我们不能同时负担这两样。"

这还真是个两难的选择。

沿着公路建起的社区还有一个好处,就是你可以找到许多离开那里的理由,几乎跟你能找到的留在那里的理由一样多。

37

"你必须理解,这是一个两难的选择。"布里特-玛丽说。

发现自己没有得到回应,她解释道:

"问题非常棘手,你必须明白,希望你不要怪我。"

她依旧没有得到回应,于是吸了吸腮帮子,整理了一下裙子。

"这儿很整洁。当然,我不知道整洁度如今对你来说还是否重要,但我希望你能喜欢。这里真是块非常整洁的墓地。"

萨米没作声,可布里特-玛丽还是希望他能听到她说的话。

"我想让你知道,亲爱的孩子,我永远都不后悔来到博格。"

这是一个星期六的下午,是地方议会给她出难题的第二天,与此同时利物浦队正在距离博格六百英里之外的地方对战阿斯顿维拉队。这天上午,布里特-玛丽去了娱乐中心。

地方议会保证说,下周一他们就会派推土机到娱乐中心外面的停车场去。是肯特强迫他们答应的,因为他说,如果不这样,他就不让西装们吃午饭。于是他们捂着心口承诺,一定尽快给足球场铺草皮,安装带网的球门,画好符合标准的边线和球门线。虽然议会的决定让她有些进退两难,但布里特-玛丽知道失去一个兄弟姐妹的感觉,也明白假如没有信念支撑,人会如何迷失自我。考虑到这些,她觉得自己能够给予博格的最好礼物,就是一个足球场。

透过敞开的披萨店前门,她听到店里的说话声,但没有进去,因为她觉得最好不要这么做。娱乐中心空空荡荡,冰箱的门虚掩着,从橡胶密封条上的老鼠牙印可以清楚地判断出发生了什么。原本盛着花生酱和可可酱的盘子上的保鲜膜被啃掉了,整个盘子都舔得一干二净。离开的时候,老鼠还碰翻了布里特-玛丽的小苏打罐,碗碟架周围全是小苏打和清晰的老鼠脚印,而且显然是一对老鼠的脚印:两只老鼠大概刚刚在这儿约会过,或者见面,或者随便你怎么说。

布里特-玛丽膝盖上搭着一条毛巾,在一只木凳上坐了很长时间,然后用毛巾擦干净脸,开始打扫厨房,刷洗了所有家什并消毒,确保每样东西一尘不染,还拍了拍曾经被飞来石砸坏的咖啡机,摸了摸挂得高度正好的那幅带红点的宣传海报,海报始终忠实地告诉布里特-玛丽她现在身处何方。

奇怪的是,现在听到敲门声并没有让她惊讶。社会服务机构的年轻女人站在门口,露出一个"我来对了地方"的表情,仿佛她本来就属于这里。

"您好,布里特-玛丽。"女孩说,"希望我没有打扰您,我看到这里亮着灯。"

"当然没有,我只是过来还钥匙。"布里特-玛丽低声告诉她,感觉自己像个借住在别人家里的房客。

她拿出娱乐中心的钥匙,但女孩没有接,只是温和地微笑着打量整个地方。

"这儿很不错。我明白,这里对薇卡和奥马尔而言意义重大,所以我想过来看看,为了更好地理解他们。"

布里特-玛丽摩挲着钥匙,压抑住内心的所有冲动,检查了好几遍手提包,确保所有东西都没落下,最后一次关掉洗手间和厨房的灯。尽管常识已经武装到了牙齿,随时准备跳出来阻止她,布里特-玛丽仍有好几次都强烈希望说出自己想说的话。

如果有人愿意照顾孩子们,情况会有什么不一样?她很想问,尽管觉得这个问题很荒谬,她还是开了口:

"如果……我只想问问您……当然,这个问题很荒谬,但我还是想知道,如果有人……那是否……会不会有差别……"

即将吞吞吐吐地说完整个句子之前,她突然发现蛤蟆的父母站在门口。蛤蟆的母亲一只手按在怀孕的肚子上,他父亲双手抓着帽子。

"您是来接孩子们的吗?"卡尔问女孩。

蛤蟆的母亲轻轻从侧面捅了他一下,然后非常直截了当地对社会服务机构的女孩说:

"我叫索雅,这是卡尔,我们是帕特里克的父母,他和薇卡、奥马尔在同一支足球队。"

社会服务机构的女孩正准备说话,卡尔打断了她:

"我们希望照顾孩子们,我们想让他们来和我们一起住,您不能带他们离开博格!"

索雅看着布里特-玛丽,不过也许只是盯着她的手。紧接着,她穿过房间,没有任何预示地,直接给了布里特-玛丽一个拥抱。布里特-玛丽嘟囔了几句"手上有洗手液"之类的话,然而索雅继续拥抱着她。门口传来窸窸窣窣的声音,社会服务机构的女孩轻轻笑了一声,她每次说话之前似乎都要先笑一下。

"其实,别人也给过我同样的建议,本的母亲,还有……恐龙……的叔叔,他真的叫恐龙吗?"

门口的窸窸窣窣声变大了,接着传来故意清嗓子的声音。

"那些孩子!可以和我住一起,嗯?他们就像……什么来着?我自己的孩子,嗯?"坐轮椅的女人仿佛做好了和屋里的每个人争夺抚养权的准备,她朝门外的足球场挥挥手,那儿的木篱笆上仍旧挂着一排白色球衣。今天早晨,蜡烛也重新点燃了。

"那句话怎么说来着?养育一个孩子,需要全村人的力量!对不对?我们正好有一个村的人呢!"

索雅不情愿地松开布里特-玛丽,仿佛一个知道气球迟早要飞走的孩子。

卡尔拧着他的帽子,既严厉又可怕地指着社会服务机构的女孩说:"您不能带孩子们离开博格,他们指不定会遇上什么样的人!可能会变得像支持切尔西队的人一样!"

这时候,布里特-玛丽已经把娱乐中心的钥匙放在了碗碟架上,轻手轻脚地从他们背后离开了。不过,他们很可能已经发现了这件事,那么为什么不说一句话呢?只能是因为他们喜欢她,喜欢到了一定的程度才会有这样的反应。

博格的下午变成了晚上,既迅速又无情,黄昏仿佛拿出一块创可贴遮住了阳光。布里特-玛丽跪在地上，前额贴着萨米的墓碑。

"亲爱的孩子，我永远不会后悔来过这里。"

到了周一，推土机会开进博格。布里特-玛丽不清楚自己究竟信不信教，然而这件事让她觉得，上帝也为博格准备了一个计划，他并没有抛弃这个地方。

她独自沿着公路穿过整个社区，紧身裤上沾了不少草叶，白色球衣还挂在木篱笆上，篱笆下方燃着新的蜡烛。娱乐中心被一台电视的屏幕照亮，她看到许多孩子的脑袋投影在窗户上，数量比以往任何时候都多。比起球队，更像一个俱乐部。她很想走进去，然而知道这样并不合适，还是走开最好。

娱乐中心和披萨店之间的砾石停车场上，出现了两辆巨大的老式卡车，车头灯都亮着。一群胡子拉碴、戴帽子的成年男人正在光束之间移动，兴奋地直喘气，时而呻吟，时而互相推挤。过了很长时间，布里特-玛丽才意识到他们在踢足球。

他们在玩儿。

她继续沿路前行，走到一座不起眼的小房子近前的时候，她突然心跳加速，不得不停下休息一会儿。如果你不知道这是哪里，一定会目不斜视地走过去，因为这座房子和它的主人一样平庸无奇。警车没有停在外面，窗户也没亮灯，所以她敢百分之百地肯定，斯文不在家。布里特-玛丽蹑手蹑脚地走到门口，敲了敲门，因为她希望至少在有生之年尝试这一次。

然后她迅速离开，躲在阴影里，向银行家走去。她家外面的花坛不再有难闻的味道，草坪上的"出售"木牌也被移走了。走进门厅时，布里特-玛丽闻到了煎蛋的香气，白狗趴在地板上睡觉，银行坐在起居室的扶手椅里，脸几乎贴在了电视上。布里特-玛丽很想警告她这样对眼睛不好，转念一想，还是不说的好。

"请问现在是哪两支队比赛？"她问银行。

"阿斯顿维拉和利物浦！阿斯顿维拉二比零领先！"银行非常激动地回答。

"哈。我还以为您也支持利物浦队，和所有的孩子一样呢。"

"你疯了吗？我支持阿斯顿维拉！"银行怒道。

"我能问问为什么吗？"布里特-玛丽问，因为她仔细回想了一下，认为这是她第一次看到银行对电视上播出的球赛如此感兴趣。

银行仿佛觉得这问题很荒谬，想了一会儿，面无表情地答道：

"因为没有人支持阿斯顿维拉……还因为他们的球衣很好看。"

布里特-玛丽觉得第二条理由比第一条更合理些。银行抬起头，调低电视音量，举起啤酒瓶，清清嗓子。

"厨房里有吃的，如果你饿了的话。"

布里特-玛丽摇摇头，攥紧手提包。

"肯特马上就来，我们要回家了。他开他的车，我开我的，当然，他会在我前面，我不喜欢在黑暗中开车，最好是他在前面。"

银行站起来，冲着扶手椅叽里呱啦地骂了一大串脏话，似乎扶手椅是人类变老的元凶。

"不是我管闲事，但我觉得你应该学会在黑暗中开车。"

"您真好。"布里特-玛丽对着她的手提包说。

银行和白狗帮她把楼上的行李和阳台花盆搬下来。布里特-玛丽打扫了厨房，整理了餐具，拍了拍白狗的耳后根。电视上有个人大声叫起来，银行钻进起居室，又暴躁地钻出来。

"利物浦得分了。现在是二比一。"她喃喃地说。

布里特-玛丽最后一次绕着房子走了一圈，抻平地毯和窗帘上的褶皱。

再次回到厨房时，她说：

"我不是那种爱管闲事的人，但我不可能不注意到草坪上的'出售'牌被拿走了。我只想祝贺您终于卖掉了房子。"

银行苦笑起来。

"你在开玩笑？谁会在博格买房子？"

布里特-玛丽整了整裙子。

"因为您拿走了那块牌子，所以我就猜……这样假设也不是不合理……"

"啊，我想我还会在博格住一段时间，就这样。我早就打算回来和我老爸说点事，结果后来他死了，这样反而更方便，因为他不会老是打断我了。"

布里特-玛丽想拍拍银行的肩膀，然而意识到还是忍住的好，至少不能在银行可以随时够到她棍子的时候做这件事。

有人敲门。银行本能地走进门厅，可是没有开门，又折回了起居室，因为她知道谁在门外。

布里特-玛丽最后扫了厨房一眼，手伸向离她最近的墙，感受着它，但没有真的触碰它，它们毕竟很脏，而她没有足够的时间把墙弄干净。要做到这一点，她必须在博格多待一阵。

看到她过来开门,肯特如释重负地笑了。

"你准备好了吗?"他焦急地问,好像仍然害怕她可能改变主意。

她点点头,抓住她的包。这时电视上的球赛评论员突然发疯般咆哮起来,仿佛有人在殴打他。

"怎么啦?出了什么事?"布里特-玛丽惊呼。

"我们走吧!否则会堵车的!"肯特叫道,然而为时已晚,布里特-玛丽已经头也不回地走进了起居室,银行正对着一个穿红色球衣的年轻人骂脏话。年轻人在电视上跑来跑去,嚎叫得脸都紫了。

"二比二,利物浦追平了比分,二比二。"她嘟囔道,踹着扶手椅,仿佛它是罪魁祸首。

布里特-玛丽回头走出大门。

肯特的宝马停在街上。见她出来,他跑过来接她,想拉着她一起跑,但她躲开了。成年女性当然不能说跑就跑,好像越狱的罪犯。她在人行道边缘收住脚步,看着肯特,泪水滑下她的脸庞。

"你在干什么,亲爱的?我们必须走了。"他说,然而他的声音跑调了,因为他已经非常清楚地猜测出她打算干什么。

她的裙子起了皱,可她并没有整理。她的头发几乎称得上不整洁,凌乱得根本不像布里特-玛丽的头发。她的常识终于扯起白旗宣布投降,允许她随心所欲地提高声音喊出来:

"利物浦追平比分啦!我觉得他们要赢啦!"

肯特的下巴紧压着胸口,整个人仿佛缩小了一大圈。

"你不能给他们当妈,亲爱的。就算你可以,接下来会发生什么?等他们长大了,不需要你的时候,你怎么办?"

她摇摇头,然而这个动作背后的含义并非悲伤和沮丧,而是轻蔑与叛逆。她仿佛已经充分做好了跳下礁石的准备,哪怕她其实只是站在人行道的边缘。

"我不知道,肯特。我不知道接下来会发生什么。"

他闭上双眼,又变回当年站在楼梯平台上那个男孩的模样,然后用一种平静的语气说:

"我只能等到明天早晨,布里特-玛丽。我会在蛤蟆的父母家过夜。如果你早晨没有敲响我的门,我就自己回家去。"

他尽量以自信的方式说出这些话,尽管他知道自己已经失去了她。

她已经朝娱乐中心的方向走过去了。

在她看到他们之前,奥马尔和薇卡率先看到了布里特-玛丽。听到他们激动的喊声,她想都没想,抬腿跑了过去。

"仁慈的上帝……利物浦……我当然不明白他们是怎么做到的,不过我认为他们要打败……那个什么队了。维拉什么的!"布里特-玛丽喘息道,她觉得有点儿眼冒金星,只好停在路中央,双手扶着膝盖歇口气。如果邻居们看到,一定会以为她嗑了药。

"我们知道!"奥马尔热切地说,"我们要赢了!杰拉德进球的时候,您可以从他的眼睛里看出来,我们一定会赢!"

布里特-玛丽抬起头,急促而用力地呼吸着,简直觉得偏头痛要犯了。

"我能问问吗,你们为什么待在路中间?"

薇卡双手插兜，面对着她，摇摇脑袋，似乎认为布里特-玛丽的头脑比她想象的还要迟钝。

"利物浦打了翻身仗，我们想和您一起看他们赢啊。"

然而利物浦并没有在那场比赛中翻身，最终比分还是2:2。对全世界来说，这个结果既无关紧要，又格外重要。

那天晚上，他们在银行家的厨房里吃了煎蛋和培根。"他们"包括薇卡、奥马尔、布里特-玛丽、银行和白狗。奥马尔把胳膊肘搁到桌子上时，轮到薇卡告诉他把胳膊肘拿下去了。

两个孩子的视线相交了一瞬，然后他毫无怨言地服从了她的命令。

大家穿好外套之后，布里特-玛丽站在门厅里，暗暗在鞋子里蜷起脚趾，一次又一次地抚平孩子们衣袖上的褶皱，直到他们逼着她停下来，才讪讪地收回了手。

社会服务机构的年轻女人站在外面的草坪上等他们。

"她还不错，虽然她不喜欢足球，但人还不错。"薇卡对布里特-玛丽说。

"我们会教她的。"奥马尔向她保证。

布里特-玛丽吸着腮帮子，点了点头。

"我……其实我……我只想说，我……你们……我从来没有……"她开口道。

"我们知道。"薇卡说，低沉的声音穿透了布里特-玛丽外套的衣料。

"别担心。"奥马尔说。

孩子们走到大路上的时候,奥马尔突然转过身。布里特-玛丽从刚才开始就站在原地没动,仿佛想要把他们最后一秒的背影烙印在自己的视网膜上。只听男孩问她:

"您明天准备干什么?"

布里特-玛丽两手交叉,扣在肚子上,竭尽全力深吸一口气。

"肯特会等着我去敲他的门。"

薇卡把手插进衣兜,挑起眉毛。

"那斯文呢?"

布里特-玛丽又开始吸气,继续吸气,直到整个博格都在她的肺里跳上跳下。

"他告诉我,每次听到敲门声,他都希望是我。"

在街灯的映衬下,孩子们显得格外矮小。然而薇卡伸了个懒腰,挺直脊背,说:

"请您帮我一个忙,布里特-玛丽。"

"说吧。"她低声道。

"明天谁的门都不要敲,钻进您的车,只管向前开!"

孩子们离开后,布里特-玛丽独自站在黑暗中。她什么都没说,什么都没答应,她知道答应了也没用,它迟早会变成自己无法信守的承诺。

她站在银行家的阳台上,感受整个博格的气息温柔地穿过发间,不用担心发型被吹乱,只需体会微风吹拂的感觉。天还没亮,送报纸的车就来了,银行家对面那两位扶助行器的老太太走出房门,走向信箱,其中一个朝布里特-玛丽挥挥手,布里特-玛丽也对她挥手,当然不是把整条胳膊举起来挥,而是采取一种有节制的姿态,低调地把一只手放在臀部附近摆动。有常识的人都这么挥手。她目送两个老太太回了家,这才走下门口的台阶,拖着行李来到那辆有一扇蓝车门的白车前。

黎明之前,她来到一扇门外,敲了敲门。

38

　　如果一个人闭上眼睛,保持足够长的时间,就能想起她为了自己做出选择的所有时刻,抑或是意识到她从来没有为了自己做出过任何选择。拂晓之前,她开着一辆有扇蓝车门的白车,穿过一个小村庄,这个时候她放下车窗,做几个深呼吸,就能想起她爱上过的所有男人。

　　阿尔夫。肯特。斯文。第一个欺骗了她,抛弃了她。第二个欺骗了她,被她抛弃。至于第三个,她之前从来没有遇到过像他那样的人,然而也许他根本不是她一直期待的类型。不过,现在她可以慢慢地、慢慢地解开手上的绷带,端详着左手无名指上的戒指印,憧憬各种恋爱的可能性,衡量宽恕与爱情孰轻孰重,从容地数算自己的心跳。

　　如果一个人闭上眼睛,就会想起她一生中做过的所有选择,意识到她每次的选择都是为了别人做出的。

　　博格的清晨已经到来,然而天还没有变亮,仿佛想腾出更多时间给布里特-玛丽端详她的手,慢慢做出决定。

　　然后跳下去。

她敲了那扇门，门开了。她希望说出全部心中所想，卸下一直以来的重担，然而没有得到这样的机会。她想解释自己为什么会在这里，而不是出现在别的地方，但是有人打断了她，她发现自己不喜欢被人守候，因为这说明她太容易被猜到。

她想谈谈自己的感觉，敞开心扉，平生第一次开诚布公，还没来得及做好准备，一只坚定的手就把她拉回路边。她发现人行道上摆着许多塑料汽油桶，仿佛是一夜之间从卡车后厢里掉出来的。

"全体队员凑钱买的，我们计算了实际路程。"男孩说。

"是我们里面那些会数数的人计算的。"女孩插嘴道。

"我会数数！"男孩怒吼道。

"没错，你数数和你踢球的水平差不多，这说明你顶多能数到三！"女孩笑道。

布里特-玛丽凑过去打量了一眼那些塑料桶，发现它们很难闻。

有什么东西蹭着她的胳膊，过了很长时间，她才意识到自己的两只手都被孩子们拉住了。

"这些是汽油，我们按照路程长度准备的，足够您开到巴黎。"奥马尔轻声说。

"还能再开回来。"薇卡补充道。

孩子们站成一堆，目送布里特-玛丽坐上驾驶座，然后他们开始摇晃身体，和她道别。成年人显然不会这样做，他们只会单调地挥手。清晨终于来到了博格，太阳在地平线上克制地等候，仿佛在向她表达敬意，给布里特-玛丽足够的时间做出最后的选择——也是她第一次为了自己做出选择。当白昼之光完全倾泻到博格的屋顶上时，一辆带着一扇蓝车门的白车出发了。

也许她很快又停了下来，也许她敲响了另外一扇门。

也许她一直开了下去。

反正布里特-玛丽的汽油绝对够用，这一点上帝敢亲自打包票。

那里当然称不上什么万里挑一的好地方，至多算一万个普通地方中的一个，现在正是那里的一月份。

再过几个月，六百英里之外的地方，利物浦队将赢得英超联赛——不对，是几乎赢得英超联赛，因为最后一场比赛中，他们起初一直以3：0领先对手水晶宫队，然而在最后八分钟，超现实的一幕出现了，利物浦队被对手灌进三个球，与冠军称号失之交臂。利物浦队的人当然不会知道世界上还有博格这样一个地方，然而只要你在那个时候开车经过博格旁边的这条公路，放下车窗，就能身临其境般体验那场惊心动魄的比赛。

曼联开除了他们的俱乐部经理，重新开始。热刺承诺下个赛季会表现得更好。这个世界上总有一些地方能够找到支持阿斯顿维拉的人。

虽然现在是一月份，但春天总会来到博格。墓园中，一位年轻人在他母亲的身边安睡，裹着博格队全体球员的围巾拼成的毯子。两个孩子会继续抱怨没用的裁判，悲催地练习铲球。大街上，滚到脚边的球会被人踢走，因为这个社区的人不知道除了踢它一脚之外还能怎么做。接下来的某个夏天，利物浦会输掉一切，然后秋天到来，拉开新赛季的帷幕，又给他们带来赢回一切的机会。足球是一项强大的运动,因为它拥有强迫生活继续的力量。

博格还在那里,并且会一如既往地存在下去。博格有一条通往两个方向的道路,一头指着家乡,另一头连着巴黎。

当你开车经过博格,也许首先注意到的是那些已经关闭的地方。然而你必须放慢车速,看看还有什么留了下来。因为博格还有人。还有老鼠、路人、花园和温室。还有木篱笆、白球衣和点燃的蜡烛。有新铺的草皮和阳光灿烂的故事。有一家花店,在那里你只能买到红色的花。有一个小超市兼修车铺兼邮局兼披萨店,播出球赛的时候,店里的电视机总是开着,而且你可以理直气壮地在那儿赊账买东西。博格原来还有一座娱乐中心,现在没有了,但孩子们可以在他们的新教练家里吃培根和煎蛋。教练和她的狗住在一座带阳台的房子里,起居室的墙上挂着新照片。沿路的售房木牌一天比一天少。留络腮胡、戴帽子的成年男人在老旧卡车的头灯照明下踢足球。

博格还有一个足球场,一个足球俱乐部。

而且,

不管发生什么,

无论她在哪里,

每个人都知道布里特-玛丽来过这里。

〔全书完〕

弗雷德里克·巴克曼
Fredrik Backman

1981年生于瑞典赫尔辛堡
以撰写博客和杂志专栏起家
被评为2016年瑞典年度作家

已出版作品
《外婆的道歉信》
《清单人生》
《时间的礼物》
《不要和你妈争辩》
《焦虑的人》

喜欢布里特-玛丽吗?
这里有作者更多好笑的日常哟

清单人生

作者 _ [瑞典] 弗雷德里克·巴克曼　译者 _ 孙璐

产品经理 _ 吴涛　装帧设计 _ 星野　技术编辑 _ 白咏明
责任印制 _ 刘淼　出品人 _ 吴畏

营销团队 _ 果麦文化营销与品牌部

鸣谢（排名不分先后）

金锐　王维思　肖遥

果麦
www.guomai.cn

以 微 小 的 力 量 推 动 文 明

图书在版编目（CIP）数据

清单人生 /（瑞典）弗雷德里克·巴克曼著；孙璐译. -- 天津：天津人民出版社, 2018.3（2024.8重印）
书名原文: Britt-Marie var här
ISBN 978-7-201-12939-6

Ⅰ.①清… Ⅱ.①弗…②孙… Ⅲ.①长篇小说-瑞典-现代 Ⅳ.①I532.45

中国版本图书馆CIP数据核字(2018)第032175号

Britt-Marie var här by Fredrik Backman
Copyright © 2014 by Fredrik Backman
Published by agreement with Salomonsson Agency AB through The Grayhawk Agency.
Simplified Chinese translation copyright © 2018 by Guomai Culture & Media Co., Ltd.
All rights reserved.

图字02-2017-41

清单人生
QINGDAN RENSHENG

出　　版	天津人民出版社
出 版 人	刘锦泉
地　　址	天津市和平区西康路35号康岳大厦
邮政编码	300051
邮购电话	022-23332469
电子信箱	reader@tjrmcbs.com
责任编辑	霍小青
产品经理	吴　涛
书籍设计	星　野
制版印刷	北京盛通印刷股份有限公司
经　　销	新华书店
发　　行	果麦文化传媒股份有限公司
开　　本	880毫米×1230毫米　1/32
印　　张	11
印　　数	381,901-387,500
字　　数	227千字
版次印次	2018年3月第1版　2024年8月第31次印刷
定　　价	42.00元

图书如出现印装质量问题，请致电联系调换（021-64386496）
版权所有 侵权必究